山海經・神話的故鄉

李豐楙・編撰

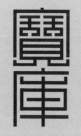

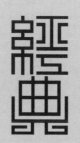

中國歷代經典寶庫

6

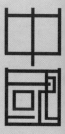

出版的話

時報文化出版的《中國歷代經典寶庫》已經陪大家走過三十多個年頭。無論是早期的紅底燙金精裝「典藏版」，還是50開大的「袖珍版」口袋書，或是25開的平裝「普及版」，都深得各層級讀者的喜愛，多年來不斷再版、複印、流傳。寶庫裡的典籍，也在時代的巨變洪流之中，擎著明燈，屹立不搖，引領莘莘學子走進經典殿堂。

這套經典寶庫能夠誕生，必須感謝許多幕後英雄。尤其是推手之一的高信疆先生，他秉持為中華文化傳承，為古代經典賦予新時代精神的使命，邀請五、六十位專家學者共同完成這套鉅作。二〇〇九年，高先生不幸辭世，今日重讀他的論述，仍讓人深深感受到他對中華文化的熱愛，以及他殷殷切切，不殫編務繁瑣而規劃的宏偉藍圖。他特別強調：

中國文化的基調，是傾向於人間的；是關心人生，參與人生，反映人生的。我們的聖賢才智，歷代著述，大多圍繞著一個主題：治亂興廢與世道人心。無論是春秋戰國的諸子哲學，漢魏各家的傳經事業，韓柳歐蘇的道德文章，程朱陸王的心性義理；無論是貴族屈原的憂患獨歎，樵夫惠能的頓悟眾生；無論是先民傳唱的詩歌、戲曲，村里講談的平話、小說……等等種種，隨時都洋溢著那樣強烈的平民性格、鄉土芬芳，以及它那無所不備的人倫大愛；一種對平凡事物的尊敬，對社會家國的情懷，對蒼生萬有的期待，激盪交融，相互輝耀，繽紛燦爛的造成了中國。平易近人、博大久遠的中國。

可是，生為這一個文化傳承者的現代中國人，對於這樣一個親民愛人、胸懷天下的文明，這樣一個塑造了我們、呵護了我們幾千年的文化母體，可有多少認識？多少理解？又有多少接觸的機會，把握的可能呢？

參與這套書的編撰者多達五、六十位專家學者，大家當年都是滿懷理想與抱負的有志之士，他們努力將經典活潑化、趣味化、生活化、平民化，為的就是讓更多的青年能夠了解繽紛燦爛的中國文化。過去三十多年的歲月裡，大多數的參與者都還在文化界或學術領域發光發熱，許多學者更是當今獨當一面的俊彥。

三十年後，《中國歷代經典寶庫》也進入數位化的時代。我們重新掃描原著，針對時代需求與讀者喜好進行大幅度修訂與編排。在張水金先生的協助之下，我們就原來的六十多冊書種，精挑出最具代表性的四十種，並增編《大學中庸》和《易經》，使寶庫的體系更加完整。這四十二種經典涵蓋經史子集，並以文學與經史兩大類別和朝代為經緯編綴而成，進一步貫穿我國歷史文化發展的脈絡。在出版順序上，首先推出文學類的典籍，依序有詩詞、奇幻、小說、傳奇、戲曲等。這類文學作品相對簡單，有趣易讀，適合做為一般讀者（特別是青少年）的入門書；接著推出四書五經、諸子百家、史書、佛學等等，引導讀者進入經典殿堂。

在體例上也力求統整，尤其針對詩詞類做全新的整編。古詩詞裡有許多古代用語，需用現代語言翻譯，我們特別將原詩詞和語譯排列成上下欄，便於迅速掌握全詩的意旨；並在生難字詞旁邊加上國語注音，讓讀者在朗讀中體會古詩詞之美。目前全世界風行華語學習，為了讓經典寶庫躍上國際舞台，我們更在國語注音下面加入漢語拼音，希望有華語處，就有經典寶庫的蹤影。

《中國歷代經典寶庫》從一個構想開始，已然開花、結果。在傳承的同時，我們也順應時代潮流做了修訂與創新，讓現代與傳統永遠相互輝映。

時報出版編輯部

【導讀】

如何進入山海世界？

李豐楙

在中國古代典籍中，如果要學界列舉一張既迷人也迷惑人的書單，被列於榜首的恐怕會就是《山海經》。即便難以完全讀懂，卻充滿了激發想像力的活水源頭，這部古典並非只是學者專家感到興趣，而是提供善讀人閱讀、創作的刺激源：在六朝時期已有一位聰慧的解人，就是詩人陶淵明。他並非正經八百地讀，而是一邊佐以濁酒，一邊「汎覽周王傳，流觀山海圖」，汎覽與流觀的讀法都是一種無所關心的審美心情；然則現代的作家又是如何讀？劇作家如王榮裕，在金枝劇團就曾重新搬演現代版的《山海經》，神話人物、故事得以重現於淡水古砲臺內；現代版畫家同樣可仿擬山海世界，其中奇幻人物的造型及事蹟被重組後，就可以諷喻現代人外在與內在的糾纏。所以古今作家都會反覆地汎覽奇書，而古今第一奇書同樣都會提供善讀人不同的想像，分別使用文字、動作及圖像等符號，再現山海奇觀，這些讀法是否提供我們一個進入古代典籍的妙方？

如何閱讀古典作品雖然是學者導讀的看家本領，但是作為一般讀者其實不要讀得那樣辛苦！古典難懂確是一件事實，但是選對一種適合自己的讀法才是創造性的閱讀：讀出文本中蘊涵的精神、趣味，才能與現代生活銜接一脈，從而激勵現代人省思其中的經驗、智慧，這樣就可以「古為今用」。就以時間相距不遠的《墨攻》為例，這一取諸《墨子》的非戰、非攻哲理，若是表現為政治理論就是繁瑣的非戰思想：善戰可以止兵！日本漫畫家將其蘊含於生動的漫畫中，而電影作家就便於導演為擬真實的電影。從《墨經》經由作家到讀者、觀眾，每個人都可以自由地讀、看而各自體悟：非戰、止戰的方法就是智慧，如何智取？如何不戰而即能屈人之兵？真正要戰就要有致勝之道，最怕的是亂由內起。這樣的現代詮釋學所講究的，就是開啟今人重讀《山海》故事的新觀念，從而形成新讀法。

緣於《山海》古經的迷人與令古今人迷惑，自古以來碩學鴻儒無不亟想解謎，現今更有大陸學界組成學會想要集眾人之力來解迷（迷惑、著迷），甚而國外的專家也經由比較方法亟欲解開迷團。縱觀這些新出的研究成果，確實大有助於重新認識這部奇書，不過再如何運用上窮碧落（天文知識）下黃泉（考古文物）的真工夫，仍然要體認三大「不可能」：

1. 古地理、古地圖的不可能：這部古經的原始材料雖可能源於周朝王官之學，但周官大司徒、土訓、夏官職方以至於山師、川師等都各有職掌，只是古代輿圖的測量定界有其限制，不可能像現代人擁有精密的測量工具。故古地圖學家想依據當今的衛星定位之所得，亟欲重繪山海古地圖並確認古地理，這是第一種不可能。

2.古民族誌復原的不可能：從人類學對於原始民族、原始宗教的比較，想使用民族誌的調查方法復原古中國的諸民族，從黃河、長江流域擴大到邊疆民族，當今考古資料逐漸增多，重建古代的民族分布已大有進展。但是這部古經從海內到海外，分區廣闊而未能準確地定向、定位，若要據以復原漢族及五十餘部族的分布、關聯，這是第二個不可能。

3.古生物學中非常物重現的不可能：山海世界之奇並非在日常所見的，這些簡筆敘述的都有古生物圖鑑可以參考；問題在那些敘述較詳的反而不見於圖鑑！奇形怪狀的動物、植物或人物等，在當時既已被認為特殊，古今遙隔而想重現，則是第三種不可能。

現代知識下定位這部奇書，當前可被學界接受的，就是巫術秘笈；經由綜合各方面的研究後可以進一步確定，這是一部「巫祝之書」，其性質猶如禹鼎所載的用於辨別神奸。這樣性質的圖籍可以有兩種理解的方式，一是從巫祝、方士到道士所秘傳的秘笈：古代的儀式專家擁此自重，如鄒衍以至通方之士，都曾因擁有大九州的淹博知識而被人君所器重，從這部書圖文並茂，近乎考古挖掘所得的《楚繒書》，應該是搜錄神秘知識的珍貴圖笈，流傳於特定的一群人的手中；二是從日用秘密類書到專業性登涉術：現今考古出土的《秦睡虎地簡》、《雲夢大澤簡》之類漸多，後來漢代圖緯中的《白澤圖》到道術所用的《禹鼎記》，既是民間所習用的日用需知，也被方士、道士視為登涉必備。這些被儒家、史家視為荒誕不經的術數知識，其實不同階層者都會備用，並非完全不入於官家士族之手，只是嗜好搜奇誌怪之士特別精通於此，故理解這一類神秘圖籍就有三種可能：

1. 常與非常的文化思維：在筆法上既有簡要與詳細之別，就可知古人、特別是巫祝之士的觀物方式，乃是根據固定的思維模式。凡是日常所見的為「常」，表明是經驗性、尋常性，故僅需簡筆敘述，動植飛潛中經常可見的只要表達其存在，如云牛、羊等不同種類，都是可豢養實用之物，也就是不必繁瑣地敘述；反之則是非經驗性的，就需使用圖像、文字彰顯其「非常」性質，目的正是為了方便辨別。非常即是常的反面，就顯現兩種截然不同的屬性，如果是非常之好就是超常性，如鳳凰、麒麟之類的稀見諸物，連不語怪力亂神的孔子，在著《春秋》時都被說是絕筆於獲麟，即因其為祥瑞之物，故為世人、聖人所稀見。如果是非常的不良、不好現象，就被認為異常、反常，乃是違反經驗、常識的特殊之物，作為異象而形諸異物、異類，就是預示一種凶兆、惡兆即將來臨。所以為了方便辨識就誇飾其外在形狀，使用增多、減少或移位、扭曲、拼湊等，目的就是區別於尋常可見之物，預示不同於日常的正常狀態，如天象預示天候的急速變化而有天災地變，如水災、旱災或火災等氣候之變，也有自然或人為之變，如瘟疫、戰爭等反常變化。古代的智慧強調聖人、智者常上觀天文、下察地理而中觀人事，這就是知機、知幾，如何從預兆而測知變化？這就是山海知識具有內在邏輯，在荒唐言中別有一種識見，故常與非常可作為奇書的知識體系。

2.生產與變化的類別：山海知識並非完全無稽、荒誕的，它雖然不符合現代知識的理性、科學，但是在認識論上卻仍然保存古代對於萬事萬物的識別原則，並非混淆了生命繁殖的常態。在整部經典的敘述筆法中，就清楚地區別生產與變化的兩種型態，凡是生命的正常繁殖為人所認識的，都不必特別敘說其事，故動植飛潛都只記載某山有無草木，或有木如何、有草如何，或其上多某草木，表明這是自然界生命的生生不息。而對於帝王的譜系就敘明某生某的關係，如顓頊生老童，老童生祝融，祝融生太子長琴，即是世代生殖，證諸《世本》或《大戴禮、帝繫篇》則用產老童，這是「生產」的正常性繁殖。但是使用「化」、「為」等表示變化現象，不管其敘述的繁簡如何，都敘明其人為非正常的死亡（強死、凶死），如蚩尤為被械殺者，「是為楓木」，郭璞註就明確地說「化而為樹」。可知在類別萬物的認識論，正常的類別為生產，而變化為非常態，就是神話思維中的生命型態，兩者之間使用的筆法不同，並未混淆。

3.服佩與服食的屬性傳達巫術：作為巫祝之書所強調的就是如何使用巫術，依據交感巫術的感應原則：同類相生、同類相剋，這種表相世界下的神秘性，認為物類之間的不同範疇可以相互作用，故被西方學者稱為原始思維下的「滲透律」。在各經中明顯的敘述重點就是動物、植物及礦物等的使用法，一般的正常性自然物都可食用，即是利用厚生就不繁敘述；但是巫術性用法就敘述較詳，目的就是為了敘明為何可用：醫療、辟邪或是諸多神秘的用途。在使用的筆法上均表現於文本中，雖常用「服」字卻有外服與內服之別：一是佩戴於身上的服佩法，一則是可食用的服食法。有些不明白使用服字，卻同樣是依據接觸律、象徵律以傳達屬性，相信可發生不可思議的作用，這樣的信念就是巫術與醫療的混合，從巫俗到民俗傳承不絕。

山海世界為何如此迷惑詩人、畫家，主要原因就是其中蘊含的宇宙觀、世界觀，既建立有秩序的宇宙模型，又在多元的宇宙中充滿了豐富的想像，成為保存古中國的古史、神話的重要寶庫。依據活動於北半球的仰觀俯察經驗，地球與太陽、月亮以至於諸星球的關係，如此有序的日月出入於山海、四時節候的變化有節，都被古人利用神話思維建立有序的世界：中央與四方模型，而後訂出九州與四海，就是談天衍的鄒衍，在交通不便而安土重遷的農業社會，共同型塑一個宜於人居的世界。但是面對不宜所居的山林川澤，特別是荒服之外，正因不易到達就激發了無窮的想像，這些因時間遙遠與空間區隔所造成的因素，就被扭曲、拼湊而重組為諸般神話，山海世界就此形成非常態的時空，以之對照人所宜居的常態世界：安定、安全卻也單調、了無變化。這就是神話思維之所以存在的原因，身在常世而想像非常世界，就是在此界而對於彼界的可能存在，集體創造一個民族共同的想像世界。

在歷史文獻上永遠無法準確地知道：誰創造了山海世界？又是誰忠誠地傳遞下來？這個永遠無解之謎雖然迷惑了歷代專家，但是大家都有一個共識：就是巫祝之流視之為認識天地的秘寶。屈原曾在〈天問〉中依序提問的諸多「大哉問」，而《山海經》則是一種解答的解說性質之書，而解答者則是多識草木魚蟲與古史神話的智慧者群體。有的說是巴蜀之人？有的認定為南楚之巫，我們相信是一群巫祝集團，所以〈五藏山經〉的每一山系之末，都一定敘明如何因時地之宜而祭拜山嶽諸神，五方都各自有相稱的祭儀、祭品及相關的禁忌習俗。如是豐富的祭祀儀式與法術技藝同時並存，正是表明既有巫師集團也有祝官團體，兩者同出一源卻又分化所司，在《國語．楚語》中左史倚相就敘明巫、祝的源流，在古史神話與儀式法術上彼此配合，才能完整地傳承這套神秘的知識體系。

在西方文化傳入中國的百年前，當時傳譯宗教神話的學者都感慨：古中國為何缺少神話？又在傳播人類學、民俗學的體系之學時感嘆：東方民族為何在原始宗教、巫術上如此零散？這樣的質疑讓學者重新認識到《山海經》的新價值，其間經歷多少學者的整理挖掘，總算可以在山海世界中發現新出土的寶藏；其實這樣的考掘並未就此打住，巫祝傳統的傳承者就是由方士而道士，古巫術被吸納轉化為道術，登山涉水的探險行動換成另一批冒險家：像葛洪、郭璞等一些方士性格的文士、道士，就是這個神秘知識體系的繼承者與發揚者：郭氏首先認真地註釋這部奇書，使後人得以方便理解；而葛洪則在《抱朴子・內篇》中表明他廣搜了《白澤圖》、《禹鼎記》等法術圖笈，因而正式標明一篇題名為〈登涉篇〉，這樣的時代成就了中國民族宗教的形成：道教；因而從後視古就可說山海世界就是「登涉」需知的古代探險之秘寶，也是面對不可知世界的居家必備之圖書，就這樣就可聯繫了中國神話學、神秘學的知識系譜。

山海經◆神話的故鄉　目次

出版的話 03
【導讀】如何進入山海世界？　李豐楙 07
第一章　前言——認識《山海經》 002
第一節　《山海經》的編成 002
第二節　《山海經》的內容 011
第二章　山川寶藏之篇——〈五藏山經〉綜述 022
第一節　吾疆吾土，廣布五山 025
第二節　草木豐繁，服用醫療 030
第三節　山川礦產，富庶寶藏 036
第四節　飛潛走獸，品類庶繁 042

第五節　類別善惡，民知神奸　058
第六節　江山神靈，祈祭求福　082

第三章　帝王世系之篇　106
第一節　伏羲與女媧神話（三皇傳說之一）　113
第二節　神農氏炎帝神話（三皇傳說之二）　118
第三節　軒轅氏黃帝神話（五帝傳說之一）　123
第四節　窮桑氏少皞神話（五帝傳說之二）　129
第五節　高陽氏顓頊神話（五帝傳說之三）　133
第六節　帝俊、帝嚳神話（五帝傳說之四）　138
第七節　堯、舜神話　145
第八節　鯀、禹神話　151

第四章　遠方異國之篇　166
第一節　海內的遠方異國　172
第二節　海外南方的遠方異國　183

第三節　海外西方的遠方異國　191
第四節　海外北方的遠方異國　198
第五節　海外東方的遠方異國　204

第五章　神話信仰之篇　224

第一節　自然現象的神話　228
第二節　大地神話　249
第三節　山嶽信仰和樂園神話　264
第四節　動、植物變化神話　281
第五節　神尸變化神話　309
第六節　文化英雄神話　315

前言——認識《山海經》

第一章 前言

——認識《山海經》

第一節《山海經》的編成

《山海經》是一部三萬餘字性質複雜的古籍，由〈五藏山經〉（山經部分）與〈海外四經〉、〈海內四經〉、〈大荒四經〉及較短的〈海內經〉（海經部分）合組而成。它不算是簡冊繁重的長篇鉅構，但是這五部分的來源、編成以及流傳情形，卻錯綜複雜之極，到現在還處於眾說紛紜的情況。同時，《山海經》的價值，曾被司馬遷當作荒誕不經的書，也曾被雜廁於書目中的小說類，而近代研究古代地理的專家學者，尊稱為最有價值的古地理書，神話學家也像發現寶藏一樣，深入發掘，這真是一部奇特的古書。

《山海經》為中國最早的人文地理誌，也是收集古代地方神話傳說最豐富的奇書。但它原始的調查紀錄者是誰呢？相傳為夏禹、伯益等所作，劉秀上〈山海經表〉文時就主張「《山海經》者，出於唐虞之際。昔洪水洋溢，漫衍中國……禹承四載，隨山刊木，定高山大川。益與伯翳主驅禽獸，命山川、類草木、別水土。……禹別九州，任土作貢，而益等類物善惡，著《山海經》。」後來王充、趙燁等隨從這種說法①，但近代學者都覺得難以置信。其實稱為禹、益所記，只是古人推尊祖師之意，就像《本草經》題為神農所作。因為禹、益等治水工程，涉歷山川，總要作些紀錄；尤其統一輿圖，需要分劃經界。諸如此類偉大工作勢必引起人類對山川地理的興趣，而益與伯翳所擔任的職官就是負責這種工作，因此後來同一官職，基於推崇始創者的美意，才題為禹、益所作。

近代研究《山海經》的學者既已否定禹、益所作說，紛紛提出新說：衛挺生說是鄒衍為「鉅燕」時期的燕昭王所策劃的調查探勘的紀錄②，蒙文通說是巴、蜀地域所流傳的代表巴、蜀文化的古籍③，而史景成則認為是楚國史巫之官在國勢日衰、臣主共憂患的局勢下，應運起而編纂之書④，這些新說多能啟發進一步了解《山海經》的原始形態與編撰過程。《山海經》的原始，應該是周朝官府所收藏的地理檔案，郝懿行為《山海經》郭璞注作了詳細的箋疏以後，認為「周官大司徒以天下土地之圖，周知九州之地域、廣輪之數；土訓掌道地圖、道地慝；夏官職方亦掌天下地圖；山師、川師掌山林川澤，致其珍異；邍師辨其丘陵墳衍邍隰之名物；秋官復有冥氏、庶氏、冗氏、翨氏、柞氏、薙氏之屬，掌攻犬鳥猛獸蟲豸草木之怪蠥。」⑤

周朝官府中有各種各樣的職官，專門職掌天下輿圖的檔案資料，包括了中國境內的山川地理、動植物產及地下礦產、名山祭典、遠方邊裔的情狀等，這樣廣博而深入的地理資料，不是鄒衍為燕國訓練的探勘隊所能完成，也不是南方楚國的史巫能深入各國、遠及方外所能搜集的。天下土地的地圖、九州海外的地域，只有王官世襲的周朝官府能保存這份珍貴的檔案資料。《山海經》，至少山經部分是周朝珍藏的輿圖資料：首先〈中山經〉部分以河、洛京畿為首，因為那是唐虞夏都城的所在，也是周朝政治的中心，自然為天下之中，因而紀錄時〈北山經〉、〈西山經〉自京洛附近開始向北、向西調查紀錄；其次祭祀諸山區圖騰神的祭儀，都與《周禮》中的祭名、儀式相一致，自然也是由中央職司祭祀的司巫率領巫師集團擔任。其次遠方邊裔，當周王室統有天下時，確實需要「任土作貢」，周朝職司貢職的官員整理各方所貢輿圖，才能周知海內外輿服情形。因為是各地域分由不同職官紀錄整理的檔案資料，才會有不同的文筆、不同方言的歧異現象。

當周朝王室衰微時，各國漸有自己的行政體系，基於政治需要，也需要分任專人職掌紀錄地理的首要工作，經中出現鉅燕、大楚以至於竟然有西周等名稱，都是職官各尊視其國的常見現象。因此，原始《山海經》的資料應該是周王室以及諸侯所紀錄的國家檔案——其中範圍廣衍，莫非王土，而獨詳於河洛地區，就是京畿為中心的觀念；至於神話資料，東、西兩大系俱備，炎、黃兩族原發祥於西北，再向東發展，因此保留了早期西北資料；但東方濱海夷族，帝俊系統的神話資料也是大宗，因為殷商文化並非在周朝統一之後就完全淪沒，還保有部分資料；另有再加上南方之楚，成為重要一系，也擁有豐富的神話資料。這種紛然並陳的神話系統，實與兼收並蓄的檔案及調查資料有密切關係。

今本《山海經》的篇目，是歷經多次調整。漢成帝時尹咸校定的為十三篇：山經五篇、海外、內經八篇；哀帝時劉秀應是根據三十二篇本重校、刪汰，改為十八篇：山經十篇⑥、〈海外經〉四篇、〈海內經〉四篇（經過刪汰），另有〈大荒經〉、〈海內經〉「皆進（或逸）在外」⑦；晉郭璞注解時，一併注釋，成為二十三卷本；後出的郭注十八卷本，《舊唐書．經籍志》著錄時已是另經編排以合十八篇之數。王夢鷗先生懷疑，原先《山海經》只有〈五藏山經〉與〈海外四經〉兩部分，〈海內四經〉、〈大荒四經〉原是前者的另一個版本，因為重複的地方很多，劉歆等將較為殘缺部分只作為附錄——「皆逸在外」。因此這種兩部組成的結構，可說是先說〈五藏山經〉而後推廣及於〈海外經〉；或則先說〈海內經〉而後推廣及於〈大荒經〉，最末為短篇的〈海內經〉，類似這種由內而外的編排方法，與鄒衍學說的結構方式有密切關係⑧。

自謂行萬里路的司馬遷，足跡卻未適於〈禹貢〉的九州之外，所以讀到《禹本紀》、《山海經》時，對於崑崙山的有無，發生了疑問：

太史公曰：「《禹本紀》言河出崑崙，崑崙其高二千五百餘里，日月所相避隱為光明也，其上有醴泉、瑤池。今自張騫使大夏之後也，窮河源，惡睹本紀所謂崑崙者乎？故言九州山川，《尚書》近之矣；至《禹本紀》、《山海經》所有怪物，余不敢言之也。」（《史記》卷一二三）

對於詳細內容既不言，因此，《禹本紀》、《山海經》就不得其詳——這是中國古籍最早提到《山海經》的。

至於鄒衍的學說，他批評為「閎大不經」，卻兩度扼要「言」及大九州的觀念：

先列中國名山大川通谷禽獸，水土所殖，物類所珍，因而推之及海外，人之所不能睹。

另外又說到九州之外「有裨海環之，人民禽獸莫能相通者」，鄒衍的奇特學說表現於空間的，就是這種大九州說，確實能驚駭當世帝王。因此蘇雪林懷疑鄒衍是從西亞沿東方海岸來中國的「域外學者」⑨，說他是外國學者，當然是大膽而待考的說法；衛挺生則說是鄒衍組織調查的使者分赴各地紀錄。依當時國際情勢及交通狀況，恐怕也不易完成這樣艱鉅的工作，但鄒衍與《山海經》有密切關係，陳槃從《周禮》疏中找到一條證據說：「古《山海經》鄒書」⑩鄒書就是鄒衍書，因此王夢鷗先生懷疑《山海經》與《周書．王會篇》所載怪物，後人常用以相互發明，兩者都是承受鄒衍遺說影響的著作。但是，《山海經》的原始資料從何而來？鄒衍如何有大九州的觀念？《山海經》的書中只有海內推及海外的觀念，但沒有小九州、大九州的觀念；而且五行的觀念，諸如五色、五方帝也不算是濃厚的色彩。所以，衛挺生說鄒衍曾有適梁搜集東周文獻的推測，也許王官失守，地理檔案隨之流出；或鄒衍曾有機會觀書於周室秘藏，乃產生大九州之說。總之，原始《山海經》應該是周朝王府的檔案，或一部分為諸侯國的秘藏圖卷，因為任何一國一地的人均不可能完成這樣龐大、艱鉅的調查工作，除了王室或諸侯。

鄒衍及其後的後學，依據他們的學說珍視《山海經》，其中秘藏這些資料，甚至還流傳地觀覽，最主要的應該是方士，因為他們是古巫的流亞。《山海經》與史巫的關係極為密切，甚至被認為巫者之書。巫祝在古代社會中為通曉神話、祭祀、占卜、舞雩、地理、博物、醫藥等多種學問與知識的特殊人物，巫師集團以交通神、人的靈媒身分，曾經是政權、教權中的重要角色；後來政治、宗教權分離之後，仍然在宗教勢力中，以較有組織的方式成為社會中的重要階級；周朝以禮樂文化立國，巫的職掌分散，由巫分化出史，專掌記史；又分化出祝，專掌典禮；古籍中常有巫醫、巫史、巫祝等名稱，可見其密切關係。《山海經》中詳述各方山川名號、禎祥怪異、鬼神之事、金玉之產，屬於地理、神話等博物知識；又歷述各山主司之神，以及祭祀所用糈米、牲璧等物，正是巫祝掌歌舞降神、祭祀祈禱的宗教活動；山經中詳載特殊動、植、礦物的形狀，與醫療效果、預示徵兆。至於遠古的神話的傳播，荒遠的異俗的流傳，也是巫師傳遞知識的一部分。巫師與戰國時期的方士有淵源，呂不韋的食客集團曾搜集《山海經》的資料，編入《呂氏春秋》；楚國屈原等曾精熟《山海經》資料，同屬於楚國系統的劉安所養方士集團更大量採用《山海經》資料，編入《淮南子》等集大成之書。

今本《山海經》的編成與楚國有密切的關係，其中改編、補添之處也有許多痕跡：像依據南、西、北、東的方位編次，與中原地區的東、南、西、北之序不同；〈中山經〉除河洛京畿之區外，又將楚國大部分地理劃歸中山山區，其中被尊稱為冢山、神山的也最多（洞庭山等只是小山，也用太牢之禮祭祀），山川記載也最詳（像中次九經對岷江中、上游偏僻地區，竟詳載八水十六山）；至於在天文曆算的使用習慣（諸如太歲、九部等名稱），也近於楚國⑪。所以《山海經》成為今本的型態，應經過楚人整理編次，最少曾流傳於楚地史巫、方士之手，作為秘笈觀覽。

根據近代考古文物，諸如楚繒書、或馬王堆漢墓出土的帛畫、地圖等，古代常有圖形與文字紀錄並行。山經部分的敘述形式，常說間隔幾里的里數，應該有地圖作為記識標準，《史記》所說「案古圖書，名河所出山曰昆侖」，這種古圖書應與《禹貢圖》同一性質；《後漢書》也載「賜景《山海經》、《河渠書》、《禹貢圖》」（《後漢書．王景傳》）山經地圖應與《管子．地圖篇》所說地圖、《孫子兵法》附圖九卷、《齊孫子》附圖四卷（《漢志》）及燕、督亢地圖（《史記．刺客列傳》）同屬圖繪山川道里的秘藏，《山海經》可能還多畫些神人異物，以輔助神話傳說的記憶。所以《漢書．藝文志》列於數術略、形法家，顯示圖形的特色⑫。當然，《山海圖》原圖與郭璞常提到的「圖」⑬，甚至於陶潛「流觀山海圖」的圖，有因襲也有改變；至於梁僧繇的《山海經圖》，或更晚的宋朝舒雅的重繪本，多少有改變的地方。但知道《山海經》原有圖，則它的記帳式筆法，可能就是地理、神怪等的說明；至於敘述正進行中的動作，就是依據圖形的一種描述⑭。

大抵說來，《山海經》是一部古老的地理誌，在文字紀錄前，已口頭傳播了長遠的時期，正式調查紀錄的，應該是周朝王官，或諸侯職官，其中史巫身分者為重要人物。其後歷經鄒衍及其後學，與史巫、方士之流秘觀、改編，應該與楚國有關。大概編成於《呂氏春秋》與《淮南子》二書成書之間，約當戰國晚期形成今本《山海經》的雛形，經過漢人整理，成為重要地理圖籍。後來雖被改列於小說家類，但它作為早期人文地理誌的價值終於為現代學者重加肯定，經科學化研究後，確立了《山海經》在地理、神話、民俗學上的偉大貢獻。

第二節 《山海經》的內容

〈五藏山經〉為一份中國古老的藏寶圖卷，分別紀錄了中國境內及邊區的山川寶藏，每一卷各記一方，卷中因為資料多寡不同，按照需要分篇，其中主要的依據，是調查探勘者依據簡單的山脈的概念，各山與各山之間自相連屬，有首有尾，組成一群山彙、或一組山脈。其中敘述向某方幾里，部分是以河洛京畿為主的〈中山經〉作為調查、紀錄方向的標準，譬如〈西山經〉是自東而西、〈北山經〉是自南而北等。因此，山經所記的不是一座座孤立的山，而是隱有關連的素樸的山脈系統。其中每座山的敘述，先標明山名、水源，屬於地理形勢的記載，為近代研究古代地理的中外學者極力推崇，認為保存了很古的地理情況，是最有價值的古地理書。其次敘述山川寶藏：包括草木等林產、金屬礦產以及動物生產，其中特別精彩的為奇特動、植物的紀錄。

中國版圖地大物博，南、西、北、東以及中原地區，兼蓄各色各樣的物產，紀錄下來可作為政府秘藏的檔案。林產方面著重一些較有實用價值的良材，和具有醫藥功能的草藥。前者為研究中國古代林業狀況的寶貴資料，後者為本草醫學的前驅；動物（包括禽鳥、獸類、魚類及昆蟲等）也是這樣，較為人熟知的都只是簡單記下名稱而已；至於較為奇特的，也就是具有醫療的科學性與神秘的巫術性的，不僅詳細描繪形狀特徵，還特別註明功效，其中還含有所謂的迷信成分，《山海經》被認為是史巫之書，這是最明顯的證據。不管是植物或是礦物、動物，依據巫術性思考方法，均能產生巫術性的醫療、養生作用。據弗萊則（Frazer）《金枝篇》（《The Golden Bough》）所說的交感原則，交感巫術有兩種基本形式，就是模擬巫術（imitative magic）和接觸巫術（contagious magic）。山經所述的奇形怪狀的動物，或者顏色鮮豔的礦石，以及香氣濃郁的植物，本身就在實際醫藥成分外，具有濃厚的巫術色彩。而服用的方法，是經由模擬或接觸等律則發生神秘的關係：其一為服佩、服飾，屬於外服，像佩帶一雌多雄的鹿蜀的皮毛，可多產、宜子；懸佩猼訑的怪羊的皮、角，可以惡治惡，嚇阻邪惡。其次為服食，屬於內服，可防禦火、兵、雷等災亂；又可治療各種內、外疑難雜症，尤其是精神官能症。另一為巫術性的預示徵兆的功用：吉凶、禨祥等均可得到象徵性預告：凡水災、旱災、風災、火災、蝗災，以及瘟疫、兵災等自然或人為之災均有徵兆，所以被認為是察禨祥的指南。

山經中每篇篇末，詳載各山區的諸神及祭法，實在是各個群落單位的圖騰神物，和各祭儀單位的祭祀方法——與《周禮》多能相通。大概南方多為鳥、龍綜合的圖騰神物，西方多為人獸合形，北方多為人蛇等合形，東方也多獸形神，而〈中山經〉顯示一個鳥、獸、蛇龍諸圖騰神物混淆的地區，均能與各方地理環境、動物分布相符，可稱為中國最早的人文地理志。

海經、荒經部分就是《山海經》被正統知識份子認為荒誕不經之書的主因，但卻是保存了中國古代歷史、神話，以及紀錄了原始邊裔的地理誌。依據神話系統，應該先敘述自然神話，再敘述文化神話，至少屈原〈天問〉的次序就是這樣安排。但海經的編次，乃以地理方位的次序為主，依照各方調查、搜集所得而紀錄，因此沒有自然神話先於文化神話的系統；有些學者認為我國著重於人的文化，與西洋著重物的文化的型態不同，這種看法有部分道理。中國古代神話的特色之一，就是歷史化的傾向，依據人類進化的歷史，又巧妙結合了五行運轉的歷史哲學，成就了古史傳說的系統。因此，許多自然現象就被統御於古史傳說之中，像日、月的神話，就目前的神話資料，是被當作帝俊的妻子所生產的；又如水、旱災，也出現於黃帝一統天下的大戰中。類似的情形，使得先安排比較有秩序的古帝王世系神話成為首要工作，當然，《山海經》的世系只是多種古史世系中的一種。帝王世系先粗略建立起來，再敘述邊裔民族，因為許多奇特的部族與古帝王有密切關係；最後才進入神話世界，了解中國人古老的夢境。

海經、荒經敘述的帝王世系神話，為長久時間保存在各族共同記憶之中，後來才紀錄於簡冊，成為各部族的「聖史」（Sacred history），其中包括了種族的來源——始祖神的誕生、創業，以及英雄俊傑的豐功偉業等。當然，長久口傳的神話傳說，難免附上不同時期的社會文化環境的遺跡，但仍然保留了許多口傳文學的原型。帝王世系的神話就是所謂的三皇五帝，都具有些共同的性質；始祖神的奇特造型，常以人獸合形的形象出現在歷史的舞臺上，其實這是圖騰神物，人類社會在長期生活中，取一種與自己群落有神秘關係的動物作為象徵物，始祖神的感生神話，及其形象就是這樣：伏羲的誕生，為華胥女子「履」雷澤中的腳印而感生，履是在高禖求嗣，隨著神尸行履的舞蹈，然後與神尸坐息感生的儀式，雷澤神為龍身人頭，所以伏羲也是蛇身人面。炎帝、黃帝以及東方的帝俊等，都有屬於自己的圖騰，或以獸、以雲、以鳥，形成不同的群落。後來經過長久的融合、互相通婚、勢力消長，「龍鳳呈祥」象徵著中華民族的成長⑮；而黃帝、蚩尤的大戰，也表現出一種痛苦的血淚凝成的歷史。至於傳承的英雄系譜中，排難解紛的除害工作，像后羿射日除凶；創造發明的物質進步，像神農耕種生產；以及製作樂器、發明文字，都將蒙昧中的人類帶引著走向人類文明的黎明期，成為啟蒙英雄。

遠方異國之篇，敘述邊裔的民族，《淮南子．地形訓》有三十六國的記載，就是根據海外四經的敘述，補充〈大荒經〉的資料以後，早期在中國邊區活動的部族就可勾勒出來。《山海經》對他們不稱氏，而稱為國或民，是表示其不同於中原或境內諸族；而對於四方諸國，幾乎全以人獸合形的形象作為代表，大概是由於圖騰神物的敘述，或者不同的服飾習慣，與體質特徵的誇張、誤傳的現象。其中有些是居於中國人的民族優越感，對於非我族類有些歧視心理或敵對意識，像對窮奇、饕餮諸西北草原地帶的凶悍民族，加以凶獸化，表現了又懼怕、又輕視的複雜情緒；但也有些國度成為戰亂中中國百姓「適彼樂土」的一種理想與願望，像羽民、臷民諸邊區民族被樂園化；肥沃的沃野、飲食自有，還加上和平自由的人獸關係，也表達了嚮往、企慕的心理。

總之，中國人對於邊裔所懷抱的，雖有以文化為評價標準的傾向，但大多能保持客觀、寬容的胸懷；有時還保持了相當關注的態度，因此能出之以趣味盎然的筆調。另外邊裔與中原部族的關係是密切相連的，四方部族中，有不少是帝王的後裔「降」居於較偏遠地區，繁衍了新的一代。例如南方有三身國、季釐國，屬於帝俊一系；季禺、伯服屬於顓頊系。其中有些系譜分明，顯然不是自附於聖王、名族的造假。這種率土之濱，莫非王土、王民的記敘方式，顯示早期民族遷徙的歷史，複雜而有密切關係。因此，閱讀邊裔民族誌，啟發後世子孫不該盲目地仇視夷狄，而過度標榜華夏，都是曾生活在這片土地上，我族與他族的狹隘觀念不應存在。所以，除了臥遊之樂，博知遠方異聞，還可體會到老祖先要萬族共和、一齊自由自在地生活、和平安樂相處的偉大胸懷。

《山海經》公認為蘊藏豐富神話的寶庫，近代研究中國古代神話的學者大多從其中尋找材料。神話既是歷代傳承，經由敘述一件事情的始末，表達自然或人類文明的歷史，時間長久，自然顯得零星片段、不相統屬。《山海經》中的神話傳說尤其散見於各篇中，因此將它整理成一個體系確是必要。但在整理、分析時，常會發現一個神話有改變的情形，或增添或減少，但只要「母題」（motif）相類似，都可循線尋找出神話與神話之間的關係。

初民既然是以一種莊嚴的態度來敘述，視為真實，因此，他們在敘述神話所具有的特質就值得注意。神話具有解說性：企圖解釋或說明宇宙間的萬事、萬物的起因或性質，例如天有十日、十二月，與天文曆算中的旬日計曆法、十二月令有關。為了解釋其中的關係，就以帝俊的妻子羲和、常儀作為產生者。其次為人格化：即依據對人的想法，聯想萬物也同具生命、性格，萬物有靈，自然被人格化，像相信四方之風各有一神掌管，風神有屬於自己方位的性格，這些素樸的泛靈信仰（animism）⑯，後來在〈堯典〉中就被儒家合理化，解釋為百姓適應季節的不同動作。其次為野蠻要素或原始要素，其中以變化說為最能代表，現代人相信物類各有一己的範疇，古人的觀物方式卻認為生命是流動的、可變化的，萬物一樣平等，同稟於大自然中的生氣。因此，動物可變為植物，人可變成動、植物，而生命仍然賡續不絕，這是原始而樸素的觀物方式。

人類學大師克羅孔（Clyde Kluckohn）主張神話與儀式需要合觀，兩者都利用象徵方式表達人類心理或社會需要：儀式為行動象徵，藉戲劇化行動表達；而神話為語言象徵，藉語言符號以支持、肯定或合理化儀式所表達的同一需要，神話與儀式互為表裡，如能合而觀之，一定更能了解古人的意願。像浴日、浴月，郭璞說是「作日月之象而掌之，沐浴運轉之於甘水中，以效其出入暘谷虞淵」，就是一種模擬法術。至於祈雨時作應龍的形狀、驅魃時先開水道，然後念咒語，都明顯為一種儀式性動作，配合神話的流傳，相信超自然力的靈威作用。

神話為集體潛意識的反映⑰，在原始共同體的社會，個人的存在與性格是安頓在團體的生命中的，族群的生存關繫著個體。因此，共同的理想與願望常藉著神話表達出來——正如同個人的夢一樣，都是一種象徵符號。《山海經》的神話，依據較有系統的分類和它本身所具有的材料，可分為自然現象神話、大地神話、山嶽信仰與樂園神話、動植物變化神話，以及神尸變化神話和文化英雄神話。這些神話都曾經是古老的夢境，表達了民族隱蔽在深處的理想與願望，同時，也在某種程度上滿足了這一理想與願望。生命趨於完結，迫促於死亡的危機，那麼經由變化，成為植物或動物，這就是經由神話的幻想與象徵，獲得部分的滿足。現實生活的艱困，天災交迫、國事困阨，那麼，一個昆侖樂園或遠方樂土，滿足了個人的長壽永生與社會和諧安樂的意願；個人處境受逼於環境；時間的匆迫、空間的狹隘，那麼，神話人物的叛逆、不屈、與永不妥協的神性，將使年輕的心靈、創痛的靈魂走向成長；給予掙扎的生命以振奮的力量。因此，神話中的人物將是「道德觀念的保護和加強者」，不但護衛了當時的人類，也將是後世木枝百世的後嗣據以生存下去、奮鬥下去的守護者、引導者，經歷無數的試煉，終於走向成長與成熟。因此，重溫舊夢，現代中國人需要，也將要創造一個屬於自己的現代神話。

【註釋】

① 王充《論衡．別通篇》：「禹、益並治洪水，禹主治水，益主記異物。海外山表，無遠不至，以所聞見，作《山海經》。」乃根據劉秀立說。

又趙燁《吳越春秋》：「禹……巡行四瀆，與益、夔共謀。行到名山大澤，召其神而問之山川脈理、金玉所有、鳥獸昆蟲之類，及八方之民俗、殊國異域、土地里數，使益疏而記之，名曰《山海經》。」更涉及神怪。

② 衛挺生《山經地理圖考》中有〈燕昭王之（大帝國）鉅燕考〉（民國六三年八月，華岡）及〈騶衍子今考〉（編者按：鄒衍．又作騶衍）（民國六三年三月，華岡）。

③ 蒙文通〈略論《山海經》的寫作時代及其產生地域〉（一九六二年，《中華文史論叢》第一輯）。

④ 史景成〈《山海經》新證〉（民國五七年十二月，《書目季刊》三卷一、二合期）。

⑤ 郝懿行〈《山海經》箋疏敘〉。

⑥張金吾《愛日精廬藏書續志》卷三所錄宋本《山海經》，尤袤跋曰：「繼得道藏本：〈南山經〉、〈東山經〉各自為一卷；〈西山〉、〈北山〉各分為上、下兩卷，〈中山〉為上、中、下三卷，別以〈中山東北〉為一卷。」可知道藏本山經分為十卷，是否即出自劉秀校本。

⑦小川琢治《山海經考》據「逸」字為說（江俠庵，《先秦經籍考》）。

⑧王夢鷗先生《騶衍遺說考》之七〈大九州說的原理〉（民國五五年三月，商務）。

⑨蘇雪林《屈原與九歌・自序》（民國六二年，廣東）。

⑩陳槃〈論早期讖緯與鄒衍書的關係〉（民國三七年，《中研院史語所集刊》二十、上）。

⑪史景成，前引文就是為了證成這種觀點，以別於蒙文通的著成於巴蜀說。

⑫畢沅：「據〈藝文志〉，《山海經》在形法家，本劉向《七略》，以有圖故在形法家。」（《山海經新校正》篇目序）。

⑬郭注中常提到「圖亦作牛形」、「亦在畏獸圖中」、「畫似仙人」、「畫似獮猴」等都是。

⑭朱熹說：「《山海經》記諸異物飛走之類，多云東向或云東首，疑本依圖畫而述之。」（王應麟《王會補傳》引）

又胡應麟：「經載叔均方耕、讙兜方捕魚、長臂人兩手各操一魚、豎亥右手把算、羿執弓矢、鑿齒執盾，此類皆與記事之詞大異……意為先有斯圖，撰者因而記之，故其文義應爾。」（《四部正譌》）

⑮《禮記》說昏禮是結二姓之好，龍、鳳為圖騰神物，二族姓互通婚姻，文化交流，故「龍鳳呈

祥」象徵二姓交好，族姓團結。

⑯ 泛靈信仰（animism），泰婁（Tylor）以為人類最初信仰的對象是「精靈」（spirits），精靈便是生氣或靈魂，萬物都有靈魂，自然界的各種奇異現象都是精靈所作成的。

⑰ 集體潛意識（collective unconsciousness），榮格（Jung）認為吾人意識的一部分固由個人環境的形成，另一部分則由精神遺傳所形成。這種精神遺傳是自太古以來人類獲得的累積，在潛意識狀態下發生作用。

山川寶藏之篇

第二章　山川寶藏之篇

——〈五藏山經〉綜述

《山海經》的山經部分，所記載的山川形勢，物產分布等，為近於真實的成分，為了解古中國人的地理觀的珍貴資料。〈五藏山經〉按照南、西、北、東、中的次序，分別為〈南山經〉、〈西山經〉、〈北山經〉、〈東山經〉，以及〈中山經〉。所記的幅員廣闊，南到南越、緬甸、印度，西到新疆以西，北抵內蒙古及東三省，東達日本及琉球群島。這種廣博的地理知識，由王官典藏的國家檔案，成為一些通方之士的淵博見識。因此，當時能通曉山經的，總是些專門掌管山川地理知識的職官，或是與史巫有淵源的方士之流。

根據〈五藏山經〉後的「記」，假託古代地理之學的開山祖師大禹說：天下名山，禹所經歷的凡有五千三百七十座之多，至於所經行的土地則達六萬四千五十六里之廣。其實，這些強調又多又廣的數目字，只是在說明〈五藏山經〉所紀錄的山河大地，就是當時中國人所較能知悉的世界地理。在遠古交通閉塞的時代，這已經是相當淵博的「行萬里路」以上的博學者了。

所謂「五藏」，就是「山海天地之藏」——山海的富藏、天地的寶藏，因此，山經是一卷古老的寶藏圖或寶藏檔案。篇末的「記」，畢沅、郝懿行都認為是周、秦間人的相傳舊說，很能表現對於山川寶藏的一種樸素見解：

天地之間，從東到西橫跨二萬八千里，從南到北縱長二萬六千里：有河流發源的山有八千里，容納河流的河海也有八千里；出產銅礦的山有四百六十七座，出產鐵礦的也有三千六百九十座。這就是天地之間，分劃土地，種植五穀；或製作戈矛、或鑄造刀幣。善加利用的，會覺得這些蘊藏，綽綽有餘；不善加利用的，就會感到有所不足。歷代以來，或者封於太山，或者禪於梁父，封禪之王共有七十二家，得失的天運氣數，全在這個契機，這就是國家開發資源的大事。

這種愛物利物的觀念，正是山經紀錄的一種理想。將天下寶藏搜集整理，聚於王府，才能清楚了解天下的富藏；但重要的，是要善加利用，而且要用得其所，〈禮運大同篇〉說

「貨，惡其棄於地也，不必藏於己」，編纂山經的職官就是深深體會「藏」字的妙用。

以下就依據這一份古老的寶藏圖卷，分類敘述。山經的敘述形式大概是這樣的：每卷各記一方，各有若干篇，題為次二、次三……，每篇中各山自相連屬，有首有尾，組成一組山脈。例如〈南山經〉包括三篇，即南方有三條山脈。經中常說某山經之首如何、某山之首如何，就是某一山脈起首的山。然後作為起算標準，朝某一方向幾里，為另一座山。因此山經所記的不是一座座孤立的山，而是各山之間隱有關連，具備了關於山脈的簡單概念。其中某座山，先述有無水源，其次敘述林相、礦產、植物或者動物——特別注意奇特動、植物，描述它的形象、功能——醫藥的、巫術的。每山脈敘述完後，述主司的神——形狀、祀法等。因此，下面就分別敘述：〈五藏山經〉所敘述的範圍、每一山經的林產及林木的醫療效果、礦產分布及不同種類、動物的類型及描述方法、動物的醫療性及預示徵兆的功能，各山山神的圖騰性格與特殊形象。由這一份多彩多姿的寶藏圖卷，可以想見古中國人的地理觀，更可以了解能運用寶藏知識的史巫之官，是一種與民生休戚相關、成為眾多百姓精神指導者的形象。

第一節　吾疆吾土，廣布五山

〈南山經〉所調查紀錄的範圍，大約包括了中國南方的省份及鄰近的邊區。全經由三部分組成：分別稱為南山首經、南次二經、南次三經。據衛挺生先生的研究，南山首經的踏勘紀錄，起自中越分界的誰山山脈，到浙閩分界的箕尾山脈，共有十大山脈，包括：雲南、廣西、廣東、江西、福建五省。南次二經起自柜山（今仙霞嶺），到漆吳之山（玉環縣本島），約當浙江省及其沿岸。南次三經，起自東印度、巴基斯坦與緬甸分界的天虞之山（緬甸、青山山脈），直到雲南與越、寮邊境的南禺之山，歷經緬甸、泰國、寮國、越南、柬埔寨等國。全經所調查，除了中國南方各省的大部分，還遠及中南半島①。

〈西山經〉共有四篇，紀錄了中國西疆。西山首經從西嶽華山開始，向西調查到西海（今青海）。西次二經從鈐山開始——也就是與〈西山經〉之首的錢來之山隔汾河遙對的稷山，直到萊山。西次三經，從崇吾之山（祁曼大山）起到翼望之山——在木蘭東南。衛挺生先生整理為四組：一、自積石之山到翼望之山，為自大積石山穿越柴達木盆地而繞出西北；二、自崇吾之山到不周之山，為自柴達木盆地西南，沿沙漠的南山而下；三、自坴山到軒轅之丘；四、自泰器之山至昆侖之丘及四大水系。其中包括了神話地理的數座大山，像昆侖山彙、不周之山等。西次四經，從陰山（將軍山）到崦嵫之山（大通山）。〈西山經〉的範圍，約當陝西、青海、綏遠、甘肅東部、及新疆，並遠至中亞。

〈北山經〉共有三篇，大抵以東北疆域及北方諸省為範圍。北山首經從單孤之山（庫斯渾山）到隄山（屯金山）；北次二經從管涔之山到北海（鄂霍次克海）邊的敦題之山；北次三經從太行山脈的歸山起，到地濱翰海的無逢之山（銀礦山）。衛挺生先生也重加編次，分為山西中部諸山、中條山脈諸山、太行山脈西南段、南段、中段、滹沱水系諸山、京西、京北諸山，以及更達西北諸山。〈北山經〉所包括的範圍就是中國北方遼闊的地區，遠達蒙古、西伯利亞，以及河北、熱河、綏遠東部、察哈爾南部及山西等。對於這片北方疆域，當時已能深入不毛之地搜集、調查，確實不是一件簡單的工作，雖然編次不盡合乎現代科學地理的標準，也無足訝異。

〈東山經〉共有四篇，衛挺生先生認為探勘調查的計劃，是由鄒衍訓練調查團在鉅燕——燕昭王的協助下完成，因此置於〈五藏山經〉之首。其實依東方為首的傳統觀念也應置於首編，但因編成時與楚國有關，所以次序有所更動。〈東山經〉紀錄山東半島、東北濱海區域，也可能達到朝鮮、日本及琉球群島，為以海疆為主的地理檔案。東山首經從齊都臨淄近郊的樕螽之山（石門山）開始，至於竹山（鳳凰山）；東次二經起首登、萊三州的空桑之山，到寶城灣附近的礜山（月出山）；東次三經開始的尸胡之山，為今之濟州島，歷經日本群島，直到大琉球島，稱為無皋之山，記載較疏略，因此至今學界還未成定論；東次四經偏於東北疆，從北海邊的北號之山（札格第嶺）直到太山（悉和太嶺）。

〈中山經〉凡有十二經，占山經的一半有餘，為〈五藏山經〉敘述的中心，像〈西山經〉的敘述方向，自東至西，〈北山經〉則自南至北，隱然以〈中山經〉所載地區為天下之中。按照古代京畿為天下政治中心的觀念，顯示出〈中山經〉的命名大有意義，《荀子．大略篇》說：「欲近四旁，莫如中央，故王者必居天下之中，禮也。」職官紀錄、整理天下地理檔案，自需以京畿為王者所居的天下的中央，才合於禮義。不過，〈中山經〉的範圍，歷來都以伊、洛京畿為中心說，近年有些學者認為應該是巴蜀、或者是荊楚②，因為它詳記岷江中、上游的地理形勢，又以「天下之中」指四川西部地區，就是古巴蜀文化。或者說荊楚國勢強大時，曾包容過岷江一帶，故為荊楚學者自尊國土的觀念。

〈中山經〉從山西、河南的近畿開始紀錄，正是王者居於中央的具體表現。中山首經就從薄山起，也就是薄山山系，為中條山脈西段，中經霍山諸山，為太岳山脈南段，就是到鼓鐙之山，兩段山脈所及的區域，適為唐、虞、夏都城之所在。中次二經迄於中次七經，都是周都洛陽邑左方各山系中的山脈，故次於首經：二經載伊水流域諸山；三經為萯山山脈（五鳳山），在穀水之北、黃河之南；四經為釐山山脈（熊耳山），在洛水之南、伊水之北；五經較零亂，也屬於薄山山系；六經為縞羝山系，乃穀水南、洛水北的東西山脈，又包括西段的楊華、陽虛諸山；七經為苦山山系，乃沿洛水、伊水，自西而東返回洛邑所經的中嶽山脈。衛挺生先生《山海經地理圖考》將前七經列為一組。

〈中山經〉從中次八經以下五經，為中原地區，及長江流域的山川地形，包括了河南、安徽、江西、兩湖、四川、甘肅，近於長江流域的區域。八經為荊山山系，載南條荊山以東諸山；九經為岷山山系，載川西到鄂西諸山；十經從首陽山到丙山，約在渭水源流與長江源流區之間，為黃帝、顓頊神話中常提及的名山：像採銅的首山，涿山為顓頊母的蜀山。十一經屬於北條荊山，從伏牛山而東南，直到大別山東北。山名雖多，但實在是同屬一山麓而分支的小山，可總括在熊耳、外方、伏牛、桐柏、大別五大山系，及注入長江的漢水、淮水二水系。至於十二經，所記才是洞庭湖附近到鄱陽湖附近的諸山，與楚國中心都城最為接近的區域。

以上南、西、北、東、中五山經，建立一種古老的宇宙中心圖，為具有神秘性的輿圖說：以伊、洛及黃河流域的京畿所在為全國的中心區域，四周環繞著廣大的陸地——上面分布著山川寶藏，而赤縣神州之外，則更有瀛海。這種地理觀隱然有鄒衍的九州說的素樸的觀念：也就是先列中國名山大川通谷禽獸，水土所殖、物類所珍，因而推之及於海外，人之所不能睹。山經正是中國的名山、大川、通谷的地形圖，在古中國人的視野裡，已經是一個廣大無垠的空間了。

第二節　草木豐繁，服用醫療

壯麗的山川常以蓊鬱的林木，造成勝景。古人相信潤澤的地氣會影響山林，林木的茂盛與否正是一種表徵。山經之中常以多木多草與無草木等對比的敘述方式，表現某一座山是否有適量的水泉、或宜於成長的土質。像〈南山經〉中：區吳之山（括倉山及北雁蕩山），「無草木，多砂石」，為砂質的山，草木成長的狀態就較差；而虖勺之山（松陰溪以北諸山），「其上多梓、柟，其下多荊、杞」，就是有較佳的林相。因為木材為山林的重要資源，與日用民生有密切關係，自然列為寶藏。山經中，因南、西、北、東、中的不同區域，所產林木也隨著氣候、土質而有些不同。

山經敘述林木（包含草在內）有三種敘述方法：第一種泛稱木、草，只是表示林相如何而已；第二種敘述該樹木的名稱，多為較普遍性的，其日用為大家所熟知，因此，多不詳述其用途為何？第三種就不同，仔細敘述其形狀、樣態，當然，特別強調它的用法與功效，大概多是醫藥，為古代民間醫療的原始資料，尤其是巫醫所使用本草的珍貴紀錄。這是古中國人素樸的醫藥學，依據巫術性思考原則，形成一種經驗科學。據說炎帝神農氏嘗百草，發現了各種各樣的藥草；更神奇的傳說是他用一根赭鞭來鞭打百草，而知悉各類藥草的藥性。他將草藥知識傳授下來，成為醫藥之神。古代醫藥的發現與人類生命的延續有密切關係，山經自然要特別紀錄的。

一般實用性的材質，以山經所紀錄的，大概都是較上等的良材。〈南山經〉載有桂（招搖之山）、棪木（堂庭之山）、梓、柟、荊、杞（虖勺之山），種類不多。桂（Cinnamomum）為樟科植物，葉子像枇杷，冬夏常青，就是南方草木狀所謂的牡桂，常叢生在山頂。棪木，別名叫連，果實像李子而紅色，可以食用，樹膠可以和香為蘇合香，這兩種為南方植物。其他梓為紫葳科的落葉喬木；柟，俗名楠樹，為樟科的常綠大喬木，都是建築的良材。荊就是荊楚，為馬鞭草科的落葉灌木；杞即是杞柳，為楊柳科的落葉灌木，都是我國從古栽培的樹類，可供觀賞及實用的良材。

〈西山經〉所載的種類就繁多些，除了荊、杞、柟外，較多的樹種，有杻木、橿木、檀、楮、柞、穀等。杻，又稱土橿，為田麻科的喬木，橿也是堅緻的木材，古代用作弓材、弩幹，就是取它的韌性。檀樹為榆科的落葉喬木，材質堅硬，為建築良材，尤適於作車軸。楮、穀，其實都是所謂的構樹，為桑科的落葉喬木，樹皮纖維，為從古著名的製紙原料，古代的楮紙，現在用的宣紙、細桑皮紙等，都用它。柞、櫟，屬於山毛櫸科的喬木；另有棫，也是同科的落葉喬木，至於松、柏更是常見的良材。關於竹類，則有竹箭、箭箙、以及桃枝竹、鈎端等，這是見於〈西山經〉的樹木，大多是古來即為中國人所栽植培育的上等木材。

〈北山經〉所調查紀錄的，因為氣候較冷，多產松、柏、椶、橿等，又有些漆、桐、椐、樗、柘、及榛、楛等。漆樹，〈西山經〉所述，以陝西、湖北所產，品質最佳；而北山首經的虢山、三經的景山也多生產。桐為梧桐、椐為作杖用的樻木，材質堅實。發鳩山產柘木，為桑科的灌木，也是從古栽植的樹木。樗，屬楛木科落葉喬木；楛，就是荊楚，其原產地就在華北及內蒙。榛為樺木科灌木，是北方常見的樹，果實可作乾果。另外還有像榆樹的機木（單狐）、有棘的枳棘、檀柘類的剛木（北嶽）、以及栒木（繡山）。北方的蔥、韭等菜為常用食物，邊春之山、北單之山、丹薰之山等都有記載，可見是北地風光了。

〈東山經〉所紀錄樹種較少，與多海島、海灣有關，有漆樹、穀樹、梓、桐、桑、柘，及作行道樹的樗，較特殊的是姑兒山的桑樹，以及從無皋之山東望的扶桑神木。有一種菌蒲，產於孟子之山，衛挺生先生說是日本、紀伊半島的蒲葦與芝草，如果確是日本，倒是蓬萊仙山產靈芝的傳說來源。

〈中山經〉所紀錄的，因它的地理位置適為中國的中部地區，因此植物種類也呈現多樣性，前述南、西、北、東諸山經的良木佳材，中部諸山多有生產：諸如杻、橿、桑、穀、漆、椶、桐、柞、樗、柟、松、柏、柘、梓、栒、椐、檀、荊、杞等；竹類的竹箭、桃枝竹、鈎端、竹篃等也有。另外有些較有特色的是：香草類如芍藥、蘼蕪、芎藭等，北次三經的繡山也出產，而洞庭湖附近所產似更為著名，故《楚辭》中常有這些香草意象。另外長江流域還有一些較特殊的竹子，洞庭湖附近諸山出產有毒的桂竹（雲山、丙山）、作杖的扶竹（龜山）。此外還出產橘、櫾之類的果樹（荊山、綸山、葛山），〈北山經〉就只載有桃、李（邊春），這也是長江流域附近的林木。荊山山系又載了一種寓木，其實就是桑寄生科的小灌木，俗稱寄生、或蔦等。

醫藥性的植物，具有醫療功能。有些學者認為《山海經》是旅行者的指南，就因為其中有藥方；也有的說草藥秘方可以幫助克服不利行軍的因素，及振興人馬精力以助軍氣。不過，草藥最常用的恐怕還是在除疾疫。但藥草的辨識、使用的方法以及療效最難把握，因此植物類中這一類敘述最詳細；葉狀、莖柯顏色以及果實形狀等，詳加描摹，為後來本草學的範本③。草藥種類，草約有二十八種，木約有二十一種。醫療的方法約有四種：

食之：食之已心痛、食之不惑。

佩之：佩之可以已厲、佩之不迷。

服之：服之不字、服者不怒。

可以：可以已聾、可以禦凶。

〈南山經〉使用佩、食、可以；〈西山經〉也使用佩、食、可以；及一種「浴之」之法；〈北山經〉使用食，藥草較少，療法也較少；〈東山經〉使用食、服，藥草也較少；〈中山經〉則藥草最繁，凡使用食、服、可以，而不用佩。「食之」自然是用內服法，「佩之」則用為佩帶、服佩，「服之」卻最為複雜，可能是內在的服食，也可能是外在的服佩，〈中山經〉使用服、食二種方法。按理說，服應單指服佩，為外服法。但事實卻有二種意義：姑媱之山女尸化為䔄草，「服之媚于人」，佩服、佩著傳達䔄草嫵媚的屬性，為服佩；但堵山的天楄，「服者不啞」，郭璞就注：「食之不噎也」，為服食，〈中山經〉不用「佩」字，服字大多作服佩、外服之用，作服食的只是少數。至於通用的「可以」，未注明內、外服，為一般性用法。

服食、服佩的觀念，為近於巫術性思考原則的民間療法。據弗萊則（Sir Frazer）《金枝篇》（《The Golden Bough》）所說交感巫術（sympathetic magic）的交感原則，因為接觸而傳達物的屬性，服食、服佩都是近於「接觸巫術」（contagious magic），或據象徵律所形成的「模擬巫術」（imitative magic）④。〈南山經〉說招搖之山有一種樹，結菓像穀子而有黑色紋理，花朵光色四照，名叫「迷穀」，服佩在身反而令人不迷，這是因為接觸之後，所生出來的相反效果。而一般草藥所含藥性，經由服食產生效用，是依據科學性的經驗，後來逐漸發展成為一種中國式醫學。

山經所載草藥的療效，以醫治生理疾病為主，如萆荔「食之已心痛」、彫棠「食之已聾」、榮草「食之已風」，屬治內臟方面；條草「食之已疥」、杜衡「食之已癭」，屬治外科方面；器酸「食之已厲」、苦辛「食之已瘧」，為治傳染病；條草「食之不惑」、鬼草「服之不憂」，為治精神疾病；嘉果「食之不勞」、櫰木「食之多力」，為增加體力。另外〈西山經〉的崇吾山產一種木，藥性像芣苡，「食之宜子孫」，屬妊娠藥；黃棘則「服之不字」、蓇蓉也「食之使人無子」，都屬於不妊的藥。而一些療法特殊的，薰草「佩之可以已厲」，因為古人相信香氣可以驅邪；又黃雈「浴之已疥，又可以已胕」，煮湯洗沐之用。此外像一些「可以毒鼠」的藥如無條；「可以毒魚」如茇、芧薴。「可以血玉」如白䓘，近於染色原料。總之，古人依據長遠流傳的經驗，或據於巫術、或源於藥性，發展一些樸素的草藥知識，為日常醫治之用，或旅行救急之便。當時除了使用文字描述，應該配合了圖形，山經就成為巫醫的醫典，也成為民間必備的藥方，日積月累，發展成為本草之學，更奠定《山海經》在中國醫學史中的地位。

第三節　山川礦產，富庶寶藏

山經的記所說的「戈矛之所發、刀鍛之所起」，就要依靠礦產資源。至它所說「出銅之山四百六十七，出鐵之山三千六百九十」，是一種概略性的統計，包括大山、小山，實際與山經的敘述比較之下，數目要少得多，大概山經只記載較著名的。礦產為極富實用價值的山川寶藏，依考古文物的發現，中國在新石器時代之後，就逐漸發現銅礦的使用，而進入青銅器時代，現在商朝，尤其周朝的銅器，製作精良，成為傳世的國寶，可知中國人發現礦產之早，而且冶鍊技術也很早就發展到相當的水平。鐵器的使用較晚，依地下的發掘，應該到春秋時期已能鑄鐵。山經中紀錄了不少金屬礦產，當時的科學知識，無法作精細的分析，只能依據經驗判斷所含成色，而賦予不同的礦名，因此一種礦名而含有多種礦物；或一種礦物而具有多種礦名，為很難避免的問題。如果只據山經所敘述的礦名分類，約有金、銀、銅、鐵、錫等。

金屬礦類外，還有數量更多的玉石礦類。人類從原始時代就已知道使用石器，由舊石器時代到新石器時代，初民尋找可以使用的各種玉石，由粗糙而精細，由實用而藝術，象徵人類心智成長的過程。他們從一塊渾沌的石塊中，看出不同形式的造型，這種從無形到有形的賦形，結合了實用性、宗教性、藝術性為一體。山經的時代，人類依然持續著一種愛石、拜石的情緒，熱衷地去尋找不同的石材，從肌理細膩的美玉到質地清脆的磬石，只要是能表現智慧的都可取諸自然，然後透過大匠之手雕刻出不同的形象，這就是大用。山經中所搜集的玉石礦，種類紛繁，顯示中國人對於玉石早就有進步的辨識能力。

山經敘述礦產的方式，一種是某山多某礦：如「招搖之山，多金玉」之例；其次是某山的陰、陽，先敘說其陽如何，再敘說其陰如何，先陽後陰，為中國人習慣的思維方式。北半球的中國習慣以「山南、水北為陽」、「山北、水南為陰」，從得陽光的面獲得的思維習慣。奇妙的是金、玉、銅多產在陽面；而鐵、碧、青雘多產在陰面，這種傾向是象徵陽、陰二性的質地、特性，抑或只是紀錄者敘述上的巧合而已，也是一種奧妙的事⑤。其三是某山的上、下，先敘說其上、再其下，也是中國人上、下思想意識的具體表現；但在礦產的判斷上，其上多金、玉、銅，其下多鐵、碧、青雘，為礦物學中合乎學理的敘述。也就是二種相關的礦產往往同蘊藏一處，依據上、下位置的分布，可以互相推測，這在現代礦物學中是一種讓學者感到趣味的一個問題。至於第四種為產於河流中的，多先敘說某水，然後說其中如何，如〈西山經〉竹山，「丹水出焉，東南流注於洛水，其中多水玉」。

古代礦產的分布，除了文字紀錄外，是否附圖，如依古代地圖學的文獻敘述，應有地圖的資料作為官府的檔案。依據後世流傳於道士手中的真形圖來判斷，山勢的迴旋曲折、礦產的大略位置應有個指引的。

金屬礦，以金為最貴重，《說文》說金為「五色金也，黃為之長，久薶不生衣，百鍊不輕，從革不違。」所以金為通稱，山經中有一百四十四處，細分則有黃金、赤金、白金三種。黃金為質地較純的金礦，至於赤金、白金等，則礦物學上有所謂礦物共生的現象，自然金存於礦脈之中，而與硫化銅等相共生，也就是金礦中含銀、含銅、銅礦中也常含金。因此，金礦中有含銀的成分，就呈白色，稱為白金；含銅就呈赤色，稱為赤金。《漢書．食貨志》、《說文解字》、《爾雅．釋器》等古書常以赤金為銅、白金為銀，是就金含有銅、銀成色而說解的，另外後人行文修辭也常有這種混稱的現象。山經中於金之外，另列有銀、銅等礦，似有分別。只是當時的分析技術較簡單，恐怕只能依據經驗判斷礦物共生的現象，而賦予不同名稱了。

銀礦出現於山經的凡十二處，其中一處稱為赤銀，郭璞說是「銀之精」，郝懿行說《穆天子傳》有燭銀，即是赤銀，銀也是重金屬。銅礦出現了二十六處——十處稱赤銅、一處稱美銅，這些記載與四百六十七座出銅之山相較極遠。事實上，礦物學上所說含銅礦的可多到百餘種。因為銅礦石表現於顏色的多彩之至，古人所謂玉、或青碧，其實多為含銅的礦石。衛挺生先生說虢山「其陽多玉」，是拜城北嶺產銅的礦石。銅礦中有藍銅礦，世稱茈石、紫玉、藍玉；有綠銅礦，世稱孔雀石、綠玉、碧玉，所以山經中的青碧、茈石，其實也是產銅的地方⑥。鐵礦在山經中出現三十四處，其中有碧鐵。事實上我國鐵礦分析，達五類二十餘式之多，可見當時才開始知道用鐵，還不能普遍發掘使用。又有錫礦五處，其中包括赤錫、白錫，赤錫的名稱，現代礦物學沒有這種分類名稱；白錫，郭璞說是白鑞。這種古代分類模糊的現象，在科學萌芽時代自難避免。

石礦類，以稱玉、稱美玉為最多見。玉為古人珍貴的寶石，因它所具的美質，古書認為玉有五德，以道德性意義比於玉德。玉所呈現出來的鮮豔色彩，被賦予一種巫術性，因此以玉製作的飾物佩帶於身，除有裝飾的美觀，更具有神秘的靈力。玉的搜尋就在這種神秘而美的情緒下展開，山經所謂「瑾瑜之玉為良，堅粟精密，濁澤而有光，五色發作，以和柔剛，天地鬼神，是食是饗，君子服之，以禦不祥。」可以祭拜鬼神，可以服佩防禦，就是因為玉所放射出來的神秘之光。除了服佩，又可以服食，《周禮》都有食玉的記載，據傳服食玉膏，可致長生，實在是傳達了玉的不朽屬性的一種巫術性思考方式。

山經稱玉、美玉的約一百一十處。又有白玉十二處、水玉七處，瓀琈之玉十六處、蒼玉九處、青碧十一處、嬰垣之玉（或謂嬰短之玉）二次、糜玉、珚玉二次，其餘瑤碧、碧、水碧、璇玉、玄玉、藻玉都曾出現過一次，其中有些屬於銅礦石。真正的玉需依比重、折射率、硬度加以區別分類。李約瑟以現在礦物學知識分別玉有軟、硬：軟玉由小粒潛晶質組成，硬玉由細微的纖維潛晶質組成⑦。古人不能精密分類，凡美麗結晶體的礦石，均與玉聯稱，但由此反映中國人嗜玉的風氣極為普遍。

石礦中品類繁多，古人所稱「石之次玉者」，多指有美麗結晶的礦石，其比重、硬度較玉為低，色彩也不如美玉的多變。這些林林總總的石類，山經紀錄者多以顏色、紋理命名：如文石六次、文玉石一次、青石一次、美石一次、玄石一次（又稱玄礵）、采石一次、礜石一次（又名燕石、石上有符彩嬰帶）、茈石；又有依功用命名的像砥礪三次、砥石二次、礪石二次，可以磨物；箴石二次，可以箴砭治病；磬石五次，可作樂器；鳴石、脆石都因其石質清脆；磁石一次，可辨別方向；博石一次，可作博棋；洗石二次，可以爽體去垢。又有石涅，即是礬石，即明礬。白石即礬石，世稱毒砂，成硫化鐵砷，煅燒成灰，可以毒鼠。此外還有各種因地不同的石類：如礨石、瘮石、㢆石、硌石、泠石、礝石、砆石、珹石等，大概多指較一般石質為佳的石類。

臒礦，《說文》說是善丹，也就是朱砂。山經記其產地有三十餘處，其中青臒最多，約二十一次，又有丹臒、丹粟。青、丹是就彩色而分的，為古代顏料的主要來源。雄黃礦凡十四處，或稱雄黃、或稱青雄黃，後者有人認為是雌雄黃，成分為二硫化二砷，與雄黃的成分三硫化二砷稍有不同。中藥中作為退熱驅毒的藥劑，而煉丹之士，將朱砂、雄黃作為煉丹的部分原料。

堊礦為土中較佳的，可製瓷器，可以煉鋁。原以白堊為主，山經載其產地三處，又有黃堊五處、青堊一處、黑堊一處，也有單稱堊的，有九處、美堊一處。與堊相近的是赭礦，山經載有十處：單稱堊、或美堊，《說文》說這是一種赤色土，頗多產於水中，像從石脆山發源的灌水，北流注入禺水，水中多流赭，用它「塗牛馬，無病」，利用紅色以辟邪。

中國礦產的分布，本遍於境內各地。但以山經的記載，則〈中山經〉所發現的產地最多，而且種類也最繁富，這是因為位於京畿附近，發現得早，開採較易，另外〈西山經〉的新疆地區、〈東山經〉的山東半島也有些分量較多的礦產，前者以玉為最多，幾乎遍於幾座名山，像槐江之山、峚山等，為古來傳說中產玉的名區。新疆為羌族發源地，又是封禪祭天的聖地，尤其玉與黃帝神話更具有密切關係。山東半島附近，也是夷族活動地區，因此也有些礦產。這些紀錄雖然顯得簡單而不完整，而其藏量的多寡、含量的精純等，也缺乏較科學的分析，但就當時的科學水平，這已經是一份極為珍貴的藏寶圖卷了⑧。

第四節 飛潛走獸，品類庶繁

山經所敘述的動物，無論是在天空中飛翔的禽鳥、在陸地上行動的走獸，或在河海裡潛游的游魚，都具有一致的敘述筆法，也就是代表了當時的調查紀錄者的一種觀點：即凡是常見、熟知的動物大多未見於記載，像家禽、家畜之類，因為那是正常之物，平常經驗中習見慣聞。其次稍微珍奇些，但只是因為非本地所產，或產量較少的緣故，就簡單敘述，表示某山產某物，如：

「南山，獸多猛豹，鳥多尸鳩。」（〈西山經〉）

「牡山，其獸多㸲牛、羬羊。鳥多赤鷩。」（〈中山經〉）

虎、豹、熊、羆，雖是猛獸，但是並無怪異；㸲牛、羬羊只是較一般品種的牛、羊高大一些，也不足怪異；至於尸鳩、赤鷩，尋常鳥類，吱吱喳喳，並不十分引人訝異，所以雖有紀錄，只是聊備參考而已。而大宗的敘述，就自然集中在更不經見，尤其是奇形怪狀之物上——細膩描繪牠的形狀特徵，以及牠一出現的徵兆。因此，山經成為專門述及有關災異吉凶之象徵，及克服災禍之秘方。

我們將這些奇特的現象分類抄出、整理歸納以後，會發現一件有趣的比例。那就是卷帙占有山經一半以上篇幅的〈中山經〉，結果比例最低。以鳥類為例——前述第三類括號表示。

〈南山經〉：七條（七條）
〈西山經〉：三十條（二三條）
〈北山經〉：廿一條（十四條）
〈東山經〉：四條（四條）
〈中山經〉：十八條（九條）

〈中山經〉十八條中除掉一般鳥類，能顯示徵兆的只有一條，可以實用：如治病、禦火的有八條，這是相當少的比例。又以魚類為例：

〈南山經〉：六條（四條）
〈西山經〉：十二條（七條）
〈北山經〉：十八條（十一條）
〈東山經〉：十九條（七條）
〈中山經〉：廿一條（六條）

〈東山經〉的分量在山經中不多，但魚類紀錄的比例偏高，自是因為所記以濱海及海島為主。而〈中山經〉比例仍不高，特殊記載的凡六條，全部有關服食治病之用，所以，只是醫療實用的秘方而已。

山經動物中以獸類所占分量最多，試列其比例如下：

〈南山經〉：二十六種（十三種）
〈西山經〉：六〇種（十八種）
〈北山經〉：四十一種（二十七種）
〈東山經〉：十九種（十三種）
〈中山經〉：一〇二種（十九種）

這份對照起來，比例懸殊的情形，顯示〈中山經〉範圍的獸類，敘述最詳，但較怪異、特殊的異獸並不算多，甚至可說很少。據何觀洲的說法，山經敘述物類是依照「已知的東西作基礎，去想那些不知的東西」，這種類推的方式，是人類描述自己所不熟悉的事物的原則。但何觀洲很氣憤地指出「他的見聞雖然很有限，可是他巧用了這種方法，可以幻出無窮的東西來。他在無形中劫奪了造物的權衡，他竟自作了萬物的主宰。」⑨其中指責的「他」是誰？可代表普遍的中原人士，講得清楚些，是代表政府的職官，也就是以京畿所在的河洛人士為主的觀點。因為當地人士並不會將一些土產的獸類大驚小異地描述，且常有離譜的現象。還是以〈南山經〉為例：

「招搖之山，有獸焉，其狀如禺，而白耳，伏行人走，其名曰狌狌，食之善走。」

「杻陽之山，有獸焉，其狀如馬，而白首，其文如虎，而赤尾，其音如謠，其名曰鹿蜀，佩之宜子孫。」

禺是大獼猴，從牠去推想，一種白耳朵，可伏著行走，也可直立像人類般走動，名字就叫「狌狌」，其實就是「猩猩」，比喻一圈，才能想像，因為非當地人不易真切地了解猩猩的模樣。又如鹿蜀，其實就是麝香鹿、牙麞一類，自然為鹿屬之一，因中原人士沒見過，只好想盡辦法去描摹。至於其實用價值，是一種巫術性思考原則：猩猩體大善走，服食牠的肉，因接觸而傳達善走的屬性；鹿蜀常一雄而百數雌鹿、小鹿相隨，為多子多孫的象徵，用牠的毛作服佩，如能傳達這種神秘靈力，自可宜子宜孫。類似的敘述為一種民間的素樸巫術信仰。何觀洲評為荒唐，卻歸納了六種描述方法：類推的變化、增數的變化、減數的變化、混合的變化、易位的變化、神異的變化。鄭德坤說可依據這六法「直接看到古人簡單的描寫法，間接看到古人的心理作用」[10]。因此，這些參雜組合的敘述方法，不僅是中原人士對遠方異物的接納方式，也是古代之人對於一些遠方事物的傳達方法，經由時間、空間的間隔，而幻化、變形。陶淵明翻閱《山海圖》，以及更多嗜奇之士喜讀《山海經》，其實就是這種觀物方式。

山經的敘述遠方異物的方式，其重心大概有三：一為形狀描摹，使用增數、減數、混合、或易位等原則類推：

「有鳥焉，其狀如雞，而三首、六足、六目、三翼，其名曰鵸鵌。」（〈南山經〉）

「有獸焉，其狀如狐而九尾，其音如嬰兒，食之不蠱。」（〈南次三經〉）

「其中多何羅之魚，一首而十身，其音如吠犬，食之已癰。」(〈北山經〉)

右三例為增數：增加普通動物的器官數目之法。(以上見左圖)

䳅鵂 狀如鷄而三首六目
六足三翼出基山
䳅鵂
六足
三翅
並翬

九尾狐 狐身九尾能食
人出青邱山
青邱奇獸
九尾之狐
有道翔見
出則銜書
作瑞周文
以摽靈符

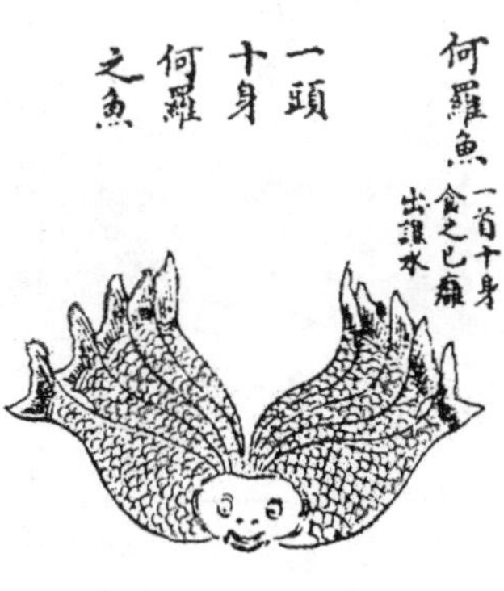
何羅魚 一首十身
食之已癰
出譙水
一頭
十身
何羅
之魚

「有鳥焉，其狀如梟，人面而一足，曰槖𩇯，冬見夏蟄，服之不畏雷。」（〈西山經〉）

「有獸焉，其狀如羊，而無口，不可殺也，其名曰䍺。」（〈南次二經〉）

「大苦之山，其陽狂水出焉……其中多三足龜，食者無大疾，可以已腫。」（〈中次七經〉）

右三例為減數：減少普通動物的器官數目之法。（以上見左圖）

帶其羽毛迅雷不入

「崦嵫之山……有鳥焉，其狀如鴞，而人面、蜼身、犬尾，其名自號也，見則其邑大旱。」（〈西次四經〉）

「釐山……有獸焉，名曰獺，其狀如獳犬，而有鱗，其毛如彘鬣。」（〈中次四經〉）

「其中多玄龜，其狀如龜而鳥首虺尾，其名曰旋龜，其音如判木，佩之不聾，可以為底。」（〈南山經〉）

右三例為混合，由兩個以上的實際動物混合而成之法。（以上見左圖）

「有獸焉，其狀如羊身，人面，其目在腋下，虎齒人爪，其音如嬰兒，名曰狍鴞。」（〈北山經〉）

「有獸焉，其狀如羊，一角，一目，目在耳後，其名曰辣辣。」（〈北山經〉）

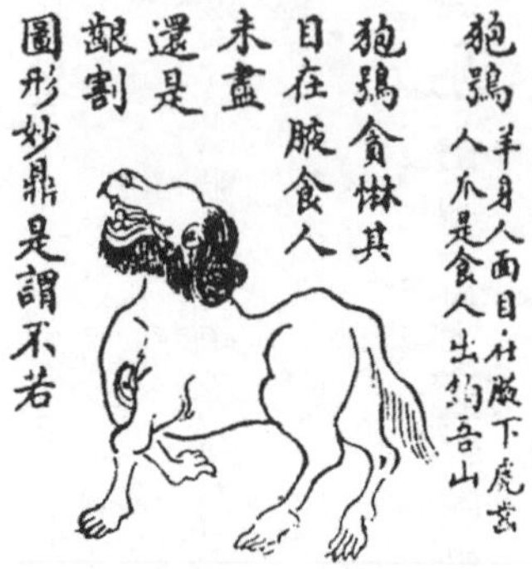
狍鴞
羊身人面目在腋下虎齒
人爪是食人出鉤吾山
狍鴞貪惏其
目在腋食人
未盡
還是
齕割
圖形妙鼎是謂不若

辣辣
狀如羊一角一目目
在耳後出泰戲山
辣辣似羊
目在耳後

右二例為易位，乃由普通動物變換器官的位置而構成之法。（見前頁圖）以上四種敘述方法，是依據類推原則，將動物的形狀予以重新組合，變化為不常見的「怪物」。

至於類推的變化，則是以一平常所見的動物外形，略為改變形狀而成：（見左圖）

「亶爰之山，有獸焉，其狀如狸，而有髦，其名曰類。自為牝牡，食者不妒。」（〈南山經〉）

「栒狀之山，有鳥焉，其狀如雞，而鼠尾，其名曰蚩鼠，見則其邑大旱。」（〈東山經〉）

類
狀如狸而有髦自為牝牡
出亶爰山
類之為獸
一體兼二
近取諸身
用不假器
窈窕是佩
不知妬忌

蚩鼠狀如雞而鼠毛見則大旱出栒狀山
蚩鼠
如雞
見則
旱涸

第二為強調動物的特殊聲音：有些奇特的鳴叫聲，與平常類似的動物不同，再加上牠或凶猛、或詭譎的獸性，就易於幻化成為怪物，而這些用來描摹的聲音自是為人類所熟悉的：嬰兒的嚶嚶聲、成人的叱呼聲、歌唱聲、音樂聲。以及砍木劈材的爆裂聲等，無一不可用來取譬。

「有獸焉……名曰窫窳，其音如嬰兒，是食人。」（〈北山經〉少咸之山）

「有獸焉……其音如嬰兒，是食人。」（〈東次二經〉鳧麗之山）

「其音如嬰兒」的獸類，多為食人的凶獸。大概以天真、撒嬌的嬰兒聲，誘騙人類，再將他吞食。

「有鳥焉……其音若呵，名曰灌灌，佩之不惑。」郭注：如人相呵呼之聲。（〈南山經〉青丘之山）

「有獸焉……名曰諸犍，善吒。」（〈北山經〉單張之山）

類似的人聲，諸如呼、叫、叱、責、號、哭以及呻吟等，屬於情緒激動的聲音。

「有獸焉……其音如謠。」郭注：如人歌聲。（〈南山經〉柢陽之山）

「簿魚，……其音如歐。」（〈東次四經〉女烝之山）

歌謠、謳吟的怪聲，與下列樂器聲為音樂聲音的聯想。

「鳴蛇，……其音如磬。」（〈中次二經〉鮮山）

「有獸焉，……音如鼓音，其名曰駮。」（〈西次四經〉中曲之山）

至於判木聲，就是木材爆裂的聲音：

「旋龜，其音如判木。」（〈南山經〉柢陽之山）

「猾褢，其音如斲木。」（〈南次二經〉堯光之山）

另外有動物的聲音互相比擬的，如以狗聲類推之例：

「有獸鼠……其名曰狡，其音如吠犬。」（〈西次二經〉玉山）

「有獸焉……其音如獆狗，其名曰峳峳。」（〈東次二經〉硜山）

又有用家畜的聲音比擬的，如以豬聲類推之例：

「鱄魚……其音如豚。」（〈南次二經〉雞山）

「鱅鱅之魚，其狀如犂牛，其音如彘鳴。」（〈東山經〉樕螽之山）

又有用禽鳥的聲音比擬的，如鴛鴦、鸞雞、鴟、晨鵠以及鴻雁之類：

「鸁魚，魚身而鳥翼，音如鴛鴦。」（〈西次四經〉邽山）

「文鰩魚……其音如鸞雞。」（〈西次三經〉泰器之山）

由聲音的類似引起聯想，也是描述的方法。

第三為怪異禽獸的命名方法。奇特動物自然不能使用平常動物的名字，依據人類語言的創作習慣，採用模擬法，賦予萬物不同的名號。像鴨即甲甲之聲、江即水流之聲，對於常見的事物，隨物賦名，總不離聲音的原則，因此對於稀見的動物，即依其聲音而命名：

「柜山……有鳥焉……其名曰鴸，其名自號也。」（〈南次二經〉）

「鹿臺之山……有鳥焉……名曰鳧徯，其名自叫也。」（〈西次二經〉）

鴸鳥之聲朱朱而鳴，鳧徯之聲也是鳧徯——鳧徯地叫。

「石者之山……有獸焉……名曰孟極，是善伏，其鳴自呼。」（〈北山經〉）

「歸山……有獸焉，其名曰驒善還，其鳴自訆。」（〈北次三經〉）

另外魚類也有這樣命名的：

「跂踵之山……有魚焉……名曰鮯鮯之魚，其鳴自叫。」

類似的命名法，遍於南、西、北、東、中諸山經，不過因方言的不同，而有自詨、自訆、自叫、自呼、自號等不同寫法，大概〈南山經〉只用自號，〈西山經〉用自叫、自號，〈北山經〉多用自詨、也用自呼，〈東山經〉則用自詨、自訆、自叫三種，〈中山經〉用自呼、自叫。其實詨、訆、叫與呼、號，並沒有極大的差別。郭璞就說：「今吳人謂呼為詨」（〈北次三經〉太行山條），因各地方音不同，或紀錄者不同，即兼容並蓄，忠實地紀錄下來。

劉秀序《山海經》強調伯益隨同大禹治水時，隨時「類物善惡」，山經中描述動物，尤其是惡物，是具有指南的作用。這種說法與《左傳》記載的禹王「鑄鼎象物」，同樣的指導人民「入川澤山林，不逢不若，螭魅罔兩，莫能逢之。」是基於巫術原則的一種辟惡秘方。要登山涉水，須預先知道山林怪物的形狀、聲音，及名字，就可遠遠避開，或者呼叫牠的名字，破壞其魔力，這就是後來道教法術思想中的「登涉術」。

第五節　類別善惡，民知神奸

山經中的動物比植物更具有神秘的色彩，植物的功能只在它具有醫療性，屬於素樸的經驗科學，頂多只能說是尚在「擬科學」（pseudo-science）階段。而動物部分，則尚停留在「巫術」（magic）狀態，不管是服食、服佩的除病消厄，或者是預卜吉凶的察知禨祥，多屬於巫術性大於科學性。有些將《山海經》當作一部「巫者之書」，或是「旅行者的指南」，都是因為奇形怪異的動物，讓後世的人有「荒誕不經」的印象，因此漢代一些以儒家正統自居的「縉紳之士」，已不怎樣視它為真實，唐代以後將它列為小說。這些巫術性特質，至於今日，研究《山海經》的學者多多少少總有一種感覺，巫術的強調最少意味著它縱使不出於史巫之手，至少也是流傳在史巫集團中的一種秘笈。

奇特動物的敘述代表著一種怪誕性、非正常性、超自然性。既是人類日常生活經驗中所未曾有，那麼，依據巫術性思考原則，超自然之物就會產生超自然力量，它可能表現為對於人體的超自然影響，其中以流行性傳染病、特殊的生理、心理的病症等最為困惑早期的祖先。據人類學家馬凌諾斯基（B. Malinowski）功能觀點的解說，原始人並不像他的老師弗萊則爵士所講的，不能分清超自然的巫術與實證的技術。他們知道巫術、科學（技術）的差別，只有在實證技術不能有效利用的不安全、不確定的狀況下才用巫術，而在可以控制的狀況下就不借助於巫術之力了⑪。

山經產生的社會，人類已能控制自己的許多處境，換句話說：中國的科學與文明，到商、周時期已發展到一個相當進步的階段，許多狀況可以實證技術有效地控制、利用，像中國早期的科學，近代科學史家都承認已有不錯的成績；尤其周朝理性主義的思想抬頭，知識份子以合理的態度去體察自己周遭的環境，提出了制天、利用自然的觀念，而逐漸脫離了宗教、巫術。但這過渡時期，巫術性思考原理還普遍地存在，它支配了大多數民眾的生活與思想模式。以疾疫為例，有些生理疾病經由經驗科學的醫療，當時顯然已漸能控制，但是一些較嚴重的症狀，尤其精神官能症就需要依賴巫術，藉以發揮其心理治療的功能。

超自然之力的另一種表現，就是一些災厄，舉凡水災、旱災、風災、火災、蝗災、瘟疫，乃至於人類最愚蠢的行為表現之一的兵災，都形成了一種超自然的破壞力，對於原始人類產生一種生存的危機，威脅生命——個體的、以及群體的，這種焦慮為「集體潛意識」（collective consciousness）的具體表現，預卜性的能力成為大家所渴求的——巫術就在這情況下產生。預防超自然力的最大破壞，能事先預知，早為防患，有些只是對於「非正常事物」的恐懼感，但有些也是基於經驗，為生物本能的表現。像看見一些動物的敏感、非尋常的行為，而推知必有天災的發生，平常的螞蟻、鳥雀已具有這種能力，何況一些奇特形狀的動物一旦出現，就會顯示特殊的象徵作用。這也是超自然之物所產生的超自然影響，屬於一種朕兆、徵驗性的現象，當然，這是巫術性思考方式。

山經所敘述的奇特動物，其主要功能，其一是作為服食、服佩等用途，可以解除疾疫及災厄；另外大宗的用途，則為徵兆性質的。後者的分量較多，但其中有些是一物而兼有兩種用途。服食、服佩的巫術性作用，與植物的服用是基於同一原理，經由接觸、傳染的交感，傳達超自然的屬性，這就是威伯司特（Webster）「巫術」（Magic）所說的屬性傳達原理。人類居家生活或在外登涉，常有勞倦、怠亂、飢渴、凍暍等困擾的情形，如果能夠服食、或服佩一些具有巫術性之物，就可傳達一種奇妙的力量，而達到釋勞、不倦，甚至不飢、不睡的效果，這是第一種功能：

「馬成之山……有鳥焉，其狀如烏，首白而身青足黃，是名曰鶌鶋……食之不飢。」

「北嚻之山……有鳥焉，其狀如烏，人面，名曰鵥䳮，宵飛而晝伏，食之已暍。」

鸓鵸、鵹鸜、與前面提過的鵸鵌，服食之後都能有不飢、已暍、無臥的神效。魚類則有鯩魚、儵魚等，也有類似的巫術性：

「半石之山……來需之水出于其陽，而西流注入伊水。其中多鯩魚、黑水，其狀如鮒，食者不睡。」

「帶山……彭水出焉，而西流注于芘湖之水。其中多儵魚，其狀如雞而赤毛三尾，六足四首，食之可以已憂。」

不睡、已憂，屬於精神狀態的安好。禽鳥、游魚的肉，有這樣的妙用，只有這種特殊靈物才能產生的。

第二種「服」的功能，表現在治療疾疫：不論是內疾外傷，或是肉體精神，均有一些適用的特殊療法，當然，這種藥材是不經見的。從內科病症醫起：

「梁渠之山……有鳥焉，其狀如夸父，四翼一目犬尾，名曰囂，其音如鵲，食之已腹痛。」

「單張之山……有鳥焉，其狀如雉而文首，白翼黃足，名曰白鵺，食之已嗌痛，可以已痸。」

腹痛、咽痛，可以醫好。而外科疾病最多見，如痔、腫等病：

「柢山……有魚焉，其狀如牛，陵居，蛇尾有翼，其羽在下魼，其音如留牛，其名曰鯥……食之無腫疾。」

「禱過之山……浪水出焉，而南流注于海，其中有虎蛟，其狀魚身而蛇尾，其音如鴛鴦，食者不腫，可以已痔。」

「天帝之山……有鳥焉，其狀如鶉，黑文而赤翁，名曰櫟，食之已痔。」

「薄山之首……有獸焉，其狀如鼣鼠而文題，其名曰難，食之已癭。」

又可治好類似的癰腫病：

「譙明之山，譙水出焉……其中多何羅之魚，一首而十身，其音吠犬，食之已癰。」

「半石之山……合水出于其陰，而北流注于洛，多鰧魚，狀如鱖，居逵，蒼文赤尾，食者不癰。」

「帶山……有鳥焉，其狀如烏，五采而赤文，名曰鵸鵌，是自為牝牡，食之不疽。」

白癬為皮膚病，古人認為較清潔的魚肉可作藥：

「渠豬之山……渠豬之水出焉，而南流注于河，其中多豪魚，狀如鮪，赤喙尾，赤羽，可以已白癬。」

「橐山……橐水出焉，而北流注于河，其中多脩辟之魚，狀如黽而白喙，其音如鴟，食之已白癬。」

至於精神官能方面的癡呆症或狂病等，則有人魚、脂魚、及領胡獸的肉可醫治：

「龍侯之山……決決之水出焉……其中多人魚，其狀如鯑魚四足，其音如嬰兒，食之無癡疾。」

「北嶽之山……諸懷之水出焉，而西流注于嚻水，其中多鮨魚，魚身而犬首，其音如嬰兒，食之已狂。」

「陽山……有獸焉，其狀如牛而赤尾，其頸腎，其狀如句瞿，其名曰領胡……食之已狂。」

對於流行性疾病，古人稱為癘、疫，也可以這種方法治好：

「英山……有鳥焉，其狀如鶉，黃身而赤喙，其名曰肥遺，食之已癘。」

「栒狀之山……汎水出焉，而北流注于湖水，其中多箴魚，其狀如儵，其喙如箴，食之無疫疾。」

「董理之山……有鳥焉，其狀如鵲，青身白喙白目白尾，名曰青耕，可以禦疫。」

疾病的醫治多用服食的方法，也就是以內服為主，甚至連癭腫、腫疣（滑魚、鱃魚治疣）、白癬等也不像後世的本草有使用外敷的。其中只有少數是用服佩的方法：

「杻陽之山……怪水出焉……其中多玄龜，其狀如龜而鳥首虺尾，其名曰旋龜……其音如判木，佩之不聾。」

「䧿山首曰招搖之山……麗麐之水出焉，而西流注于海，其中多育沛，佩之無瘕疾。」

服佩之法完全基於傳達原理：旋龜之音如破裂木頭的聲音，反其道，就可傳達靈龜之力以治耳聾；至於育沛生長於流水中，佩帶之後也可流出身上的寄生蟲病。較奇特的接觸法，是用「席」——席臥：

「天帝之山……有獸焉，其狀如狗，名曰谿邊，席其皮者不蠱。」

蠱為古老傳說中下蠱、或因蠱病而起。另一種九尾狐也可治蠱，難症用難得之藥醫，這就是巫術。

第三種為防禦性：凡火災、民災、兵災、雷電等都可以靈禽異獸防禦，大多用「可以」二字，其方法也是無奇不有，先說如何禦火：

「小華之山……鳥多赤鷩，可以禦火。」

「符禺之山……其鳥多鴖，其狀如翠而赤喙，可以禦火。」

「翠山……其鳥多鸓，其狀如鵲，赤黑而兩首四足，可以禦火。」

「崌山……有鳥焉，狀如鴞而赤身白首，其名曰竊脂，可以禦火。」

「丑陽之山……有鳥焉，其狀如烏而赤足，名曰駅鵌，可以禦火。」

如何用鳥禦火，依郭璞之說，多是蓄養在家，也可以利用羽毛。其防禦的原理，是依據顏色的交感巫術，產生靈威之力，請注意神鳥的共同特質：赤鷩有赤羽，其他赤喙、赤毛、赤身、赤足，「以赤禦火」，為「同類相治」（like cures like）。不妨再看另外禦火的木、或獸：

「崦嵫之山，其上多丹木，其葉如穀，其實大如瓜，赤符而黑理，食之已癉，可以禦火。」

「即公之山……有獸焉，其狀如龜而白身赤首，名曰蛫，是可以禦火。」

丹木赤符也就是紅色的柎。蛫而赤首就是紅色的頭。只有兩種與赤、火沒有直接的關聯：

「帶山……有獸焉，其狀如馬，一角有錯，其名曰臛疏，可以辟火。」

「涿光之山，囂水出焉，而西流注于河，其中多鰼鰼之魚，其狀如鵲而十翼，鱗皆在羽端……可以禦火。」

火災為無情之物，能辟之禦之，為古人的一大願望。

禦凶的凶，泛指凶險、凶厄，異獸最可防禦：

「陰山……有獸焉，其狀如貍，而白首，名曰天狗，其音如榴榴，可以禦凶。」

「翼望之山……有獸焉，其狀如貍，一目而三尾，名曰讙，其音如奪百聲，是可以禦凶。」

「譙明之山……有獸焉，其狀如貊而赤豪，其音如榴榴，名曰孟槐，可以禦凶。」

聲音如榴榴、或如奪百聲，以爆聲禦防凶惡，也是以惡治惡的方法。其他還有服之、食之的方法：

「有鳥焉，其狀如烏，三首六尾而善笑……服之使人不厭，又可以禦凶。」

「英鞮之山……涴水出焉……是多冉遺之魚，魚身蛇首六足，其目如馬耳，食之使人不眯，可以禦凶。」

關於「禦兵」——可指兵災，也可指刀械之厄。大苦之山有一種「牛傷」之草，可以禦兵，為以傷制傷之法。至於鳥或魚，則有寓鳥、飛魚、鯑魚等物：

「虢山……其鳥多寓，狀如鼠而鳥翼，其音如羊，可以禦兵。」

「騩山……正回之水出焉，而北流注于河。其中多飛魚，其狀如豚而赤文，服之不畏雷，可以禦兵。」

「少室之山……休水出焉，而北流注于洛。其中多鯑魚，狀如盩蜼而長距，足白而對，食者無蠱疾，可以禦兵。」

天上的雷電也是古人認為神奇而可驚怖的天象，只有使用巫術才能加以剋制：

「基山……有獸焉，其狀如羊，九尾四耳，其目在背，名曰猼訑，佩之不畏。」

「浮山……有鳥焉，其狀如梟，人面而一足，曰橐𩇯，冬見夏蟄，服之不畏雷。」

猼訑，《玉篇》、《廣韻》寫作「䍸羠」，也是羊屬⑫。《本草經》曾說「羖羊肉，主辟惡鬼、虎狼、止驚悸。」羊角可以辟邪。羊皮也可以辟惡，《說文解字》的註說：「城郭的市里，高懸羊皮，以驚牛馬。」用怪羊來嚇止惡鬼，就是「以惡治惡」的同類相治原理——依據交感巫術中的「象徵律」（symbolism）。森安太郎更以神話解說，羊是羌族的嶽神，是別是非曲直的神羊、是制鬼的冥府之神，因此可剋制陰界之鬼，其實，陽界之鬼也可剋制的，《雜五行書》說：「懸羊頭門上，除盜賊。」⑬

第三種為徵兆性：凡吉凶之兆，以及自然天象都可以有些徵象，藉以預先測知吉凶。山經所保留的這些資料，仍然較素樸，後來漢朝盛行災異、瑞應等傳說，變本加厲，簡直是一種不可理喻的迷信。其實，原始心靈觀察萬物，以合於正常為經，以反於正氣為變，凡變化均為天氣地氣不合常規的表現，因此，一定會發生事故。事故的發生，是天地之氣的表「見」，而為人類所看「見」，山經敘述方式中，全用「見則」如何？這個「見」字就是表現、看見的雙重涵意。史巫的職責就是要觀察這種微妙的徵象，然後以天意告知統治者，讓他們有所警惕，所以這種方法也是「神道設教」的意義。

天下國家為統治者所治理，古人相信這是由一個更崇高、莊嚴的天託他管轄而已。治理得好，就現出休徵以資鼓勵，如不上軌道，就有咎徵，警告他，要他改過。山經中有吉兆，也有凶兆：

「渤海有鳥焉，其狀如雞，五采而文，名曰鳳皇……是鳥也，飲食自然，自歌自舞，見則天下安寧。」

「女林之山……有鳥焉，其狀如翟而五采文，名曰鸞鳥，見則天下安寧。」

「南方……有鳳鳥……見則天下和。」

鳳凰為瑞徵，是一種吉祥的神鳥。牠一出現，意味著天下安寧。因為鳳凰生長在極樂世界中，牠肯翩翩降臨，自是因為人間樂土，所以古來皇帝常以鳳凰為帝王的象徵。

「泰器之山……是多文鰩魚，狀如鯉魚，魚身而鳥翼……其味酸甘，食之已狂，見則天下大穰。」

「欽山……有獸焉，其狀如豚而有牙，其名曰當康，其鳴自叫，見則天下大穰。」

「玉山……有獸焉……其名曰狡，其音如吠犬，見則其國大穰。」

天下大穰，就是大豐收，農業社會有好的收成，一定也是一個豐衣足食的年頭。相反的凶徵，就有大恐慌：

「豐山……有獸焉，其狀如蝯，赤目赤喙黃身，名曰雍和，見則國有大恐。」

「景山……有鳥焉，其狀如蛇而四翼六目三足，名曰酸與，其鳴自詨，見則其邑有恐。」

「耿山……有獸焉，其狀如狐而魚翼，其名曰朱獳，其鳴自訆，見則其國有恐。」

兵荒馬亂，對百姓是一種酷刑，長期的不能耕殖，家中的人離散於四方，這是比肉體之刑更難忍受的刑罰，由人為之。因此，天有種種垂示，除了天象之外，山經有許多不同的示兆的法子：

「歷石之山……有獸焉，其狀如貍而白首虎爪，名曰梁渠，見則其國有大兵。」

「倚帝之山，其上多玉……有獸焉，其狀如鼣鼠，白耳白喙，名曰狙如，見則其國有大兵。」

「蛇山……有獸焉，其狀如狐而白尾長耳……見則國內有兵。」

「小次之山……有獸焉，其次如猿而白首赤足，名曰朱厭，見則大兵。」

「有鏊山者……有赤犬，名曰天犬，其所下者有兵。」

獸類之外，鳥與魚也可以預示：

「鍾山……欽䲹化為大鶚，其狀如雕而黑文白首，赤喙而虎爪……見則有大兵。」

「鹿臺之山……有鳥焉，其狀如雄雞而人面……見則有兵。」

「鳥鼠同穴之山……渭水出焉……其中多鰠魚，其狀如鱣魚，動則其邑有大兵。」

兵災為人為，至於自然界所造成的天災，屬於天然災害。古中國人要忍受的災禍確是不少，首先是水災：

「犲山……有獸焉，其狀如夸父而彘毛，其音如呼，見則天下大水。」

「空桑之山……有獸焉，其狀如牛而虎文……其鳴自叫，見則天下大水。」

「剡山……有獸焉，其狀如彘而人面，黃身而赤尾，其名曰合窳，其音如嬰兒。是獸也，食人亦食蟲蛇，見則天下大水。」

「長古之山……有獸焉，其狀如禺而四耳，其名長右，其音如吟，見則郡縣大水。」

如呼、如吟、如嬰兒的聲音，在深沉的夜晚淒厲地傳來，濕漉漉的空氣中充滿著「大水」將至的恐怖。地上的獸這樣，連天上的飛鳥、水中的魚蛇也是大水的象徵：

「崇吾之山……有鳥焉，其狀如鳧而一翼一目，相得乃飛……見則天下大水。」

「玉山……有鳥焉，其狀如翟而赤，名曰胜遇，是食魚，其音如錄，見則其國大水。」

「邽山……濛水出焉，南流注于洋水，其中多黃貝，蠃魚，魚身而鳥翼，音如鴛鴦，見則其邑大水。」

「陽山，陽水出焉，而北流注于伊水，其中多化蛇，其狀如人面而豺身，鳥翼而蛇行……見則其邑大水。」

其次與水災相對比的是旱災。長期的乾旱，千里赤地，是農業社會最擔憂的災情。旱災的徵兆遍於各地，尤其是中原地區的高原、平原。旱災的象徵是蛇，依實際經驗，大蛇、怪蛇多深居幽壑之中，一旦天久不雨，牠就出於深谷，自然是大旱的徵兆。另外蛇與龍俱為與水有關的神話動物，以深潛、幽藏為牠的習性，一反深藏的常態，就是旱象之徵；而蛇龍能作雲雨，自然也掌握雲水之權，因此微妙地成為主旱之物：

「太華之山……鳥獸莫居，有蛇焉，名曰肥𧔥，六足四翼，見則天下大旱。」

「渾夕之山……嚻水出焉，而西北流注于海，有蛇一首兩身，名曰肥遺，見則其國大旱。」（以上見後頁圖．上、中）

「幽都之山，浴水出焉，是有大蛇，赤首白身……見則其邑大旱。」

「鮮山……鮮水出焉，而北流，注于伊水，其中多鳴蛇，其狀如蛇而四翼，其音如

磬，見則其邑大旱。」（見左圖・下）

「雞山……黑水出焉，而南流注于海，其中有鱄魚，其狀如鮒而彘毛……是則天下大旱。」

肥遺、肥𧔥，也寫成蜲蛇、委蛇、逶蛇、延維，或只作蟡，其實都從「逶迤」得意，就是

肥𧔥
蛇形六足四翼見則大旱出太華山
肥𧔥為物
與災合契
鼓翼陽山
以表亢厲
桑林既禱
倏忽潛逝

肥遺
一首兩身見則大旱出渾夕山
肥遺為
物與災合
契鼓翼陽山
以表亢厲桑
林既禱倏忽
潛逝

鳴蛇
如蛇而四翼其音如磬見則大旱出鮮山

長的意思，原指深藏河澤中的長蛇。神化以後成為延維，就是澤神（〈海內經〉）又成為神蛇；稱為蟡，就是「涸川之精」（《管子・水地》），屬於兩頭一身的形象。肥遺雖不是兩頭，但也是奇特形狀。

蛇、魚之外，鳥類中也有帶來大旱的怪物：

「令丘之山……有鳥焉，其狀如梟，人面四目而有尾，其名曰顒，其鳴自號也，見則天下大旱。」

「崦嵫之山……有鳥焉，其狀如鴞而人面，蜼身犬尾，其鳴自號也，見則其邑大旱。」

水、旱災較常有，中國處於內陸，風災較少，山經中只有少數幾種風災之徵：

「獄法之山……有獸焉，其狀如犬而人面善投，見人則笑，其名山𤟤，其行如風，見則天下大風。」

「几山……有獸焉，其狀如彘，黃身白頭白尾……見則天下大風。」

火災徵兆的預示動物也與禦火之物有微妙相通之處，就是與赤紅有關，乃基於人類的聯想心理，產生一種預示性的徵兆，像神話中的畢方鳥：

「章莪之山……有鳥焉，其狀如鶴，一足赤文，毒質而白喙，名曰畢方……見則其邑有譌火。」（見左圖）

「鮮山……有獸焉，其狀如膜犬，赤喙赤目白尾，見則其邑有火。」

畢方
狀如鶴一足赤文青質白喙見則有譌火出章莪山
畢方赤
文離精
是炳旱則高
翔鼓翼陽景
集乃災流火不
炎正

天然災害中還有一種蟲災，就是蝗蟲。中國北方的農村最怕小麥、雜糧長得綠油油時，忽然一片漫天黃雲瀰天漫地沙沙地飛來，牠們選擇正等待豐收的田地一降落，綠葉子、綠桿子以及結穗待熟的麥子、小米，正聽見沙沙的聲音，所有的等待、所有的辛勞都被啃光、吃光，這就是蝗災。山經中載有一種犰狳，形狀像菟子而鳥嘴殼，鴟眼睛、蛇尾巴。只要牠一出現，蝗災就可解除。

古老的中國還有一種災害，就是瘟疫。原始宗教中驅疫祓厄為重要儀式，而神話中也出現不少瘟疫小鬼，和驅鬼的大神。徵兆中也有些顯示瘟疫之物，這當然是些讓人不愉快的怪鳥怪獸：

「硜山……有鳥焉，其狀如梟而鼠尾，善登木，其名曰絜鉤，見則其國多疫。」

「復州之山……有鳥焉，其狀如鴞而一足彘尾，其名曰跂踵，見則其國大疫。」

「樂馬之山，有獸焉，其狀如彙，赤如丹火，其名曰𤟤，見則其國大疫。」

「太山……有獸焉，其狀如牛而白首，一目而蛇尾，其名曰蜚，行水則竭，行草則死，見則天下大疫。」

遙遠的時代，人類要生活下去，必得有一套生存之道。有智慧的人仰觀俯察，察知禨祥，然後把這些知識傳遞下來，史巫之官就是掌握這類奇妙之學的集團，他們廣事搜羅，整理成卷，讓廣大的群眾知所趨避。所以山經是一部巫書，最少是紀錄一些古老相傳的巫術性知識的秘笈。這一卷資料固然有些神異色彩，但在人類逐步進化到文明社會的過程中，卻是一部寶藏，集合多少先人的智慧，讓歷代子孫在特殊狀況下「察知善惡」，預知吉凶；或者在登山涉水時，「不逢不若」，盡知神奸。古老的年代裡，也許曾有一個古老的夢魘，天災將降，人禍將臨，使大地子民顫慄、驚怖、不安，這是古老的預示性徵兆。但現代的子孫百代，卻也活在一個現代的夢魘裡，更形顫慄、驚怖、不安，天空飛翔著奇形怪狀的怪鳥，陸地奔騰著噴煙吐霧的怪獸，水裡也潛游著上下巡迴的怪魚，這也是一種現代的預示性凶兆，天地被污染了，天災將更快速降下；心靈被污染了，人禍也將急遽來臨，或許現代人也需要、更需要一部智慧的指南：《新山海經》。

第六節　江山神靈，祈祭求福

《山海經》紀錄了古代各地方民族神話的原型，是中國最早的人文地理志，其中收錄的廣博材料，未加以太多文飾，雖然縉紳先生覺得文不雅馴，但卻因此保留了古文化的精神面貌。《山海經》中關於神的造型及其祭儀，就是紀錄了中華文化與圖騰的密切關係。歷史的迷霧會逐漸散開來的，衛惠林先生曾用圖騰制度的觀點解說《山海經》的神話，使原本荒誕不經的諸神神話，得到了新的詮釋。它不再是先民的迷信，而是中華文化發展過程中一頁活生生的歷史紀錄，從那些諸神的祭典中，多少部落建立了自己的社會制度，發展了雛形的歷史文化，許許多多的部落聚合分散，而活動的範圍也變遷、擴張，經過長遠的時間，才發展成輝煌的中華文化的黎明⑭。

中華民族在古老的時代裡，跟其他民族一樣，曾經歷了一段悠長的狩獵與採集為主的經濟時代。當時人群與他們住區的某種自然物，因長時期的親密接觸，建立了神秘的關係，在神話中把它塑造成與我群有特殊關聯的圖騰神物，乃至祖神，這就是以某種自然物為圖騰神物的形成過程⑮。在群落社會時代，群與群之間有區域性的接觸，為了區別我群與他群之間的關係，就產生了圖騰制度，每個群落單位各有自己的圖騰神物，以自別於他族。《山海經》諸神以半人半獸的造型出現，正是代表了群落社會的圖騰神物——因為動物、或植物是最容易象徵化，該圖騰族人也自認為他們與圖騰之間有密不可分的神秘關係，這種關係形諸於語言象徵就是神話，形諸於動作象徵就是儀式，該一圖騰神物遂被神聖化。而群落在住區中的某一地方就成為神聖的處所，通常是山嶽、池澤，或是一片特殊的樹林，山經中的聖山就是這種祭祀場所。

《山海經》敘述圖騰神物，顯然已全不是最原始的群落與圖騰神物的關係，因為大多的圖騰神物是由兩種、或兩種以上的動物所組成，這種情形，神話學家稱它為「聯合圖騰」或「綜合圖騰」。當然，在古代中國的廣大區域內，存在眾多的群落單位及其亞群，其間互通婚媾、或互為敵友，產生較為複雜的關係，這就是地域氏族圖騰制。《山海經》所紀錄的時代，可能晚到周朝，其中保留一些口頭傳播下來的圖騰神物的資料，多少可了解這些人類文明發展過程中的特殊現象。

《山海經》敘述圖騰神物的第一種形式，就是區域性的群山之神。敘述的結構特色是每一區域中的一群山區地域單位，都相信同類同形的圖騰神物，也就是每一山經或者為一單位，或分成幾個單位，而且依山嶽的地位分成不同等級。這每一山區，即每一地域單位，自成一個大祭儀單位，而分別舉行適合其等級的祭儀。現在就依山經的排列敘述，並加以解說。首先是〈南山經〉：

「凡䧿山之首，自招搖之山，以至箕尾之山。凡十山，二千九百五十里。其神狀皆鳥身而龍首，其祠之禮毛，用一璋玉，瘞。糈用稌米。一璧，稻米，白菅為席。」

「凡南次二經之首，自柜山至于漆吳之山。凡十七山，七千二百里。其神狀皆龍身而鳥首，其祠毛，用一璧，瘞，糈用稌。」

「凡南次三經之首，自天虞之山，以至南禺之山。凡一十四山，六千五百三十里。其神皆龍身而人面，其祠皆一白狗祈，糈用稌。」

〈南山經〉紀錄了三群山區地域單位，鳥身龍首、龍身鳥首及龍身人面的圖騰神物，代表著鳥與龍圖騰組成的群落單位，與龍圖騰的群落單位。第一祭儀單位的祭禮：禮毛指選用毛色純正的犧牲。瘞就是埋，《爾雅．釋天》：「祭地曰瘞埋。」⑯，李巡解說：「祭地以玉，埋地中曰埋。」埋玉為山嶽儀禮，《周禮．大宗伯》說：「以貍沉，祭山林川澤」。糈即精米，為祭神米，使用稌稻米，一種有黏性的米。這種祭儀描述選用一定毛色的犧牲供奉，將一塊璋玉瘞埋土中，祭神米選用稌稻，使用白菅茅的神席，上置一塊璧玉、及稻米。第二祭儀同，第三祭儀特別用一隻白狗祈祭，郭璞說是呼叫而請事，也就是請禱。但《周禮》中祈、珥、刉珥連用⑰，祈就是刉，刉割白狗請禱。

〈西山經〉共有四群山區地域單位，其敘述情形：

「凡西山經之首，自錢來之山，至于騩山。凡十九山，二千九百五十七里。華山冢也，其祠之禮，太牢。羭山神也，祠之用燭。齋百日，以百犧，瘞，用百瑜。煬其酒百樽，嬰以百珪、百璧。」

「凡西次二經之首，自鈐山至萊山。凡十七山，四千一百四十里。其十神者，皆人面而馬身，其七神皆人面牛身，四足而一臂，操杖以行，是為飛獸之神。其祠之毛用少牢，白菅為席。其十輩神者，其祠之毛，一雄雞，鈐而不糈，毛采。」

「凡西次三經之首，崇丘之山，至于翼望之山。凡二十三山，六千七百四十四里。其神狀皆羊身人面，其祠之禮，用一吉玉，瘞。糈用稷米。」

「凡西次四經，自陰山以下，至于崦嵫之山。凡十九山，三千六百八十里。其神祠禮，皆用一白雞，祈。糈以稻米，白菅為席。」

華山為冢山，屬第二等，郭璞說：「冢為鬼神所舍。」也就是尊神所駐留之處，特別用太牢之禮——牛、羊、豬三牲齊備，至少用牛。羭山，為神山，屬第三級，供犧者要齋戒百日，為潔淨作用。供獻百頭犧牲、瘞埋用百塊瑜玉、溫酒百樽、嬰是尊供，將百塊珪、百塊璧奠供、陳列。講求整數，且數達一百，為隆重的祭儀。其餘十七座山只要選用一隻全羊（牷）就可祭拜。第二祭儀單位所拜為馬、牛圖騰神，稱為「飛獸之神」，「四足而一臂」一定是組成時的象徵。祭儀選用少牢，置於白菅之席上。至於用雄雞，特別注明用雜色的。「鈐」字，有說是祭器，也有說是祈的。第三祭儀所祭為羊圖騰神。埋一吉玉，祭神米用稷米，為西方產物。第四祭儀，祈祭是選用白雞，精米用普通稻米。這一區域較近於遊牧區，圖騰神物與獸有關：如羊、馬、牛之類。

〈北山經〉有三群山區地域單位，與蛇圖騰神物有密切關係：人面蛇身、蛇身人面，第三祭儀區，雖有馬、彘，但部分也是彘身蛇尾，如果以神話中操蛇之神都在北方，更可得到輔證。這是北方沼澤區多蛇的緣故。首經、三經又強調此區或北方，為生食而不用火熟食，確是一片比較原始的荒野地區。祭儀方面，前二者選用雄雞和彘，要瘞埋地下。珪玉或者瘞埋，或者又是投而不埋。但都不用糈米，或者北方不產之故。三經較複雜，所祭神物不同，所供獻藻玉、或聚藻和香草要埋——北方多沼澤，可能就地使用聚藻。但也有不埋的。但倒使用了糈米，且是稌稻。大抵北方本就離中原地區較遠，尤其再北一些，幾乎達於西伯利亞，難怪是生食不火的蠻荒了。其敘述如下：

「凡北山經之首，自單狐之山，至于隄山。凡二十五山，五千四百九十里。其神皆人面蛇身，其祠之毛，用一雄雞，彘，瘞。吉玉用一珪瘞。而不糈。其山北，人皆生食不火之物。」

「凡北次二經之首，自管涔之山，至于敦題之山。凡十七山，五千六百九十里，其神皆蛇身人面，其祠毛，用一雄雞、彘，瘞。用一璧、一珪，投而不糈。」

「凡北次三經之首，自太行之山，以至于無逢之山，凡四十六山。萬二千三百五十里。其神狀皆馬身而人面者，廿神。其祠之，皆用一藻、茝，瘞之。其十四神，狀皆彘身而載玉。其祠之，皆玉，不瘞。其十神，狀皆彘身而八足，蛇尾。其祠之，皆用一璧，瘞之。大凡四十四神，皆用稌，糈米祠之，此皆不火食。」

〈東山經〉雖有四群山區，但第四群的紀錄付之闕如。從其餘三群作考察，所祭祀的圖騰神物：人身龍首、獸身人面載觡、人身而羊角，以獸圖騰為主，其敘述如下：

「凡東山經之首，自樕螽之山，以至于竹山。凡十二山，三千六百里。其神狀皆人身龍首，祠毛，用一犬，祈神用魚。」

「凡東次二經之首，自空桑之山，至于硜山。凡十七山，六千六百四十里。其神狀皆獸身人面載觡，其祠毛，用一雞，祈嬰用一璧，瘞。」

「凡東次三經之首。自尸胡之山，至于無皐之山。凡九山，六千九百里，其神狀皆人身而羊角，其祠用一牡羊，米用黍，是神也，見則風雨水為敗。」

「凡東次四經之首，自北號之山，至于太山。凡八山，一千七百二十三里。」

東山區域確有海濱色彩：如「祈聑用魚」，使用魚類為祭品，聑祭，郭璞說是「以血塗祭」，郝懿行說就是衈，《周禮》中祈珥對舉，衈為本字，為釁禮一類，以塗血祭，使用魚割血塗祭以請禱。另外三經強調祭祀的羊圖騰神，只要出現，就能解除風雨水，也是海域民族的特色。使用黍——小米為祭神米，為當地土產，〈海外東經〉都記載一些邊區民族為食黍部落。

〈中山經〉比較其他四經，為最複雜的一個區域，凡有十二群山區地域單位。作為當時採集紀錄者的標準之一，或者就是這種相信同類同形圖騰神物所構成的祭儀單位。中山諸山為地處南、西、北、東聚會的中間地帶，來往頻繁，文化交流較快，部族的遷徙、迫遷的情形也最常見，表現在圖騰神物的信仰上，就形成不同圖騰交會參雜的情形，凡有龍、鳥及各種獸類，象徵著圖騰文化互相交流融合的現象。首先以山西、河南近畿的前七經為主試加分析：

「凡薄山之首，自甘棗之山，至于鼓鐙之山。凡十五山，六千六百七十里。歷兒冢也，其祠禮毛，太牢之具，縣以吉玉。其餘十三山者，毛用一羊，縣嬰用桑封，瘞而不糈。桑封者桑主也，方其下，而銳其上，而中穿之加金。」

「凡濟山經之首，自煇諸之山，至于蔓渠之山。凡九山，一千六百七十里。其神皆人面而鳥身，祠用毛，用一吉玉，投而不糈。」

「凡萯山之首，自敖岸之山，至于和山。凡五山，四百四十里。其祠泰逢、熏池、武
羅，皆一牡羊副，嬰用吉玉，其二神用一雄雞，瘞之，糈用稌。」

「凡氂山之首，自塵蹄之山，至于玄扈之山。凡九山，一千六百七十里。其神狀皆人
面獸身，其祠之毛，用一白雞，祈而不糈，以彩衣之。」

「凡薄山之首，自苟林之山，至于陽虛之山，凡十六山，二千九百八十二里。升山冢
也，其祠禮太牢，嬰用吉玉。首山䰠也，其祠用稌，黑犧，太牢之具，蘗釀，干儛，置
鼓，嬰用一璧。尸水合天地也，肥牲祠之，用一黑犬于上，用一雌雞于下，刉一牝羊，獻
血，嬰用吉玉，彩之，饗之。」

「凡縞羝山之首，自平逢之山，至於陽華之山。凡十四山，七百九十里。嶽在其中，
以六月祭之，如諸嶽之祠法，則天下安寧。」

「凡苦山之首，自休與之山，至于大騩之山。凡十有九山，一千一百八十四里。其十
六神者，皆豕身而人面，其祠毛，牷用一羊羞，嬰用一藻玉，瘞。苦山、少室、太室，皆

冢也，其祠之太牢之具，嬰以吉玉，其神狀皆人面而三首，其餘屬豕身人面也。」

七個山區祭祀單位表現出來的特色，所祭的圖騰神物：人面鳥身、人面獸身、豕身而人面。其中有五座較特殊的冢山：歷兒之山，《水經注》：「河東郡南有歷山，舜所耕處也」，故祭禮要用太牢之具，吉玉用懸供，就是懸玉於樹。升山也是冢山，用太牢之禮，奠供吉玉。苦山在現在伊川縣西北的「上十二嶺」；少室之山就是中嶽嵩山的西高峰；而泰室之山則為嵩山的主峰，在河南登封縣北。所謂「嵩惟嶽宗」（郭璞贊），故為冢山，使用太牢之具、奠供吉玉，連圖騰神也是特殊的「人面而三首」，與他處的豕身人面不同。這種三首之神，饒宗頤先生說是祝融的演變，祝融神話的地域為夏朝的舊疆，楚繒書有三首神像可供參考⑱。（見後頁圖）

又有首山，屬於神山。首山就是雷首山，郝懿行疏：「《史記·封禪書》；中公曰：天下名山八，而三在蠻夷，五在中國。五山，黃帝之所常遊，首山其一。以首山與華山、太室並稱。蓋山起蒲州蒲阪，與嵩華連接而為首，故山因取名。」也是富於紀念性的名山，祭典也特別隆重些：選用稌稻為祭神米、選用黑犧為禮毛，又齊備太牢之具，還有用牙米（糵）釀製的甘美的饍酒。儀式中，要舉行用干戚為道具的萬舞，再伴奏著莊嚴的鳴鼓。奠供一塊璧玉，尸水為天神英靈所憑依的聖水。犧牲要用肥美的，山上選用一隻黑犬、山下選用一隻雌雞，還要刉割一隻雌羊血祭——《周禮．大宗伯》說：「以血祭，祭五嶽」，採用祭五嶽之法祭神山級的首山。奠供的吉玉要特別用繒采裝飾，而且祭祀時要一再勸神饗宴，確是莊嚴而隆重。

古時祭五嶽，特別要用血祭，至少《周禮》是這樣，則中山六經中所說的「嶽在其中」，郝懿行說是華山——陽華之山就在華山之陽，祭典在六月舉行，據說祭儀齊備，就

【插圖一】楚繒書五月（故＝皋月）三首牛蹄神像圖描繪

「天下安寧」，祭祀的願望就在這裡，當然是由王室派專人主祭的。其餘諸山也有些祭法較需說明的：像首經的「桑封」——桑封就是桑主，桑為聖木，用它刻作神主，形狀是下面正方而上面尖銳，中央貫穿，達於四方，再使用金銀作裝飾，而不刻花紋。也有作桑玉的，《淮南子・齊俗訓》說：「殷人之禮，其社用石。」桑為聖木可作神主，而玉石也可作土神、山神之主，屬於拜「祖」的社禮，大概都是殷商民族的禮儀。郝懿行解說桑封的文字，可能是商、秦時人的釋語。另外三經中泰逢、熏池、武羅屬一山一神之例（留下說明），祭儀中用一隻雄羊「副」，郭璞說是「破羊骨磔之以祭」，也就是披磔動物犧牲舉行副祭，《周禮・大宗伯》說：「以疈辜，祭四方百物。」副祭的副，寫作「疈」，為披磔之形，而副從刀，也是以刀披磔。其他用雄雞，有些要瘞埋；而四經的白雞，需用彩裝飾，就像以文繡被牛之禮。另外七經有奠供「藻玉」的記載，〈北山經〉的藻，應該也是同一祭物。

前七經以黃河流域為主，後五經以長江流域為主，也近於河南等京畿地區，這五群山區地域單位也有些特殊的山神及其祭儀：

「凡荊山之首，自景山至琴鼓之山。凡二十三山，二千八百九十里。其神狀皆鳥身而人面，其祠用一雄雞，祈。瘞，用一藻圭，糈用稌。驕山冢也，其祠用牢羞酒，少牢，祈，瘞。嬰毛，一璧。」

「凡岷山之首，自女几山，至于賈超之山。凡十六山，三千五百里。其神狀皆馬身而龍首，其祠毛，用一雄雞，瘞。糈用稌。文山、勾檷、風雨、騩之山、是皆冢也，其祠之羞酒，少牢具，嬰毛，一吉玉，熊山席也，其祠羞酒，太牢具，嬰毛，一璧，干儛，用兵以禳。祈璆冕舞。」

「凡首陽山首，自首山，至于丙山。凡九山，二百六十七里。其神狀皆龍身而人面，其祠之毛，用一雄雞，瘞。糈用五種之糈。堵山冢也，其祠之少牢具，羞酒，祠嬰毛，一璧，瘞。騩山帝也，其祠羞酒太牢，其合巫祝二人儛。嬰一璧。」

「凡荊山之首，自翼望之山，至于几山。凡四十八山，三千七百三十二里。其神狀皆彘身人首，其祠毛，用一雄雞，祈。瘞，用一珪，糈用五種之精。禾山帝也，其祠太牢之具，羞，瘞，倒毛，用一璧，牛無常。堵山、玉山、冢也，皆倒祠，羞毛，少牢，嬰毛吉玉。」

「凡洞庭山之首，自篇遇之山，至于榮余之山。凡十五山，二千八百里。其神狀皆鳥身而龍首，其祠毛，用一雄雞、一牝豚，刉，糈用稌。凡夫夫之山，即公之山、堯山、陽帝之山，皆冢也，其祠皆肆，瘞。祈用酒，毛用少牢，嬰毛、一吉玉。洞庭、榮余山，神也，其祠皆肆，瘞。祈酒，太牢祠，嬰用圭、璧十五，五彩惠之。」

在五群山區所祭的圖騰神物為鳥身人面、馬身龍首、龍首人面、彘身人面及鳥身龍首，為鳥、龍和馬、彘等圖騰團的組合。其中所主祀的山較為特殊的：騩山為帝山，屬第一級，在湖北秭歸縣的將軍山，為天帝神靈所憑依之所，也就是祭祀天帝：先進酒酹神，備具太牢之禮，由巫祝二人合舞頌神媚神，奠供以璧玉；禾山（應是帝囷山）也是帝山，在湖北舞陽縣，土人稱為大山，祭祀時也要備妥太牢——牛無常數，先進薦饈酒之後，瘞埋犧牲要反倒過來，也要用璧奠供。又有十座冢山：驕山，山神為蟲圍，使用少牢，也要饈酒；其次文山、勾檷、風雨、騩山也是，祭禮相同；其次堵山，與十一經的堵山（名同）、玉山也是（原為十經、八經所述，疑有錯簡），祭祀也相近，十二經又有夫夫之山、即公之山、堯帝之山，全屬冢山。所謂「肆」就是肆祭，郭璞說「陳之以環祭」。其次又有神山，就是洞庭、榮余，更低一級，祭祀較特別的是用太牢，奠供的玉是十五塊的圭、璧，要用五彩藻繪之。長江流域附近有這樣多特殊的山，尤其洞庭附近，連神山的洞庭也用太牢，可以想見是楚國尊奉境內的山神。因此，《山海經》的編成，確與楚國巫祝集團有密切關係。其中九經有座熊山，在湖北巴東縣境的珍珠嶺，也在楚境，說是席山，郭璞解為「神之所馮止」，郝懿行卻說是帝山，很有道理，祭禮屬祭帝山之禮，要先進薦饈酒，備具太牢，奠供犧牲、璧玉，還舉行執干盾之舞，穿戴佩玉、冠冕，隆重地舞蹈，以祓除不祥，祈求福祐，確是祭帝山的儀節。

《山海經》的第二類神話的敘述方式：是一山一神，神各有獨自的名號與形象，屬於每一地方群的主神。古人要以舞事「無形」，是一種以想像對不可知、不可見的神祇造型的酷烈的探尋，賦予形象與性格。前述諸山之神，凡帝山、冢山、神山諸神，都是一山一神的典範，其獨特造型有些不見敘述，像天帝；有些屬於始祖神，為紀念性的封祠；冢山、神山也近於同一性質，像洞庭之山，可能就是祭祀帝之二女，其形象如人，只是載蛇操蛇而已。但有些不屬於這三等級的，卻各自居於一山，自有職司的，應屬於這類型。其中山經部分多見於〈西山經〉和〈中山經〉，顯示西方山群，曾為羌族的群落活動區，周民族本就與這片高原有關，再溯其源頭，黃帝、炎帝也都發源於西北高原地帶。雖然後來東遷，占據了中原河洛地帶，發展了一種融合性的文化，但還是懷念西北故居。因此，中山區的地形敘述詳備，諸神的祭儀最為完備，而神話敘述仍以西方為最豐富、最生動，《山海經》保留有早期西北的資料，從民族的遷移、發展歷史觀之，是可以理解的。

〈西山經〉出現的圖騰神：峚山為黃帝食饗之山；鍾山之神燭龍，其子為「人面而龍身」的鼓，與龍圖騰有關；槐江之山，為天帝（黃帝）的平圃，天神英招管轄著，是一個「馬身而人面，虎文而鳥翼」的形象，常巡遊四海，發出榴榴的聲音；崑崙之丘，為天帝下界的京都，天神陸吾掌管，是「虎身而九頭，人面而虎爪」的形象，負責管理天的九大部州，和天帝的園圃。（以上見左圖）

英招
馬身人面虎文鳥翼居槐江山
槐江之
山英招
是主巡
遊四海
撫翼雲
儛實惟
帝囿有謂

陸吾
虎身九首人面虎爪居崑崙之丘
肩吾得
一以處
崑崙開
明是對
司帝之
門吐納
靈氣熊
熊魂魂

嬴母之山由天神長乘掌管，負責天的九德，使生出九氣，是「如人而狗尾」的形象。玉山有西王母、符惕之山有江疑、騩山有耆童，會發生鍾磬之聲。天山有「帝江」，其造型最為奇特：「狀如黃囊、赤如丹火，六足四翼，渾敦無面目，是識歌舞。」剛山則有神䰠，「人面獸身，一足一手，其音如欽」，也就是發出呵欠聲。這種形象是經由圖騰神物形成，屬於半人半獸，或異獸合體的異象，不是出於一種虛構的巧繪。（以上見左圖）

帝江
狀如黃囊赤如丹火六足
四翼渾敦無面目居天山
質則渾沌
神則旁通
自然靈
照聽不
以聰强
為之名
曰在帝江

神䰠
人面獸身一手
一足居剛山
其音如吟一脚人面

〈中山經〉所敘述的圖騰神，多成為一山主神。青要之山，為天帝下界的密都，由山神武羅掌管，這是一個相當女性化的神：人臉而身上有花豹紋，細細的腰身，白白的牙齒，耳洞還掛著環飾，發出鳴玉的細膩聲音，所以有人比擬為〈九歌〉中多情、嫵媚的山鬼。和山有吉神泰逢管轄，為「如人而虎尾」的形象，祂常喜歡移居萯山南麓，每一出入，周圍就會伴隨著閃閃的光輝，泰逢的神力能感動天地，興雲致雨。（見左圖・上）三經中的泰逢、熏池（敖岸之山）、武羅是要另外祭祀的。

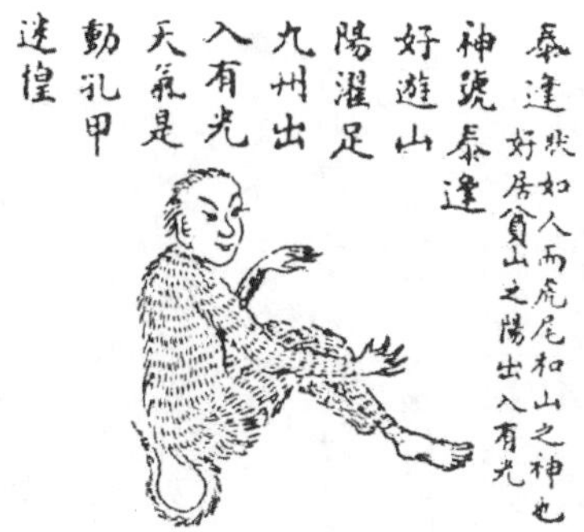
泰逢 狀如人而虎尾和山之神也
好居萯山之陽出入有光
神號泰逢
好遊山陽
濯足九州
出入有光
天氣是動
孔甲迷惶

鼉圍 人面羊角虎爪處驕山恆遊于睢漳之淵
涉鼉三腳
鼉圍虎爪
計蒙龍首
獨稟異表
升降風雨
茫茫渺渺

計蒙 人身龍首居光山恆遊於漳淵出入必有風雨
計蒙龍首
獨稟異表
升降風雨
茫茫渺渺

驕山住著蟲圍，為「人面、羊角、虎爪」的造型，常喜在睢水、漳水的深淵裡遊玩，進出也會閃閃發光；光山住著計蒙，是「人身而龍首」的怪神，也常遊於漳淵，進出則伴隨著飄風暴雨；岐山則住著涉蟲，為四方臉、三隻腳而人身子的神。但並非所有的神都是吉祥止止的；豐山就住著出入放光的耕父，又喜遊於清泠之淵，祂一出現，就會亡國。（見前頁圖中、下）

《山海經》中的海經部分，紀錄了許多地域群，為邊疆民族，習慣上使用「國」、「民」，而不稱氏，多是奇形怪狀。配合其他文獻資料，常附帶著一些奇特的神話，解說他們的造型。這大概是把邊區群落圖騰神物、或服飾習慣，以及體質特徵等，誤傳、誇張所形成的；像羽民國、黑齒國之類（詳見第四章）。神話人物的造型，為人類想參與宗教概念賦形的嘗試，這些尋找出來的形象，成為神話世界中的角色原型，像古帝王的人獸合形，伏羲女媧的人首蛇身，其實只是兩部互婚的偶族的一種象徵；像四方之神，祝融、蓐收、句芒均乘兩龍、禺彊珥兩蛇、踐兩蛇，也只是偶族關係的象徵符號。這些神的造型，多少是地域性神話所遺留下來的化石狀態。

【註釋】

① 參閱衛挺生《山經地理圖考》（民國六三年八月，華岡出版部）。

② 主張巴蜀中心說的是蒙文通，〈略論《山海經》的寫作時代及其產生地域〉；主張荊楚的，以史景成為代表，見〈山海經新證〉（民國五七年十二月，《書目季刊》三卷，一、二期）。

③《本草》，中藥書名。世傳最早的本草以《神農本草》為最早，大概漢朝以前，至少漢初已有，題名為「神農」，是為了尊敬祖師之意。齊梁時，陶弘景曾注《本草經》，唐代又增修，世稱《唐本草》。其後歷經修訂，而以明代李時珍所著《本草綱目》為集大成，為研究《本草》的要籍。《本草》中藥品有玉石草木鳥獸等，其中草類最多，故稱為《本草》。

④ 交感巫術（sympathetic magic）原為弗萊則（James Frazer）《金枝篇》（《The Golden Bough:A Study in Magic and Religion》，1911-1915）所創用。他認為巫術可分為「模擬巫術」（imitative magic）與「接觸巫術」（contagious magic）二大類：前者根據「同類相生」（like produces like）或「相似律」（law of similarity）而成，即相同事物影響相同的事物：如相信製一偶像以代表敵人，毀此偶像也可使敵人死亡。後者則依據「接觸律」（law of contact）而成：即當事物相互接觸時，彼此會給對方一種持久的影響力：如採用某人的頭髮或衣服，因與人身接觸，故可以之作巫術，使影響及頭髮或衣服所有者。惟此二者都根據「交感作用」（sympathetic cut）而產生，亦即經由神秘的交感作用可使本無關係的兩件事物發生作用。（一九六〇，紐約出版的簡本。）

⑤杜而未《山海經神話系統》（民國四九年九月，華明書局）就認為是象徵月亮的陰面、陽面。
⑥參考衛挺生上引書的說法。
⑦李約瑟《中國之科學與文明》第六冊：礦物學（民國六四年八月，商務）。
⑧此部分蒙政大中研所羅宗濤先生借用「俗文學專題研究」的學期報告，參考了部分資料，特別注明，以示謝意。
⑨何觀洲〈山海經在科學上之批判及作者之時代考〉（民國二〇年，《燕京學報》第七期）。
⑩同註⑨，何觀洲文後，鄭德坤〈書後〉。
⑪功能主義（Functionalism），英國人類學家馬凌諾斯基（B.K. Malinowski，1884-1942）所倡導的功能派社會學或社會人類學的一個理論。馬氏以為進化學派（如弗萊則）和歷史學派的方法，對各民族文化發展的認識都嫌不夠，而側重在運用功能觀點，從社會生活本身，去認識文化各元素的意義和生活的整體性。因為每一種活的文化，必然是一種功能的及統合的整體，研究整體中的相互關係，才能了解文化。而且文化的各方面都和人生的需要有關，也就是每一文化元素對於整體都有一種功能貢獻：巫術對於人類的生活自也有它的功能。
⑫《玉篇》三十卷，為梁顧野王所撰，為中國早期註解文字的音切、字義的字典，引用不少古籍作證明。《廣韻》，本名《切韻》，為隋陸法言等撰，唐時孫愐又重為刊定，改名《唐韻》，宋朝陳彭年、邱雍等又重修過。這一本重要韻書除了注明反切之外，還引用了古籍作為說明字義的資料。

⑬森安太郎〈嶽神考〉（羊神考）（民國六三年元月，地平線。王孝廉譯，《中國古代神話研究》）。

⑭衛惠林〈中國古代圖騰制度範疇〉（民國五七年、春，中研院民族所集刊二五），此節多取材於此文，特此註明。

⑮圖騰（totemism），圖騰一詞源於北美，奧其華（Ojibwa）語，後來廣泛使用。但基本上指一種信仰和習俗的體系，它具有存在於群體和某一類實物之間的神秘或祭儀關係。普通該一團體者都要遵守禁忌：例如禁止傷害與其圖騰有關的動植物；又有親屬關係的信仰：相信群體成員乃是某一種神秘圖騰祖先的後裔。因此，常利用圖騰作為群體象徵：相信圖騰乃群體成員的保護者；而且自認該分擔使圖騰種屬興旺的「增加儀禮」（increase rites）的義務等。

⑯《爾雅》為古代解釋字義的書，大概是漢代小學家綴輯舊文遞相增益而成，可幫助解經，所以被列於十三經中。書中保留了許多先秦、漢朝文字的意義。

⑰森鹿三《東洋學研究歷史地理篇》（一九七〇年十一月，東洋史研究會），禮儀部分參考其中〈中國古代的山嶽信仰〉。

⑱饒宗頤〈楚繒書之摹本及圖像〉（《故宮季刊》三卷二期）。

帝王世系之篇

第三章　帝王世系之篇

《山海經》被目為一部奇特的書，是神話的集大成，也是古史的大寶藏。這是因為《大荒經》、《海內經》中紀錄了一些古代帝王的材料：包括古帝王的形象、奇特事蹟，以及部分零散的譜系。當然，這些古帝王活動於渺邈、荒遠的時空之中，遠超出信史能夠敘述、肯定的範圍之外。因此，他們的存在成為一個謎團，神秘而難解。但無疑的，他們創造出來的歷史成為中華民族的根：他們的血液滾滾地流進後代中國人的血液中，他們的生活也塑造成後代中國人的形象。所以，《山海經》裡的古史傳說就不應只是荒誕的怪說，而應該是一頁中華民族成長的歷史。

民國以來，疑古學派的史學家像顧頡剛等，倡導「層累地造成說」。而日本學者白鳥庫吉等，也以極審慎的態度，對於上古傳說中的三皇五帝，取消了他們作為歷史人物的身分，而先後一個個被改扮為龍蛇形象或日月風雷之神的神話人物。而相反的，也有一批解史學派如徐炳昶等，認真援引文化人類學對古代社會史作「重建古史」的工作，將龍蛇形象與一些奇特的現象，提供一種合理化的解釋。其實，上古時期，歷史、神話互相交涉的問題，極其錯綜複雜，遽加否定，固然不能完全捨棄其中牽牽連連的關係；而驟然肯定這些傳說都是事實，也還是有待繼續補充新出的資料，或引用更貼切的理論。

《山海經》所敘述的古代帝王的資料，只是荒誕的神話，還是保存了珍貴的遠古歷史？這確是耐人尋味的問題。我們必需先思索一些關鍵性的觀念，然後才能較為心平氣和地對待類似的上古文化的材料。

首先，《山海經》保存在〈大荒經〉、〈海內經〉的紀錄方式，是每個民族常見的口傳文學的傳播方式：不論是歷史悠久而已經進入文明社會的民族，像埃及、巴比倫，或現在仍散見於世界各地而猶無文字紀錄的待開發民族，像澳洲、非洲土著，他們都多少保存了自己的部族如何創業、成立的古老傳說。雖然有些已被紀錄在簡冊中，成為各民族的「聖史」(sacred history)，有些則依然用口頭傳播的方式，保存在族人的記憶中，永遠傳誦下去。但最早期，都是利用十口相傳的方式，敘述自己種族的來源，以及祖先創業的豐功偉績。這些聖績都是各民族文化的根，標示著民族成長的艱辛過程，〈大荒經〉、〈海內經〉就是其中一部分的中華民族的聖史。

其次，經歷長久時間的口傳，當然，附麗了一些不同時期的社會文化環境的痕跡；而且，隨著人類文化的不斷進步也會跟著改變。其中值得注意的現象，即神話的歷史化（eubemerization）：中國的商、周時期，尤其東周，儒家思想中講求理性，有意識地將一些「怪力亂神」的玄秘神話加以合理化的解釋：如神話說黃帝有「四面」，孔子解釋為「四面靈通」的四面；神話說「夔一足」，孔子解釋為「夔，有一個也就夠了」。春秋末年以至戰國時期，是中國文化、政治、經濟與社會大變革的時代，士大夫與平民都有一種知識的覺醒，人文主義蓬勃發展，也削減了神話支配的勢力；另外，中國古代神話本是以親族的團體為中心的，親族團體決定了個人在親屬制度與政治制度的地位，而這些密切聯結的關係在商、周時期也發生劇烈的變化。因此，紀錄時間較晚的《山海經》，就可能有部分會被個人化、歷史化①。

再次，神話資料的本身也有一種易於引起誤解的現象。像古人以神名為名的習慣：西亞古代民族常有人神同名的現象，而中國古代也是這樣，像堯時有羿射十日的射日英雄后羿，二、三百年後，又有一個篡夏自立而淫於畋獵的神射手后羿，只是同名而已。顓頊時，有共工跟他爭帝，失敗後怒觸不周山；至堯舜時，另一個共工也是性傲不馴，被流放到幽州。為什麼命名習慣喜用神名，后羿之類是為了才藝性質相同，甚至是同一部族，崇拜英雄，取為象徵；也有的是名字巫術，用意在於辟邪。因此，文獻資料同一名號出現既多，很容易引起誤解②。縱使一個英雄取了一個跟神話有關的名字，也不能據此斷言有關他的故事都是神話。

神話人物之所以被當作神話，最主要的還在於他的形象和神蹟。關於神人的形象，常以人禽、人獸合形的怪誕姿態出現在歷史舞臺上。近代人類學家就揭櫫「圖騰」的理論加以解說，像武梁祠石刻的人首蛇身像，被公認為伏羲、女媧，而伏羲與蛇、龍圖騰區有密切關係；又天命玄鳥，降而生商的殷始祖「契」，據說簡狄呑喫了玄鳥的蛋，為感生帝的典型，現在也認為是鳥圖騰族的一種始祖神的說法③。神或者近於神的英雄的奇特行為，在語言的謬誤或儀式失傳的情況下，也是賦予神話想像力的常有現象，例如：羲和生十日和浴日，管東貴解釋為十干紀日的神話化，也就是與古代曆法的創制有關④；至於羲和浴日，孫作雲解釋為一種象徵日出動作的儀式⑤。諸如此類的解說性說法，就使那些語言符號或動作符號，所謂神話或儀式，只是一種象徵而已，並不全是荒誕不經的怪說。

《山海經》以及紀錄古代神話傳說的資料，除了新觀點的解說外，近年來也注重新史料的發現，利用考古學的材料幫助了解，甚至作進一步的肯定。《山海經》中的帝俊、王亥，配合司馬遷所撰的《史記．殷本紀》，勾勒出來殷商王朝的先王先公的譜系，經過安陽殷墟的發掘，出土了大批甲骨卜辭，並經許多古文字學家的考訂，證實了《史記》的殷

1. 大戴禮帝繫姓世系表

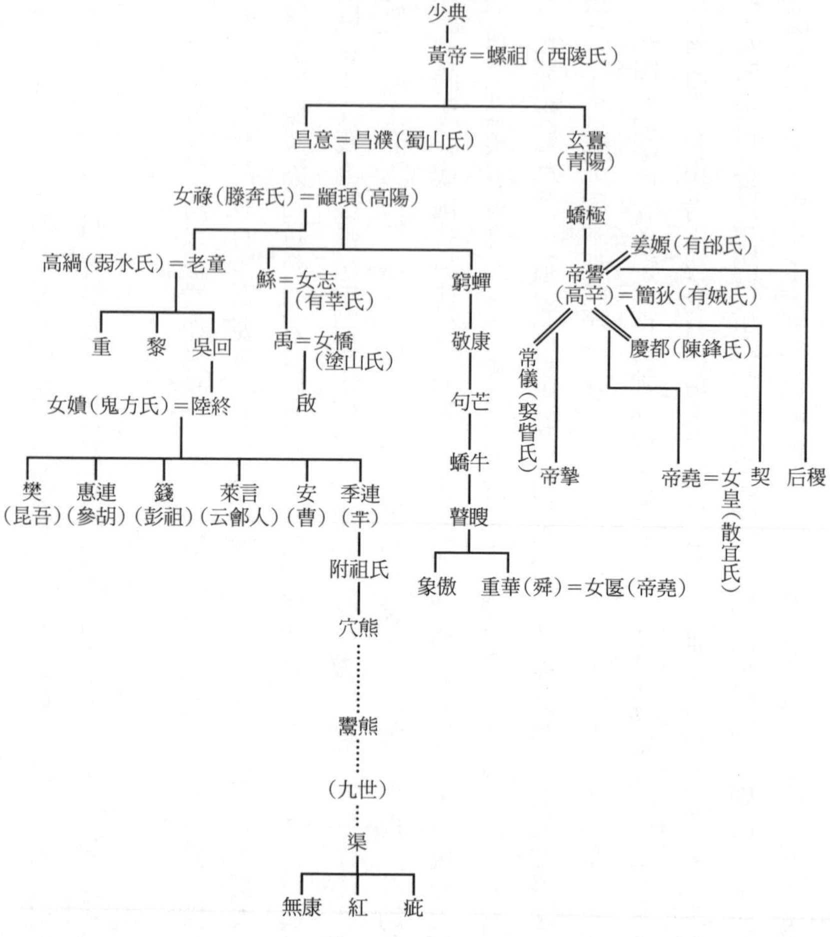
少典
黃帝＝螺祖（西陵氏）
昌意＝昌濮（蜀山氏）
玄囂（青陽）
女祿（滕奔氏）＝顓頊（高陽）
蟜極
姜嫄（有邰氏）
帝嚳（高辛）＝簡狄（有娀氏）
高緺（弱水氏）＝老童
鯀＝女志（有莘氏）
窮蟬
慶都（陳鋒氏）
常儀（娵訾氏）
重
黎
吳回
禹＝女憍（塗山氏）
敬康
女嬇（鬼方氏）＝陸終
啟
句芒
蟜牛
帝摯
帝堯＝女皇（散宜氏）
契
后稷
樊（昆吾）
惠連（參胡）
籛（彭祖）
萊言（云鄶人）
安（曹）
季連（羋）
瞽瞍
附祖氏
象傲
重華（舜）＝女匽（帝堯）
穴熊
鬻熊
（九世）
渠
無康
紅
疵

2. 世本帝繫世系表

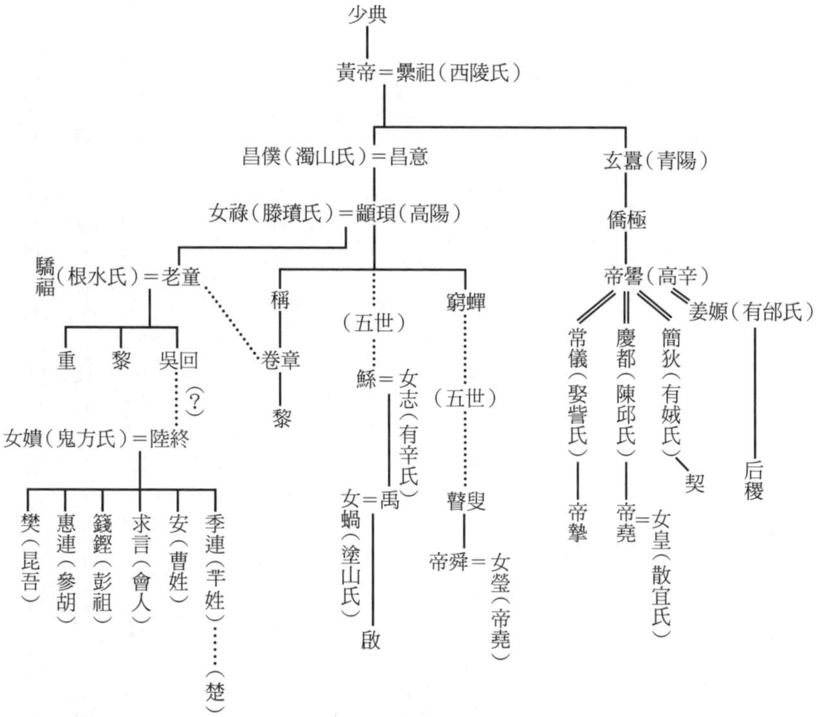

3. 國語晉語世系

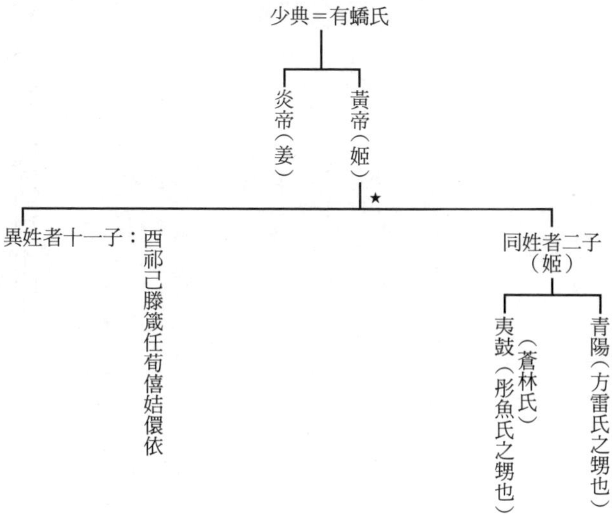

商先公先王系譜，與《山海經》的王亥，確是一頁信史。因此，《山海經》所載的帝王世系，固然有些零亂，甚而與其他史料相較，也顯得先後次序不同。這種現象，或許可以解釋為《山海經》是另一套系統的譜系，或許可等待另一些寶貴資料的陸續出土吧！

第一節　伏羲與女媧神話（三皇傳說之一）

古帝中大皞的世系，《山海經》海內經有一條記載：

「西南有巴國，大皞生咸鳥，咸鳥生乘釐，乘釐生後照，後照是始為巴人。」

大皞又寫作太昊，就是伏羲氏——古書也寫作庖犧、炮犧、伏希、宓犧等，其實都是同音字。巴國是中國西南地區的部落，與蜀族鄰近，巴族活動的區域大概在川東及湖北、陝西漢中一帶，屬於蛇圖騰部族。因為「巴」字，篆文作「[illegible]」，《說文解字》說：「蟲也，或曰食象蛇。」也就是據說能吞下大象的大蟒蛇，叫做「巴蛇」，許慎解釋作「蟲」，其實就是「長蟲」，也還是蛇的形象。也有說巴族的祖先廩君生於石穴，川東方言呼石為巴，則巴原意指石或石穴。巴部族在中國西南方發展，向南、向西遷徙，遍布於貴州、雲南、廣西和西康、西藏的一些地區，直到現在，湘、桂、黔、滇等省山區，仍多其後裔⑥。巴國為伏羲氏的後裔，而伏羲、女媧的創世神話，就是完整保留在苗族、傜族等西南少數民族的神話裡。這是一對經歷大洪水的浩劫之後，殘存下來的兄妹，後來結成了夫婦，成為人類的共同祖先。

據說湘西苗族流傳的聖史是這樣的：雷公為人間的凡人所捉拿，幸而巧計脫身，就降下天譴。這一對兄妹進入葫蘆瓜中僥倖避過災難，劫餘之後，兄妹二人不得已結為婚配，而產生了後代⑦。苗族與古之巴國為鄰近地區，同流傳伏羲為始祖神的神話。這些神話與漢族的伏羲、女媧形象有密切的關係。據考古文物的圖形：河南安陽殷墟侯家莊一〇〇一號大墓中有交蛇的蛇形器、山東省嘉祥縣的東漢武梁祠石室畫像、新疆吐魯番城附近出土的唐高昌國絹畫，都有龍形兩交的圖形；另外北周匹婁觀石棺上線刻石畫像有不交尾的圖形，再加上甲骨卜辭上有「蚰」字，也是兩條蛇的形象，作為奠祭的崇拜之神⑧。凡是兩蛇或兩龍相交、相對的圖形，近代學者都肯定地指出就是伏羲、女媧二皇，他們不但是苗族的始祖，也是漢族器物上雙龍（或蛇）相交型所象徵的始祖，象徵古中國「兩部制」的圖騰文化。

《山海經》裡沒有直接記載伏羲、女媧二神的關係，但他們的形象是蛇形，或者他們的化身是蛇形，卻是一致的：

「有神十人，名曰女媧之腸，化為神，處栗廣之野，橫道而處。」（〈大荒西經〉）

腸的形狀是蛇形，橫道而處就是具體地寫出長長的蛇形。許慎《說文解字》說：「媧，古之神聖女，化萬物者也。」女媧是化生萬物的神聖女子。《列子．黃帝篇》敘述女媧的形象是「蛇身人面」，就是蛇圖騰部落的人首蛇形神。〈海內經〉又記載另一「人首蛇身」的神：

「有人曰苗民，有神焉，人首蛇身，長如轅，左右有首，衣紫衣，冠旃冠，名曰延維。人主得而饗食之，伯天下。」

苗族的人所崇拜的「人首蛇身」的兩頭神，叫做延維，或委蛇，就是伏羲、女媧。饗祭祂，就能得到福祐，雄霸天下，這是曾經為古帝的權威的象徵的伏羲上皇。

伏羲的出生是典型的感生神話。華胥之國為人間樂園，樂園中的聖女，到雷澤出遊，就按照當時的求子儀禮，用腳去接觸神尸舞蹈的腳印，一觸之後，身子裡就受了感動，後來果然懷孕生子，就是伏羲⑨。那腳印應該是雷神所留下的，據說：

「雷澤中有雷神，龍身人頭。」（〈海內東經〉）

伏羲氏與雷神有淵源，也是人首龍身，或人首蛇身的形象，所以《左傳》中記載：「大皞氏以龍紀，故為龍師而龍名。」正是以龍為紀以龍為名的龍（蛇）圖騰的族徽⑩。這位偉大的蛇、龍族是古皇，是中華民族文明的創始者。他教導百姓結繩為網、撈魚捕鳥、馴服野獸，又普遍推廣熟食，將光明的火教給百姓，脫離蒙昧，邁向文明。古代經典中又說他以傑出的智慧，觀照天地間的形象，製作了八卦，這是文明進化的契機。火與八卦的發明與使用，使伏羲氏成為中華文化的創始者之一。

伏羲氏後來被尊為東方之帝，是春天的神。他拿著圓規治理東方一萬兩千里的大地。畫像中的伏羲就是持規的蛇圖騰神。顓頊、任、宿、須句等風姓部族所建的國，位在東方，就是司祭大皞伏羲的；帝王世紀說女媧氏也是風姓，風姓部族和建立殷商的子姓有密切關係，風有萌的意思，龍也是萌，所以伏羲、女媧交纏為一體。萌就是萌芽，是春天萬物萌芽生長的意思，因此輔佐伏羲治理東方的神叫做「勾芒」，也是象徵春天芒芽彎曲的無窮生命力，為木官之神。勾芒原是西方之帝少昊金天氏的兒子，名叫「重」，輔佐木德之君大皞，死後成為木官之神，祂的形象據〈海外東經〉的記載是：

「東方勾芒，鳥身人面，乘兩龍。」

鳥的身子，四方形的人臉，穿一件素白衣服，駕了兩條龍，手裡拿著圓規，幫助治理東方的廣大土地——自碣石東方到日出摶木的原野，這是鳥圖騰區的濱海地域，所以勾芒被塑造成「鳥身人面」的形象。他是掌管春天植物成長之神，因此，他也是能賜與人類長壽的生命之神。伏羲氏得到這位輔佐得力的部下，更能使中華民族的文明，像春天一樣，含蘊屈申萌芽的無限的生命力。

第二節　神農氏炎帝神話（三皇傳說之二）

三皇之中，伏羲氏之後就是神農氏，為農業發展漸具規模的時期。神農氏就是炎帝，也就是太陽神，以太陽的光熱，蕃育五穀，所以炎帝是太陽神兼農業之神，為將中華民族帶引走上農業的仁德之君。

中國人習稱自己是「炎黃子孫」，炎、黃二帝的關係是很密切：據古說，炎帝與黃帝是「同母異父兄弟」，一部落分成兩部，一部住在姬水，姓姬；一部住在姜水，姓姜。兩部互為婚姻，互有文化交流，但兩部勢力互為消長，常有往來，也常有交鬨。後來經過長久的融合，文化漸趨一致，才成為炎黃子孫共有天下的局面⑪。

炎帝既是古代聖君，自然也有一段感生神話：有蟜氏的少女安登，為少典的妃子，往華陽山出遊求子時，遇見龍首的神，感生了炎帝，是「人身牛首」的形象，就是牛圖騰，一頭耐苦耐勞的牛，自是發展農業的象徵了。神農氏了解游牧、狩獵的生活，所收穫的食糧是不能解決人類的生活需求的，因此，尋求能夠食用的穀物加以繁殖就成為首要工作。據說天上降落粟米，或者丹雀銜來九穗禾，這些美麗的神話顯示稻穀、雜糧的發現與改良，是一件神奇的事。也許真的有隨風吹來的稻穗掉落在廣衍的土地上，長出奇妙的穗子，經過睿智的神農氏的細心栽培、觀察，知道食物可以經由耕種而收穫，不必像採集時期，依賴採集野生植物為生；穀物的增加，還有賴於工具的改良，所以神農氏的一個大貢獻就是「斲木為耜，揉木為耒，耒耨之利以教天下。」農具的製作、改良，配合稻穀、雜糧的品種的增多，農業的發展就奠定了良好的基礎。所以牛首的神農氏，象徵中華民族懂得將野牛變成耕牛。有了農業生產，自然就可結束遷徙無定的游牧生活，而建立了較為固定的家園。生活安定之後，自然就要發生交易的關係，《易．繫辭》又稱頌他的貢獻：「日中為市，致天下之民，聚天下之貨，交易而退，各得其所。」神農氏既是太陽神，自然很容易選定最適當的交易時間——日中為市，為最早的商業交易的時刻表⑫。

炎帝為太陽神，是因為農作需要觀測太陽的方位，讓稻穀獲得充足的陽光。太陽最熱的地方，就是南方；而一年之中，又以夏季最為陽光普照的時節，這些都是發展農業的良好條件，所以炎帝也就成為南方大地的主神，輔佐他的是祝融。〈海內經〉記載祝融是炎帝一系的子孫：

「炎帝之妻、赤水之子聽訞生炎居，炎居生節並，節並生戲器，戲器生祝融，祝融生共工，共工生后土，后土生噎鳴，噎鳴生歲十有二。」

《史記》載有炎帝世系，說神農之妻是聽訞，為奔水氏之女，與赤水氏、聽訞，為字形相近，而且同為八代：

神農——帝魁——帝承——帝明——帝直——帝釐——帝哀——帝堯——帝榆罔

《史記》大概是用帝號，而《山海經》使用名字吧！炎帝為南方火德之帝，而祝融為火正、火神，形狀是「獸身人面」，與炎帝為同一系，共同管理南方大地。另一種說法，是祝融為顓頊的孫子，老童的兒子，名叫吳回，也叫黎，曾作過高辛氏的火正——就是掌火的官，死了成為火神。祝融成為人間信仰的火神，由河南、山東而到湖北，後來南方的楚國就以祝融為先祖，加以崇奉的。

炎帝的後代中，還有三位女兒的神話流傳著：一個追隨赤松子仙去；一個名叫女尸，死後化為䔄草；另一溺死東海，化為精衛。至於孫子，也有兩位的事蹟載於《山海經》中：

「有互人之國，炎帝之孫曰靈恝，靈恝生互人，是能上下於天。」（〈大荒西經〉）

靈恝，也就是巫恝，因此他的後代互人，也具有巫的神通，能自由上下於天地；互人為人面魚身，為神魚族。另一孫叫伯陵：

「炎帝之孫曰伯陵，伯陵同吳權之妻阿女緣婦，緣婦孕三年，是生鼓、延、殳，始為侯。鼓、延是始為鍾，為樂風。」（〈海內經〉）

伯陵私通緣婦，生了三個兒子，其中的鼓與延創製了鐘，又創作了種種樂曲，為人間的音樂增加了雄壯的鐘聲。而殳則製作了射箭的箭靶，三個都是具有巧藝的人才。

祝融居住在長江流域，生了共工，共工為水神；共工的兒子叫術器，又重回到祝融所住的土地上。《淮南子》記載：共工與顓頊氏爭帝，沒有成功，這一族可能被迫南遷。到了術器時，大概又想回到長江流域，《竹書紀年》記載顓頊七十八年，術器作亂，為辛侯所滅。這些神話可能意味著炎帝部族與黃帝部族的糾紛，顓頊為繼黃帝之後，統有中原的帝王，共工一族反抗，或者不願屈居江南，因此有交鬨的事件。鯀就有一種說法，為「共工」的急讀，也有「竊帝之息壤」的反叛行為，與術器「復土壤以處江水」相類似。當然，最著名的炎、黃帝爭奪勢力的神話，是說這一對同母異父兄弟，各管領天下的一半，黃帝行仁政，炎帝不肯，結果有一場慘烈的「涿鹿之戰」；但比較融通而為後世炎黃子孫願意接受的說法，是蚩尤篡奪炎帝的帝位，也自稱為炎帝。因此，涿鹿大戰的主角是另一同屬於南方部族的蚩尤。總之，這種部族間勢力的互相消長，是中華民族成長過程中的一種必然現象，經歷不斷的融合，才逐漸茁壯起來的。

第三節　軒轅氏黃帝神話（五帝傳說之一）

黃帝是稍晚於炎帝出現的古帝，為中央之帝，掌管中國的廣大地區。據《史記・黃帝本紀》的記載：黃帝是少典之子，姓公孫，名軒轅。少典為炎帝、黃帝的共祖，黃帝為姬姓部族的生祖，軒轅為圖騰的名稱，黃帝名為軒轅，所居之丘為軒轅之丘，也就是昆侖之丘。昆侖，就是圓，它的化身為雲，所以郯子說：「黃帝氏以雲紀，故為雲師而雲名。」圓圖騰團祭祀的樂舞，叫做雲門大卷。雲是圓圖騰所發的元氣，居於昆侖的黃帝，就是這種以雲以紀，以昆侖為聖山，居於大地的中央，同時也稱為軒轅氏的偉大帝王⑬。

黃帝的權威是歷經一番聖戰，才獲得中國境內其他部落的擁護的。《史記・黃帝本紀》以一種歷史化的平實筆法敘述這段過程：神農氏逐漸衰微，不能有效統御天下，結果「諸侯相侵伐，暴虐百姓」。神農氏不能征伐，軒轅氏就修德振兵，諸侯歸順。但炎帝自不能坐視權力的轉移，因此在阪泉之野，先後發生三場決戰，軒轅氏才獲得勝利。但是蚩尤不服，起來作亂，軒轅氏就廣徵天下諸侯，與蚩尤在涿鹿之野作一場大會戰，擒殺蚩尤，終於贏得統治權，稱為黃帝。這是姬姓部族的大勝利，融化了姜姓部族的文化，開啟了中華文化泱泱大度的風範。這段爭霸爭王的事蹟在神話的渲染中，卻透出活潑生動，而又神妙奇幻的色彩，一代一代流傳在黃帝子孫的詠嘆之中，蔚為一頁悲壯的史詩。

蚩尤，在漢族的口傳中，已被塑造成惡形怪狀的惡神，其實只是南方的巨人族，為神農炎帝的子孫。他們約有八十一個，或說是七十二個兄弟，個個長相是銅頭鐵額，獸身人語，為一批獰猛怪異的族類，他們精於冶鍊，製造各種戈、劍等兵器。等到神農炎帝衰微的機會，又不願讓軒轅氏輕易地獲得寶座。因此，糾合南方一些強悍的部落，像剽悍的苗民，還有奇怪裝飾的魑魅魍魎等，一齊殺奔向涿鹿的大原野。這是一場部族與部族之間的決戰，神話上象徵的說法，是一場水神與火神的戰爭。

蚩尤算準了大霧瀰漫的天氣發動攻擊，《志林》說是他會興作大霧，連續三天三夜，黃帝的大隊被困霧中，迷失了方向。黃帝就命令風后作指南車，來辨別方位，衝出重圍。黃帝所統率的大軍，據說有羆、熊、貔、貅、貙、虎等野獸——應該說是各類獸圖騰的部落，另外還有奇特的應龍和女魃，《山海經》保存了他們的奇能異術，〈大荒北經〉、〈大荒東經〉說：大荒之中，有座係昆之山，有共工之臺，這裡有個穿青衣的人，叫做「黃帝女魃」——原是黃帝的女兒，禿頭無髮，模樣奇特。蚩尤興兵攻打黃帝時，黃帝命令那能施放雨水的應龍，張開雙翼，在冀州之野加以進攻，應龍就使出蓄水行雨的神通，蚩尤卻請了風伯、雨師，縱放起狂風暴雨，剋制應龍的神通。黃帝馬上命令天女女魃下到凡間，所到之處，狂風暴雨立時消逝，破壞了風伯、雨師的法術，生擒了蚩尤。戰爭結束以後，應龍不能回到天上，只好在殺了蚩尤與夸父之後，居住在南方的深山大谷中，所以南方多雨。後來下界鬧乾旱時，就常作個應龍的形狀，實行求雨的法術，就會下雨，解除旱象；女魃也破了功力，不能返回天上，於是她所居住的地方就不再下雨，成為一片乾旱。叔均只得把這件事情報告黃帝，然後把女魃安置在赤水之北，但是女魃卻常逃出來。這個旱魃所到之處，人人害怕，因此要驅逐女魃時，總是先清除水道，濬通溝渠，然後禱祝道：「神啊！回到你赤水之北的老家吧！」這是一種驅魃的儀式⑭。

黃帝與蚩尤作戰時，還製造了一面特別的軍鼓，以振作士氣，大張軍威。〈大荒東經〉說：東海之中的流波山上，有一隻叫做「夔」的怪獸，形狀像牛，蒼黑色身子，卻沒有角，只有一隻腳，能夠自由進出海水之中，出入時必定伴隨著狂風暴雨，鱗甲發出一種閃爍如日月的光芒，同時吼叫的聲音好像暴雷。黃帝設計捉捕後，剝下牠的皮，作成一面軍鼓。然後又到雷澤中，捉到雷獸，宰殺後抽出一根大骨，當作鼓槌。黃帝利用雷獸骨槌，用力敲打夔牛皮製成的軍鼓，聲響震天，遠聞五百里。一連九通，聲威大振，獸陣神兵，加上應龍女魃，自然把蚩尤，以及一干幫兇的夸父族人、苗民等趕盡殺絕。

這一場中國神話中的大戰，奠定了軒轅氏的帝王權威，當然，也流了不少鮮血，染紅了原野，嗚咽了流水。但是，這些犧牲所換來的，是民族的大融合，因此，阪泉之戰也好，涿鹿之戰也好，都是一場混合血與淚、痛苦與勝利的戰爭。

黃帝戰勝蚩尤之後，據說蠶神曾獻上皎白的蠶絲，慶祝他的戰功。黃帝的妻子嫘祖就是開始養蠶、織布的第一夫人，中國古代華北地區的氣候、土質本極適宜種桑樹，採桑養蠶，在嫘祖大力推廣之下，老百姓也紛紛仿效，使得豐饒的大地上洋溢著繅絲、織布的聲音。黃帝的臣子伯余也巧妙地利用蠶絲織成絲絹，製作了衣裳。因此，黃帝穿了堂皇的帝王的禮冠、禮服臨朝，更增加了中央之帝的威嚴了。

關於黃帝製作技術的傳說，也是造成他作為中華文化創始者的重要形象。其中一個重要主題，即是有關冶鍊的神話：黃帝曾採首山的銅，在荊山腳下鑄鼎，鼎的製作需要進步的冶鍊技術，古時人力很難完全控制熔爐的溫度變化，因此，冶鍊時常施行一種建設性巫術，要祭天、禱祝，甚至還要獻上人作為犧牲，請童男、童女按照儀式來加炭；一旦鑄成，往往像有神蹟似的，黃帝所鑄的鼎，雕刻四方鬼神和靈禽異獸，而且在祭天慶功的儀式進行中，上天就垂下一隻神龍，迎接黃帝上升天廷。鑄鼎、鍊丹的神話，顯示黃帝時期，已發現了金屬冶鍊的技術，因此，傳說他曾鑄過大鏡、弓弩，以及日常食用的鼎、甑等。

天下一統之後，各地來往的利便，黃帝就創製了車、船，以利交通。又命令倉頡整理創造了文字，以便紀錄。又命令大撓製定了甲子，以便推算；還命令雷公、歧伯綜理醫藥，寫成醫書，以利治病。至於逸樂方面，也是人生所需，他發明了蹋毬的遊戲、叫伶倫製作了樂律，而祭天的雲門大卷的樂舞，更是莊嚴隆重。總之，黃帝之時，宇內清平，他的手下又集合了各色各樣的人才，而產生許多便利人民生計的重要發明，這些成就自然都歸諸黃帝一人身上，象徵著中華民族越來越走向文明開化之路。

黃帝的後裔，根據《大戴禮．帝繫姓》、《世本．帝繫》，以及《國語．晉語》中司空季子所說的世系，都不完全相同。《國語．晉語》說黃帝的妃子共有四位，共生二十五個兒子：其中只有方雷氏的兒子青陽、彤魚氏的兒子夷鼓（即蒼林）與黃帝同姓，而為姬姓族屬；其他同父異母的各兄弟都屬於異姓，這是原始時代一夫數妻家庭，混合父系制、母系制的社會，才有父子、兄弟異姓的現象。這二十五子中只有十四人有後嗣傳宗，分衍為十二姓⑮。而《大戴禮》和《世本》所記載的，都是元配嫘祖（或纍祖）所生的一系：凡有玄囂（青陽）、昌意二支，木支百世，蔚為大宗。《山海經》中載明黃帝的六妃為雷祖，繁衍了昌意一支，而有顓頊繼立為帝，這是一條珍貴資料。另外中國邊疆四裔，也多為黃帝之裔，《山海經》中紀錄了三條資料：

「有儋耳之國，任姓，禺號子，食穀北海之渚中。有人，人面鳥身，珥兩赤蛇，踐兩赤蛇，名曰禺彊。」（〈大荒北經〉）

任姓為黃帝異姓子之一：異姓十一子，依次為酉、祁、己、箴、任、滕、荀、僖、姞、儇、依，則儋耳國為黃帝的遠裔。

「黃帝生苗龍，苗龍生融吾，融吾生弄明，弄明生白犬，白犬有牝牡，是為犬戎，肉食。」（〈大荒北經〉）

苗龍，也有分為兩代：作苗生龍的，這一支應該屬異姓之子，但不知應歸為哪一姓？白犬有牝牡，屬於一部族中分成兩部制的現象，大概是以犬為圖騰吧！

「有北狄之國，黃帝之孫曰始均，始均生北狄。」（〈大荒西經〉）

這一支也不知系出何姓，北狄的狄也應屬於「犬」部。大概黃帝異姓之子都遠居於邊區，乃繁衍了諸如儋耳、犬戎、北狄等邊疆民族。此外〈海內經〉還載有「黃帝生駱明，駱明生白馬，白馬是為鯀。」駱明也不詳出於何系？不過可知鯀禹一系也是黃帝子孫，〈帝繫〉都說昌陽生顓頊，鯀為顓頊之子，或者只是名號不同而已。

第四節　窮桑氏少皞神話（五帝傳說之二）

少昊又作少皞，為太皞之後同以皞為名的，與東方太陽崇拜有密切關係。據《帝王世紀》所說：少昊就是帝摯，字青陽，也就是姬姓的玄囂，降居於長江流域，很有聖德，建都邑於窮桑，登立為帝，以曲阜為都，又稱為窮桑氏。但依照感生帝神話的說法，又要豐富些。據王嘉《拾遺記》說：少昊的母親皇娥，有次經過窮桑的地方——那是西海邊上一棵萬丈高的孤桑之樹，這是聖地桑林，為古代人神交通的神聖地方，也是男女相會和求嗣的情愛之所。皇娥果然與白帝之子嬉遊，彈瑟作歌，相互愛悅，因此感通而生了少昊，就號稱窮桑氏，或桑丘氏。《尸子．君治篇》說：「少昊金天氏，邑於窮桑，日五色，互照窮桑。」窮桑是種植桑林的聖地，同時也是地名，又與太陽有關，這與濱海地區日出扶桑的母題（motif）有密切關係，所以叫做少皞，號窮桑。至於稱為金天氏，那是因為遷徙到西方，配列為西方之帝的緣故⑯。

少昊建立自己的國家，叫做「少昊之國」，應該是在東方。《山海經．大荒東經》說在「東海之外大壑」，也就是渤海外的歸墟神山，可能是從窮桑、扶桑聯想，或是他曾在東海外的海島上創建國家。中國東方濱海地區為鳥圖騰區，少昊叫帝摯，摯也就是鷙，為一種鷹鸇之類的猛禽。這位以鷙鳥為圖騰建立起來的王國，自然也分出一些與鳥有關的圖騰團。這件秘辛早在千年前昭公就已不太清楚：《左傳》記載，郯子來朝見，昭公在宴會時請教這位少昊氏的後裔說：「少皞氏以鳥名官，這是什麼緣故。」郯子有一段精彩的回答：

「我高祖少皞摯之立也，鳳鳥適至，故紀於鳥，為鳥師而鳥名：鳳鳥氏，歷正也；玄鳥氏，司分者也；伯趙氏，司至者也；青鳥氏，司啟者也；丹鳥氏，司閉者也；祝鳩氏，司徒也；鴡鳩氏，司馬也；鳲鳩氏，司空也；爽鳩氏，司寇也；鶻鳩氏，司事也；五鳩，鳩民者也，五雉，為五工正，利器用，正度量，夷民者也；九扈，為九農正，扈民無淫者也。」

郯子敘述他的民族，學問賅博，連孔子聽了，也要拜他為師。這些繽紛的鳥官當然不是真鳥，而只是以鳥為族名或官名，每一族團都有一套專門的學問，成為專家，世代相傳，各有職掌，就以族團之名作為官銜：鳳鳥氏總管曆法，其他燕子、伯勞、鴞雀、錦雞四氏，分別掌管一年四季的天時。又有五種鳥官分別掌管國家的政事：祝鳩（鵓鴣）掌管教育，鴡鳩（王鴡）掌管法制，鳲鳩（布穀）掌管建設，爽鳩（鷹鳥）掌管刑伐，鶻鳩（滑鳩）掌管發表言論。又有五種野雉，分別管理木工、金工、陶工、皮工、染工五種工程。又有九種扈鳥，管理農業的耕種和收穫，使百姓不致放縱。這個圖騰社會，部族（clan）下有支族（**phratry**），分工精細，組織嚴密⑰。

少昊氏在東方鳥圖騰王國時，他的親戚顓頊曾在這裡生活過，並幫他治理國事。少昊的母親不是曾與彈瑟的白帝之子相好嗎？少昊也會製作琴瑟，讓顓頊彈奏消遣，後來顓頊回自己的老家後，把琴瑟棄擲到東海外的大壑中，因此大壑深處的海濤聲裡，常會傳出琴瑟悅耳的聲音⑱。

少昊氏後來曾經遷徙，最少其中有一支族遷到西方，《說文解字》說「嬴」，為帝少皞之姓，包括秦、徐、江、黃、郯、莒等國都是嬴姓鳥族，所以〈海內經〉說：「嬴民鳥足。」少昊後來成為西方之帝，而他的兒子該，也成為金神蓐收，幫助他統轄西方一萬二千里的大地，〈西山經〉記載：白帝少昊住在長留山的圓神之宮，職司太陽東照的反影；而蓐收居住在長留山附近的泑山，也是觀測太陽西下的情形，所以又叫紅光，是一個人面虎爪，左耳掛著蛇，手執板斧，乘著兩條龍的天神。因為西方屬五行中的金，所以一叫金天氏，一叫金神。

少昊氏的子孫，《山海經》記載了三位：

「少皞生般，般是始為弓矢。」（〈海內經〉）

東方部族善用弓箭，般為創始者。

「季釐之國有緡淵，少昊生倍伐，倍伐降處緡淵。」（〈大荒南經〉）

倍伐被派到南方季釐國，死後成為緡淵的主神。

「有人一目，當目中生，一曰威姓，少昊之子，食黍。」（〈大荒北經〉）

一目國的人，為少昊的後代。此外，像輔佐帝堯的臯陶，幫助夏禹的伯益，汾水之神臺駘，也是少昊的後裔。伯益，也作伯翳，為嬴姓，乃秦國的先祖。少昊另外還有一位不才子，叫做窮奇，長相奇特，後來成為驅邪的大儺祭典中的十二神之一，專門食蠱。其實，窮奇為西北邊區的游牧民族，為一強悍、凶暴的部族[19]。

第五節　高陽氏顓頊神話（五帝傳說之三）

顓頊，是黃帝的曾孫，也曾統轄過中國，後來封為北方之帝。據《山海經》的記載：

「黃帝妻雷祖，生昌意，昌意降處若水，生韓流，韓流擢首謹耳，人面豕喙，麟身渠股，取淖子曰阿女，生帝顓頊。」（〈海內經〉）

這是雷祖（西陵氏）的嫡系，昌意（《世本》作昌僕、《大戴禮》作昌濮）所謫居的地方若水，在四川境內，所以娶了蜀山氏，生了韓流（〈帝繫〉中都不載韓流），長相怪異：長腦袋、小耳朵，人的臉，豬的嘴，還有麒麟身子和駢生的腿，他和阿女所生的顓頊，也是長頭細耳的模樣。

顓頊成為地上的最高統治者後，很能善用賢能，做了一些奇特的事。最重要的就是絕地天通：《周書．呂刑》記載蚩尤唆使苗民一起作亂，黃帝就代天行道，滅絕苗民，成為一場慘烈的「天譴」，顓頊就命令「重黎絕地天通」。有一次楚昭王問博學的觀射父，這一件事到底是什麼意思？觀射父以合理化的態度，解釋蚩尤和苗民想爭奪祭天的祀典——在古代只有帝王可以行郊天大祭，敬告天神，就是能上下天地，交通神人。顓頊認為他們逾越禮法，因此嚴格執行祭天的儀禮。而《山海經．大荒西經》有一段神話，解說這件神奇的事：顓頊生了老童，老童有兩個兒子重和黎，重專門管理天，黎專門管理地，將天、地的界限分清，凡間的人不能再自由上天了，這是中國的「失樂園」神話。重和黎，也有說是「重黎」一人，專司祭天的儀禮，為古代掌管曆法的官。所以〈大荒西經〉說黎到地上，就生了噎，住在大荒西極日月山上的吳姬天門，這位神人面而沒有手臂，兩隻腳反轉生在頭上，他卻是管理日月星辰運行次序的曆法之官，這一支族很精於天文曆法。

顓頊又喜好音樂，幼時從窮桑氏學習琴瑟，表現了音樂的天賦。《呂氏春秋．古樂篇》說，顓頊作了大帝之後，要舉行封禪，祭祀上帝，就命令飛龍模仿天風吹過時，熙熙淒淒鏘鏘的美妙聲音，作出八方不同天風之音，稱為「承雲之歌」；又命令靈鱓作音樂的倡導者——鱓是短嘴巴鱷魚，皮為蒙鼓的好材料，因此傳說牠為樂倡，用尾巴敲打自己的肚皮，發出鼙鼙的樂音了。他的後裔：老童的兒子祝融（即重黎），祝融生了太子長琴，居住在搖山，長琴「始作樂風」（〈大荒西經〉），就是創制了樂曲，也是用琴演奏，他的名字叫長琴，也正標明了他在音樂上的貢獻。其實這是有遺傳的，〈西次三經〉說老童發音常像鐘磬，悅耳動聽，所以他們具有發揚音樂的傳統。

顓頊的兒子中也有些不肖子，王充《論衡．解除篇》記述漢代流傳的民間傳說：顓頊有三個夭亡的兒子：一個居住在江水，變為瘧鬼；一個仍居住在若水，變做魍魎；另一個住在人家的屋角，成為疫鬼。這些妖鬼常是民間逐疫驅邪的對象。另外《神異經》也載了他的不才子叫做檮杌，大概是凶頑獰惡的傢伙，所以人家把一種似虎的惡獸管牠叫做「檮杌」⑳。

顓頊也有一些子孫繁衍於邊區，《山海經．大荒經》記載的，南方大荒中有季禺、和顓頊國：

「有季禺之國，顓頊之子，食黍。」（〈大荒南經〉）

「有國曰伯服，顓頊生伯服，食黍。」（〈大荒南經〉）

《世本》說：顓頊生偁，偁生伯服，都是以黍為主食的邊疆部族。西方大荒中有淑士國、和一臂三面之鄉：

「有國名曰：淑士，顓頊之子。」（〈大荒西經〉）

「大荒之中，有山名曰：大荒之山……有人焉三面，是顓頊之子，三面一臂，三面之人不死，是謂大荒之野。」（〈大荒西經〉）

《呂氏春秋．求人篇》說夏禹往西，曾到過「一臂三面之鄉」，就是指這個長生不老的國度。據說他是「了無左臂」，但〈大荒西經〉也記載：「有人名曰吳回，奇左，是無右臂。」吳回在《世本》、《大戴禮．帝繫》中列為顓頊之子，乃重黎的弟弟，重黎被殺後，做了火正，也叫做祝融。這種一無左臂、一無右臂的形象，確是奇形，也許本來象徵一種特殊意義的。北方大荒中則有叔歜國、中輻國，又有苗民國：

「有叔歜國，顓頊之子，黍食，使四鳥：虎、豹、熊、羆。」

「西北海外，流沙之東，有國曰中輻，顓頊之子，食黍。」

「西北海外，黑水之北，有人有翼名曰苗民：顓頊生驩頭，驩頭生苗民，苗民釐姓，食肉。」

二支食黍的後裔，遠居北方大荒。另一支苗民，《神異經》有類似的描寫：西荒中有人焉，面目手足皆人形，而胳下有翼，不能飛，為人饕餮，淫逸無理，名曰苗民。徐炳昶說苗民有翼，與驩頭氏族有密切關係。因他們強悍，有一部分被遷到西北（甘肅、敦煌一帶），減弱其聲勢，大概是強悍的邊區民族㉑。

顓頊被配列為北方之帝，輔佐他的是玄冥，也就是禺彊，為「人面鳥身」的海神，幫他治理北方大帝一萬二千里的大地，是從丁令之谷到積雪之野的北大荒。

第六節　帝俊、帝嚳神話（五帝傳說之四）

帝俊是《山海經》中除黃帝之外的最大一支世系，所以有人說帝俊是東方殷民族所奉祀的上帝，他的偉大，相當於西方周民族所奉祀的上帝黃帝。因為周民族最後戰勝了殷民族，黃帝的神話較為豐富，聲勢也較為盛大，成為中華民族的共祖；而帝俊的神話零散，聲勢也較弱，只保存在《山海經》中。關於帝俊神話有些關鍵性的問題，第一：帝俊與古史中的帝嚳、正史上的帝舜有密切關係，至少帝俊、帝嚳是同一人的化身，他們的神話也是同一神話的分化。第二：《大戴禮》、《世本》的〈帝繫〉所列世系，帝嚳屬於姬姓的玄囂（青陽）一系，青陽生僑極（蟜極），僑極生帝嚳，即高辛氏，這一系為顓項所出昌意系之外的另一支系，那麼，帝俊也是黃帝的子孫了。第三：帝俊的夋，甲骨文作：、，畫了鳥頭，尤其尖形鳥嘴，雖有複雜、簡單的不同，還是一幅鳥頭人身的形象，這是鳥圖騰團的族徵。孫作雲說俊，就是鵕鳥、鵕鸃，為一種形似鳳皇的神鳥，也就是鳳皇之屬；而帝嚳，生下來就很神異「自言其名曰夋」，另外號高辛，辛為鳳字的省寫，甲骨文的鳳字字頭為，象徵鳳冠，也就是隸定的「辛」。神話中，帝俊常與鳳鳥相連，而帝嚳也與鳳皇相關，這是東方鳥族的上帝，也就是鳳圖騰團的最高上帝。

帝俊的神話，在《山海經》中記載了兩件，也就是《山海經圖》上畫著「有五采之鳥，相鄉棄沙，惟帝俊下友，帝下兩壇，采鳥是司。」（〈大荒東經〉）一對五彩神鳥相對婆娑起舞，它們是帝俊下界之友，替祂看守著兩座祭壇，為充滿著宗教儀式色彩的一幅畫。〈大荒北經〉說：「衛邱方員三百里，邱南帝俊竹林在焉，大可為舟。」這片竹林，大概就是涕竹，長數百丈，有三丈多粗，八、九寸厚，剖開來可以做船（《神異經》）。帝嚳的神話，還有《呂氏春秋．古樂篇》載他命樂師咸黑，作了聲歌：〈九招〉、〈六英〉、〈六列〉，又命樂工有倕（也就是巧倕）作了樂器：鼙鼓、鐘、磬、吹苓、管、壎、箎、鞀、椎鐘等，又命令使用這些樂器演奏曲子，連鳳鳥、天翟也受差遣婆娑起舞，這大約就是鳳凰之舞，《山海圖》所畫的盛況吧！

帝俊神話群，最出名的是他那些多才多藝的妻妾。有浴日的羲和、浴月的常羲，還有生了三身國的娥皇。而帝嚳的妻子，〈帝繫〉清楚地說有四位：第一位為有邰氏的女兒姜源，屬於姬、姜外婚的傳統，生了后稷，為周民族的始祖；第二位為有娀氏的女兒簡狄，生了契，為殷民族的始祖。第三位為陳豐氏（陳鋒或陳邱）的女兒慶都，生了帝堯，為繼位的帝王；第四位為娵訾氏的女兒常儀，《拾遺記》說黃帝將蚩尤之民較善良的遷到鄒屠之地，鄒屠氏的女兒在伊洛附近被納為妃，夢見吞日生八子，大概就是常儀、也就是常羲。羲和，為精通曆法的才女，據說她又生了帝摯，與少昊同號，沒治好國家就死了，因此帝堯才繼位的。

殷民族契的誕生為典型的感生帝神話。有娀氏的大女兒簡狄，和次女建疵住在九層的瑤臺上，有次在臺上、或說是行浴時，看見玄鳥（燕子）遺下一枚蛋，簡狄拿起來吞下去，就懷孕生了契。這就是《詩經．玄鳥篇》歌頌的：「天命玄鳥，降而生商。」為殷商玄鳥圖騰的始祖神話。周民族的始祖后稷，據說是姜源出遊，在求子儀式中與巨人的足跡，「踐之而身動」，就懷孕而生了小孩[22]。但他不為族人所接受，叫他為「棄」，三番兩次要拋棄：要讓他在小巷為牛羊踏死、要丟在森林裡餓死、要拋在寒冰上凍死，但吉人天相竟然沒死掉，而且成為農藝之祖。《山海經》說：

「有西周之國，姬姓，食穀，有人方耕名曰叔均。帝俊生后稷，稷降以百穀，稷之弟曰臺璽，生叔均，叔均是代其父及稷，播百穀，始作耕。」（〈大荒西經〉）

后稷為培植百穀的能手，叔均繼承下來，成為後世的田祖。稷死後，被葬在一處好風水的地理：

「后稷之葬，山水環之。」（〈海內西經〉）

「西南、黑水之間，有都廣之野，后稷葬焉：爰有膏菽、膏稻、膏黍、膏稷。冬夏播琴，鸞鳥自歌，鳳鳥自儛，靈壽實華，草木所聚，爰有百獸，相群爰處，此草也冬夏不死。」（〈海內經〉）

都廣之野為廣衍的沃野，種植的菽、稻、黍、稷，味好滑潤如膏，靈壽也紛紛開花結實；同時百鳥百獸繁殖，連靈禽鳳鸞也自由自在地歌舞，確是一幅欣然的人間樂園。

帝俊的子孫，到邊遠的大荒中建國的，在東方的荒野上的有中容、司幽、白民、黑齒四國，〈大荒東經〉說：

「有中容之國：帝俊生中容，中容人食獸木食，使四鳥：豹、虎、熊、羆。」

「有司幽之國：帝俊生晏龍，晏龍生司幽，司幽生思士，不妻，思女，不夫。食黍食獸，是使四鳥。」

「有黑齒之國：帝俊生黑齒。姜姓，黍食，使四鳥。」

「有白民之國：帝俊生帝鴻，帝鴻生白民，白民銷姓，黍食，使四鳥：虎、豹、熊、羆。」

這四個東方邊區的部族為鳥族後裔，都能使喚四鳥，但卻是虎、豹、熊、羆等四種猛獸，加以馴養、使喚。而主要的食物，都以小米為主，也能吃獸肉。其中最特殊的為司幽國，分成男的集團，叫思士，不娶妻子；女的集團，叫思女，不嫁丈夫，據說只要像白鶂，用眼睛相望，就能受感動，而生出孩子。人類學者認為司幽國，不實行外婚制，而實行族內婚制，因此，變成這種不妻不夫的奇特說法。在南方的荒野上，則有三身和季釐兩國：

「有人三身，帝俊妻娥皇生此三身之國，姚姓，黍食，使四鳥。有淵四方，四隅皆達；北屬黑水，南屬大荒，北旁名曰：少和之淵；南旁名曰：從淵，舜之所浴也。」

「有人食獸，曰季釐：帝俊生季釐，故曰季釐之國。」

季釐，《左傳》說：高辛氏才子八人，有季貍（文公十八年）即同一人，也是食獸的部族；三身國則食黍，《山海圖》上畫個三身的圖騰，作為族徵，也能使喚四鳥。帝俊的子孫有的姜姓、有的姚姓，也有銷姓，這是古代同父異母，從母姓的母系社會現象。

帝俊的子孫也流傳些技術發明神話，〈海內經〉載有：

「帝俊生禺號，禺號生淫梁，淫梁生番禺，是始為舟。」

禺號與禺猇同名，淫梁也和禺京聲音相近，〈大荒東經〉說是黃帝子孫，可能是以神名為名，禺猇、禺京為海神兼風神，禺號的後代也居於濱海地區，又創製船，是適合海神的身分的。

「番禺生奚仲，奚仲生吉光，吉光是始以木為車。」

《世本》說奚仲作車，古代技術往往世傳，一族的人常成為專家，這是造木車的部族。

「帝俊賜羿彤弓素矰，羿是始去恤下地之百艱。」

羿為東方鳥族的部族，東夷人本就善於弓箭，羿乃有名的神射手，擅射箭的神技，故能射殺鑿齒、封豕，為下界百姓除去災難。

「帝俊生晏龍，晏龍是為琴瑟。帝俊有子八人，是始為歌舞。」

東方部族的傳統樂器有琴瑟，少昊曾造琴瑟，晏龍也善於樂器，與巧倕同具音樂天賦，他的八子都善於歌舞，所以帝嚳的音樂嗜好，有鳳的傳人了。

「帝俊生三身，三身生義均。義均是始為巧倕，是始作下民百巧。」

巧倕即為有倕，義均在《竹書》、《楚語》中都說是舜的兒子，封於商，叫商均。倕為堯時出名的巧匠，能發明各種精巧的樂器與器具。

第七節　堯、舜神話

《山海經．大荒南經》說：「帝堯、帝嚳、帝舜葬於岳山。」而中國古代典籍中更普遍流傳「堯舜禪讓」傳說，所以堯為舜以前的聖君，而且以近乎理想化的方式，將統治權公平、和平的傳給了自己的女婿舜。但是《山海經》中很少記載堯的神話，舜就比較多。如果再將舜作為帝俊的分化，那幾乎是《山海經》中的大系。不過，《山海經》裡，帝俊、帝舜是分成二人的，或者東夷族中前後不同時期的兩位傑出人物，一被神話化，一被歷史化。所以帝舜成為《大戴禮》、《世本．帝繫》中的古帝，源出顓頊之後窮蟬一系，與源出青陽一系的帝堯，稍有不同。

帝堯為古代傳說中奉己甚嚴，而待民仁慈的聖君。他的居處，是簡陋的茅屋，穿著粗布衣服、吃著粗糙雜糧，對待自己極為儉樸，而掛心天下的老百姓吃不飽、穿不暖。因此，民間自然也流傳出一些瑞徵的傳說：像宮中芻草變成稻禾、堦宮長出歷莢，以及蓮蒲生於庖廚、鳳凰止於庭中……都是一些吉祥的徵兆。堯能成為理想君王的典型，這些民間樸素自然的反映，恐怕不是有意的歌功頌德吧！

其實帝堯能夠善用才幹，不同部族的人才都能齊聚一廷：像任命羊圖騰團的后稷為農師、鳥圖騰團的契為司馬，其他鳥啄的皐陶作法官、獨足的夔作樂官……都是一時之選。皐陶為孟鳥、或眷鳶的圖騰，夔為獼猴、猩猩的圖騰，帝堯也曾命令后羿這位鳥族英雄去除大害，尤其他選中了舜作皇位繼承人更是一件高明的選擇，因為他沒把自己的兒子丹朱塑造成一位當然王位接班人的形象㉓。

舜為東夷鳥族，為鳳與日的聯合圖騰。據劉向《孝子傳》說：瞽叟晚上睡覺，夢見一隻鳳凰，嘴裡銜著米來餵他，而且說自己的名字叫「雞」，要作他的子孫。但仔細一瞧，卻是鳳凰。醒來用黃帝夢書占這個怪夢，預示是一個有貴命的兒子。——這個兒子就是舜，母親應該是鳳族的女子，姚姓，舜與母同族，也同屬鳳圖騰。舜的母親早死，瞽叟又另外娶了一個妻子，生了兒子名叫「象」，或許是象圖騰族的人吧！當時中國境內還有大象：甲骨文有「」，就是長鼻、大耳的象。至於瞽叟，也就是鼓叟，鼓是形狀像鴟的鴞鳥，就是不能白晝見物的貓頭鷹，舜的父親原先以貓頭鷹為圖騰，又加以不明事理，因此就叫他為「瞽叟」——一個瞎眼老頭子。可能舜與象為異圖騰的兄弟，兩個部落本就不是密切的關係，所以《史記》才用後母、後母的兒子聯合虐待前妻之子的人情的解釋。

舜的長相，六尺身長，臉頰無毛，膚色黑黝黝的，但眼睛中有兩個眼瞳子，確是奇相。他是篤實忠厚的人，雖然後母虐待他，卻仍舊一心一意地孝順，因此孝名遠播。舜曾經到嬀水附近的歷山耕田，嬀水（現在山西省永濟縣南）的為，就是獲象、馴象的造型——「」用手牽著象鼻子，所以民間至今還流傳大舜用象耕田的傳說，當然，它也可能跟舜感化他弟弟「象」有關。這位歷山的農夫，以他的誠實德行感動耕田的人；他又到雷澤捕魚（即兗州的雷夏澤，現在山東濮縣東南，連接荷澤縣界），也使雷澤的人歸順他；他又到河濱作陶器（河濱在現在定陶縣境），也改善了陶器的製作技術。據說凡舜所到之處，「一年而所居成聚，二年成邑，三年成都。」（《史記》）這樣有德行、才幹，也有號召力的青年才俊，能不為求賢若渴的帝堯所賞識嗎？果然，堯把兩個女兒嫁給他。

古史學者研究當時的王位繼承制，可能沒有定制：祖死孫繼、父死子繼，或是兄終弟及，或是年老的統治者在臨死之前退位而讓位於當時攝政的賢能宰輔。堯、舜（或禹）就是將王權轉移到同族而有才能、特別是曾任攝政的宰輔的族嗣，古籍中美稱為「禪讓制度」。舜與堯同出於黃帝，又在婚姻關係上有密切的結合，堯把女兒娥皇、女英同嫁給舜，大概就是當時常見的婚制——姊妹共嫁一夫制（sororal polygyny），這是普見於原始民族的古老婚姻制度㉔。舜的兩位王室妻子，卻不敢表現嬌貴的態度，仍舊以媳婦禮節事奉公婆、對待小叔小姑（象和繫），但後母與象卻不領情，而百般挑剔與陷害，例如責他「不告而娶」；至於陷害的傳說更是充滿離奇的情節：指使舜去修理穀倉，然後放火焚燒，舜卻穿了妻子所縫鵲紋衣裳而脫險；又指派舜去濬除深井，然後下土實井，舜也穿了龍紋衣裳而逃出。這種變化為鵲、為龍的神話，說明了舜為鳳族、龍族之神的身分。而象要害死舜的最大願望，是只要娶二嫂及得到琴、弤、干戈等，因為當時還保存著兄死，弟可納嫠嫂的繼承制的緣故吧！當然，舜以吉人天相終於感動頑劣的弟弟和父母。

舜在即帝位前，又曾接受一次嚴格考驗，就是《論衡．亂龍篇》所說的獨自進入「大麓之野」，這是一種表現巫者之長的神通力的試煉。前述舜能變化為鳥為龍，也是一種變化神通，結果他通過恐怖的黑森林時，「烈風雷雨弗迷」（《尚書．堯典》）、「虎狼不犯，蟲蛇不害」（《論衡》）為法術靈威力的神奇表現，這可能是原始民族試煉新王的一種儀式，通過儀式，就成為新王。舜登基後，將象封到「有鼻」，又是適合象的身分，也可能是圖騰地域化的現象。

舜的文化表現，就是音樂，也是東方夷族普遍的特長。堯曾賜他琴，他又命樂師叫延的改製瞽叟的十五絃瑟，成為二十三弦的弦樂器。當然，他即帝位舉行封禪大典時，更命令樂師質整理了〈九招〉、〈六英〉、〈六列〉等樂曲，〈九招〉又叫〈九韶〉，為鳳族傳統祭祀圖騰主的天樂；使用簫、笙等演奏，凡有九成。據說祭祀天帝時，鳳凰來儀，為吉瑞之徵。孔子很能欣賞韶樂，說是盡美而又盡善。但舜平常只在心情愉悅時，彈奏五弦之琴，歌唱〈南風〉之歌。

舜的妻子常隨侍在旁，他巡狩到蒼梧之野時就駕崩了，《山海經．大荒南經》說舜就埋葬在蒼梧之野，九疑山的南麓，成為帝舜的聖地。二妃傷痛地殉情，她們眼淚所灑，竹子盡斑，稱為涕竹、斑竹，更好聽的名字是「湘妃竹」，死後二妃的靈魂成為湘水之神，〈中山經〉說：「洞庭之山，帝之二女居之，出入必以飄風暴雨。」為什麼會掀起湘江上的狂暴風雨，據說是從征時溺於湘江，也許是太傷感，而惆悵的情緒使外物同悲吧！

《山海經．海內北經》說舜還有另一妻子登比氏，有人說是在家的元配，生了宵明、燭光，後來住在黃河大澤中，二個女神的靈光能照耀附近周圍百里的地方。這種傳說很像是帝俊的妻子浴日、浴月神話的分化。

帝舜的兒子，《呂氏春秋》說是九個、《路史．後紀》說是八個。他們都遺傳父親的音樂天分，善於歌舞，與帝俊八子相像。至於在邊區建國的，有東荒的搖民國、南荒的載國：

「帝舜生戲，戲生搖民。」（〈大荒東經〉）

「有載民之國，帝舜生無淫，降載處，是謂巫載民。」（〈大荒南經〉）

巫臷民為食穀的百姓，為具有巫者神通之國，因此為地上樂園：不需織布，而有衣服；不必耕種，而有糧食，又有歌舞的神鳥：鸞鳥自歌，鳳鳥自舞，為鳥族的樂園。

第八節　鯀、禹神話

鯀、禹神話為夏民族的始祖神話，古史中列為昌意一系，鯀為顓頊的兒子，禹為鯀的兒子，鯀、禹神話與洪水有密切關係：他們的圖騰、治水經過，以及被殺與稱帝，都圍繞水這一母題發展，近代學者都承認他們父子具有水神的性格。

顓頊之死，與變化復蘇的神話相關，《山海經．大荒西經》說：「有魚偏枯，名曰魚婦。顓頊死即復蘇，風道北來，天乃大水泉，蛇乃化為魚，是謂魚婦，顓頊死即復蘇。」顓頊的圖騰，與蛇、龍有關，妻子為滕墳氏（滕濆、滕奔、滕隍）——有人說濆、湟與滕是出水的水源，和魚有關。偏枯魚叫做偏枯，指生活在冬天死的世界，春來再生的世界復蘇，「死而復蘇」在古人的觀念中是當作季節的復活之象徵。顓頊與蛇相近，還有《山海經．海內東經》所說的鮒魚之山，「帝顓頊葬於陽，九嬪葬於陰，四蛇衛之。」依照鳳凰守護帝俊之壇的例子，這是祭祀圖騰主的儀式。那麼，顓頊確有蛇的形象，蛇化為魚，最相類似的就是細而長的魚類，那就是鱓、鰻、鰌等細長似蛇的魚。在《大戴禮．帝繫》中說：「顓頊生窮蟬」，也有作窮係的，蟬和鱓同以單為聲符，古代同音通假，《呂氏春秋．古樂篇》不正記載「鱓」善於歌舞嗎？鱓就是鱔，古代說它是蛇魚，因為形狀相類。至於鯀，有人說是顓頊的另一個兒子，也有說就是窮蟬，因為鯀與係，只差別在一個魚旁，而另一個從人而已；而且《山海經．中山經》記載一處遺跡：「青要之山，實惟帝之密都……南望墠渚，禹父之所化。」禹父當然是鯀，化為墠渚。墠是狹長如鱓的沙渚，或出產鱓的沙渚。在圖騰制度裡，一個圖騰團可分出性質相近的支圖騰，鯀與窮蟬可能就是支圖騰，或同一神話的分化。〈海內經〉又說：「黃帝生駱明，駱明生白馬，白馬是為鯀。」駱與馬還是與蛇有關，因為古代「龍馬」連用，常指龍，蛇龍不分，古人想像為細長之物㉕。

正史中的鯀，是帝堯的臣下，被分封在崇山，稱為崇伯鯀，崇山大概是顓頊族的重要地方：祝融被謫居到崇（《國語．周語》）、驩兜被舜流放到崇（《尚書．堯典》），祝融為火官、驩兜也就是驩頭，和祝融有關，崇山，又是章山、鍾山㉖。這位崇伯鯀，在帝堯時被派去治理蕩蕩然「懷山襄陵、浩浩滔天」的大洪水，他的性情不好，又錯用了「陻」、「障」的方法——築堤、或用土填塞是鯀所設計的治水法，結果沒有成功，堯將他處死在羽山。但在神話中，鯀卻是性情婞直的英雄，敢於叛逆天帝，造福百姓。《山海經．海內經》說：

鯀竊帝之息壤，以堙洪水，不待帝命。帝令祝融殺鯀於羽郊。

息壤據說是一種會生長的土壤，為天帝的神物，鯀卻偷竊下來陻堵洪水，當然，激怒了高高在上的天帝。鯀所處刑的羽郊，就是羽山，大概就是神話中的委羽之山，遠在北極之陰，終年不見太陽，是幽冥地獄。鯀死以後，還有奇特的兩個傳說：一是「鯀復（腹）生禹。」（〈海內經〉）有一本叫《開筮》的古書說：鯀死了三年，還不腐爛，最後用吳刀剖開，卻跳出一隻虬龍，就是禹。

鯀的屍體就在生禹之後，發生變化，然後進入羽淵。變成什麼東西：據說是「化為黃熊」，這隻黃熊，有說是黃龍，有說是三足鼈（熊），也有說就是細長的鰌，也有說是玄魚（鯀也有寫作鮌）。黑色是夏所尚的，玄魚指龜、或鼈，因此能治水。不管怎麼說，都與水有密切關係，蛇龍、鰌鱔，屬於細而長的水中之物，與顓頊「蛇化為魚」有些關聯；至於三足鼈、玄龜，與化作墠渚的隆起陸地，也在形狀上有聯想的關係㉗。至於羽淵，又是虞淵，正是神話中委羽山附近的深淵，為太陽西沉的神話地理，象徵著永遠的安息。所以，鯀有水神性格，一個叛逆的英雄。

夏禹固然是鯀腹三年才被剖出的一條虬龍，但他也像其他開國君王，有一段神奇的感生帝神話。鯀娶了有莘氏的女兒女僖，在砥山有感而生禹的，也說是修己夢見吞了神珠薏苡，剖胸而生禹的，所以夏人的圖騰是苡，姓姒。或許禹是在鯀被刑之後的遺腹子，而他的母親另為姒姓之族，故從母姓，但禹還是在古書（《莊》、《列》、《荀》諸子書）中具有其父鯀的「偏枯魚」的圖騰性的。

禹的生平大事也在治水，古史中說他採用疏導的方法，他父親的陻堵法，只能收一時之效，一旦潰決，禍害更大，因此禹了解洪水的癥結，就因應地勢，疏濬壅塞，為中國水利史的創造性工程。但在神話的敘述中，禹的治水具有史詩般的雄壯與傳奇。治水的命令是由天帝頒布的，〈海內經〉說：「帝乃命禹，卒布工，定九州。」接續父親未竟的志願，要平治大洪水。

古代的人相信大地洪水，由於水神共工的作怪，《淮南子．本經訓》說：「舜之時，共工振滔洪水，以薄空桑。」洪水傳說，大約在各民族初進農業階段時發生。我國地勢西高東低，黃河自青海流下，曲曲折折地穿過甘肅、寧夏、綏遠、陝西、山西間及河南西部的高地，由於穿行於高山或黃土高原，自然沒有水患；河套一段，地勢平衍，水流不急，不但沒有水患，反而引水灌溉，可得水利，黃河流到河南東部，忽然墜入平原，由高處陡然下降，水勢湍急，而且又是無邊廣漠的平原，自然就無拘無束地奔流下去。再轉彎北行，就是河患開始的地區，這裡叫做共縣，從共縣以下，多納支流，水量豐富，河道遷徙無常，水患也最烈。共縣為遠古時代共族的所在地，他們居於水邊，深知水性，可能早就有治水的經驗。《左傳》說：「共工氏以水紀，故為水師而水名」（昭公十七年），共工就是水師，為專門治水的部族，以水為圖騰，與水的因緣很深。他們發現的方法，據《國語．周語》說是「墮高堙堵」的培高隄防的水利工程。堯舜時期，共工氏「虞於湛樂，淫失其身」，疏忽了自己的工作，而築隄法又失敗。因此才有共工造洪水的神話——洪水又稱洚水，洪、洚都是模擬大水轟轟的開口洪音，而且共縣也有一較小的共水，為水患之始，就稱為洪水。共工曾為煊赫的部族，后土（句龍）曾因治水有功，為其他部族的領袖。鯀的發音，有人說是共工的急讀，他也承用隄防法。禹卻從先人失敗的經驗中，更精密地觀察水性，又考察了地理形勢。

洪水的發生及大禹所施工的地域，主要是兗州，其次是豫州的東部及徐州的一部，其他地區就較為次要：像北方的冀州、西方的雍州、梁州、中央的豫州及南方的荊州，多綿亙的山岳，交錯的高原，較無洪水之患，其餘荊州東南等，人口較稀少，又屬化外之區。因此，禹所治水主要還是在黃河、淮水流域，當時他大概尋求炎黃部族、東夷部族（風偃集團）的協助，南方的苗蠻集團可能也來參加。例如：神鳥族的伯益掌火、焚燒山澤中暢茂的草木，驅逐禽獸，使沼澤乾、水道通。又龍部族的應龍，幫忙測量，所以傳說「禹治洪水時，有神龍，以尾畫地，導水所注。」（王逸注〈天問〉）同時禹得到塗山部族（安徽懷遠縣附近）的支持。禹的治水方法是測量勘察黃河的流向，《山海經》常有「禹所積石之山」，就是積石作記號、或選定某山為記號所留下的紀念，而傳說中卻說他獲得羲皇所授玉簡，用來度量天地；又獲得河精所授河圖，用作觀察地形。更有許多他降服邪魔，像擒拿淮水、渦水的小神無支祈，象徵他平定了淮水的水患。而殺相柳（相繇）傳說更為神奇：

> 共工之臣曰相繇，九首蛇身自環，食於九土。其所歍所尼，即為源澤，不辛乃苦，百獸莫能處。禹堙洪水，殺相繇，其血腥臭不可生穀，其地多水不可居也。禹湮之，三仞三沮，乃以為池，群帝是因以為臺，在昆侖之山。（〈大荒北經〉）

共工的臣子，蛇身九頭的怪物，應該是蛇族的叛徒，將它說成所嘔所碰就變成惡臭的水澤，而所噴所流就變成腥臭的沮洳，大概蛇族餘黨所盤踞的地方是一塊天然沮洳地，禹就設法決之使乾，其未能乾的，就聚為澤藪，積為高臺。至於他採將水的主流疏浚，像先秦諸子，尤其墨子說禹以神力開鑿龍門，引導洛汭；或改變河道，減緩黃河湍悍的水流。這些都是神話，稱頌他治水的偉大功績[28]。

大禹治水成功後，曾有幾件事，也是《山海經》等有記載的：一件是測量平治的大地的面積：〈海外東經〉說：「帝命豎亥步自東極至於西極，豎亥右手把算，左手指青邱北。」一算是計算數目的六寸長竹片，青邱國為東邊接近朝陽谷北方之地，為起步的測量基準。《淮南子．地形篇》則說是大章從東到西走，這位健行的天神共走了二億三萬三千五百里七十五步；豎亥則由北極向南極走，也是一樣的距離。大概中國開始較能準確地計算土地的幅員，從禹開始，所以禹有分劃九州的傳說。

禹平定天下後，就在茅山附近的原野，大會天下諸侯，顯示自已從舜手中所獲得的帝位，並實行封功賜爵，正式贏得各部族的共主地位——後來茅山更名為會稽山。典禮是要舉行一場類似原始爭奪霸權的方式，結果防風氏晚到，有不尊之意，就被殺戮示眾——防風氏是個巨人，一個骨頭就可裝滿一車。據說吳、越之戰，在會稽發現一塊「節專車」的大骨，就趁著吳人出使魯國時，去請教博學的孔老夫子，孔子才說出這段秘辛的，原是禹穩固帝權的政治神話。

禹為天下共主，四裔感念恩德，《左傳》說當時「遠方圖物，貢金九枚」，也就是將九州州牧所貢的金屬，鑄造了九個寶鼎，鼎上刻鏤著九州、萬國的圖騰物以及各色各樣的百物。象徵天下版圖就在寶鼎之中——每一奇特物象代表一國，各國的族徽不同，全巧妙組合在鼎上紋樣中，都是一些奇禽異獸般的「象物」，鼎成為帝王權威的象徵，擁有寶鼎的神器，也象徵擁有天下，因此寶鼎重器放在祖廟中，成為傳國的憑藉。「問鼎」就是要得天下的野心，失鼎就是失去天下的徵兆。至於「使民知神姦」，則是一種「入川澤山林」的巫術，依據巫術原理「以惡治惡」的思考方法，以饕餮、螭魅等凶物來剋制凶物，或者用圖騰中的靈獸來壓制凶邪。只要知道凶邪之名，就可破除。或念動靈物之名，就可產生靈威力，而「不逢不若」了。

禹治水的功勞是中國古代的大事，而禹本人也勞瘁了心力。但他還是按時巡狩，希望天下永遠和平：水土平治、諸侯平服，這是帝王能為百姓心服的地方。結果，有一年禹巡狩到會稽，也許這是古代老王自知將死的一種儀式吧！專程回到聖地才「駕崩」。從百姓到貴族，都由衷地感念「美哉禹功，明德遠矣，微禹，吾其魚乎！」（《左傳》昭公元年）一種感恩的心聲。因此，凡禹所到過的地方、所歸宿的地方，都是一種懷念，許許多多的禹蹟，諸如禹穴、禹餘糧，以及流傳於人民口中，有些神鳥自動耕耘、清理的大禹王之墓。

夏啟為繼禹而做了國君的，屬於父死子繼的王位繼承制，而不是傳賢的禪讓制。這位啟的誕生也充滿了傳奇性，據說禹治水時，到了三十歲還未娶，就向天禱告陳辭：「我已到娶妻的年紀了，請老天顯示靈應吧！」結果一隻九尾狐就來到他面前，這是一種吉祥之獸，又應了塗山附近的一首民間歌謠，果然遇見了塗山氏的女兒女嬌，心中滿意。但禹負有治水之任，強忍著情愛到南方去巡視，女嬌就派了使女待在塗山南麓等候，還唱著歌，以通款曲。終於一對有情人在臺桑簡單舉行婚禮，婚後四天又離開新婚中的妻子到遠方去治水。他們的兒子啟的誕生就是治水途中發生的：《淮南子》說：「禹帶著妻子在河南偃師縣附近治水時，準備打通轘轅山，使河水流過，禹向女嬌說：『要送飯時，必須聽到鼓聲才可以送來。』原來禹顯了神通，變成一隻熊（或能），挖洞穿石，好不帶勁。但一不小心，一塊石頭蹦起跳落鼓上，誤擊中了鼓。塗山氏聽見了信號，就匆忙送飯來，一看卻只有一隻熊，心下又慚愧又吃驚，回身就跑，直跑到嵩高山（河南登封縣北），而化熊的禹也緊追著，眼看就快追上了，塗山氏一急，說也奇怪，卻已化做一塊石頭，禹看見鼓起的石頭，急著大叫說：『還我的兒子來！』石頭便朝向北方裂開，生了一個男嬰，因此取名為『啟』。」

這段婚姻，屈原曾問道：「禹之力獻功，降省下土四方，焉得彼塗山女而通之於臺桑？閔妃正合，厥身是繼，胡維嗜不同味而快鼂飽？」意思是問禹的婚配牉合，應該是要繼續本身的族類，為什麼要圖一時之快而愛上非我族類的人呢？塗山，有說是在安徽懷遠、河南嵩縣、浙江會稽等地。總之，是與禹族原沒有婚配關係，古時兩部制時期，部族與部族間有一定的婚姻，所以「結二姓之好」。禹與女嬌的婚姻，被稱為「通」，是非經過族中長老同意的婚配，所以禹可能受到族裡的壓力，遺棄了塗山之女，所以啟母化石、禹剖石生啟、啟生而母化為石諸傳說，隱含了一種對悲劇婚姻的解說，「啟母石」的遺蹟是古代特殊婚姻的紀念物。

啟因為是非族中同意的塗山氏所生，因此他的即位經過了一番奮鬥，據說禹要傳位於幫忙治水的伯益，但有些族人仍推崇啟。古史曾記下其中有過權力的糾紛，如古本《竹書》說：「益干啟位，啟殺之。」伯益為鳥族領袖，或許族中要迫禹讓位於益，而啟的勢力自也不弱，所以「啟與友黨攻益而奪之天下」（《戰國策．燕策》）。伯益之後，「有扈氏不服，啟伐之，大戰于甘」，紛爭的原因，誠如〈夏本紀〉所說啟「其母塗山氏之女也」，有扈就是郯子所說的九扈，為農桑候鳥的圖騰族，也不服氣。其中隱合夏族（蛇）與夷族（鳥）的勢力消長，兩族大概還是婚配對象，啟的誕生與身分犯了婚姻禁忌，他的帝位是經歷一番戰爭才獲得的。

啟經過八年，才安定天下，第九年才舉行祭天的大典，〈大荒西經〉記載這場盛大的祭禮：

「西南海之外，赤水之南，流沙之西，有人珥兩青蛇，乘兩龍，名曰夏后開（啟），開上三嬪于天，得〈九辯〉、〈九歌〉以下，此天穆之野高二千仞，開焉得始歌〈九招〉。」

夏啟的形象，〈海外西經〉說：「乘兩龍，雲蓋三層，左手操翳，右手操環，佩玉璜。」

蛇、龍二物，顯示其圖騰物：耳朵掛兩條青蛇，駕兩條龍，雲覆三層，左手持著羽葆幢，右手握著玉環，身上佩著玉璜，完全為封禪的祭禮服飾。嬪，就是甲骨文的賓，為一種請先祖為賓，轉告天神的賓祭。祭天帝的音樂、舞蹈，排場盛壯，音樂莊嚴而且舞列多變，所謂〈九辯〉、〈九變〉、〈九招〉、〈九韶〉和〈九歌〉，從舞列、舞樂、歌詞均為大樂，這是帝嚳樂師咸黑所作〈九招〉，舜又命質修正，目的是為了「明帝德」，而〈夏本紀〉也說：「禹乃興〈九招〉之樂」。所以，〈九招〉為天子祭天的大樂，難怪屈原在升上天庭前，也要「奏〈九歌〉而舞韶」。

夏禹的後裔，在《山海經》只載了北方大荒中的毛民：

有毛民之國，依姓，食黍，使四鳥。禹生均國，均國生役采，役采生修鞈，修鞈殺綽人，帝念之，潛為之國，是此毛民。（〈大荒北經〉）

依姓，在黃帝二十五子中得姓的十四人也有依姓。這種頭臉長滿了濃毛的毛民，在〈海外東經〉中也有毛民國，屬於邊區較原始的部族。

【註釋】

①參閱楊希枚〈再論堯舜禪讓傳㈠㈡〉（民六六年十月、十一月，《食貨月刊》七卷六期、八、九合期）、張光直〈商周神話之分類〉（民五一年秋，《民族所集刊》十四）。

②蘇雪林〈古人以神名為名的習慣〉（民國六〇年六月，《成大學報》六期）。

③衛惠林〈中國古代圖騰制度範疇〉（民國五七年、春，《中研院民族所集刊》二五期）。

④管東貴〈中國古代十日神話之研究〉（民國五一年二月，《中研院史語所集刊》二三期）。

⑤孫作雲〈后羿傳說叢考〉（民國六八年十一月，華世，《中國上古史論文選集》）。

⑥畢長樸《中國上古圖騰制度探頤》（民國六八年十月，自印本）。

⑦芮逸夫〈苗族的洪水故事與伏羲女媧的傳說〉（民國六一年二月，藝文，《中國民族及其文化論稿》）。

⑧劉臨淵〈甲骨文中的蚰字與後世神話中的伏羲女媧〉（民國五八年十二月，《中研院史語所集刊》四一—四）。

⑨履跡生子的神話屬於一種郊媒、求生產的祭祀儀式，神尸在前舞蹈，求子者隨後踐履他的腳印，然後舞畢相偕止息於幽靜之處，行男女交合之事。參聞一多〈姜源履大人跡考〉（民國六四年九月，藍燈，《神話與詩》）、周策縱〈中國古代的巫醫與祭祀、歷史、樂舞及詩的關係〉（民國六八年九月，《清華學報》新十二卷一、二合期）。

⑩御手洗勝〈大皞與伏羲〉（一九七二年十月，明德，鈴木博士古稀紀念，《東洋學論集》）。

⑪李宗侗《中國古代社會史》（民國四三年七月，華岡）、及〈炎帝與黃帝的新解釋〉（民國四三年九月，《中研院史語所集刊》十七）。

⑫御手洗勝〈神農與蚩尤〉（一九七一年三月，東方學會，《東方學》四一）。

⑬同注⑪，李宗侗文。

⑭神話的描述，參袁柯《中國古代神話》（民國六五年八月，河洛），以下不另註明。

⑮楊希枚〈國語黃帝二十五子得姓傳說之分析〉（上）（中）（民國五二年十二月，《史語所集刊》三四下、民國五六年《清華學報》）及〈晉語黃帝傳說與秦晉聯姻的故事〉（民國五二年，《大陸雜誌》二六卷六期）。

⑯張光直〈商周神話之分類〉（民國五一年秋，《民族所集刊》一四）。

⑰孫作雲〈中國古代鳥氏族諸酋長考〉（民國六八年十一月，《中國上古史論文選集》）。

⑱顓頊與少昊的關係有兩種說法：一說是他的親戚、一說是他的兒子。前說如袁柯《中國古代神話》；後說如御手洗勝〈顓頊與乾荒、昌意、清陽、夷鼓、黃帝〉（民國六六年二月，聯經，王孝廉《中國的神話與傳說》）。

⑲楊希枚〈古饕餮民族考〉（民國五六年秋，《民族所集刊》二四）。

⑳同注⑲。

㉑徐炳昶《中國古史的傳說時代》（民國六七年五月，地平線）。

㉒同注⑨。

㉓同注①。

㉔姊妹共夫婚制（sororal polygyny）指兩個以上姊、妹同時共嫁一夫的婚姻關係。為一夫多妻制（polygyny）的最佳形式。因為在心理上，姊妹之間比較外人更能適應，也比較能共同忠心於家庭事務。

㉕森安太郎〈鯀禹原始〉（民國六三年元月，地平線，《中國古代神話研究》）。

㉖陳炳良〈說崇山〉（民國五九年一月，《大陸雜誌》四一卷一〇期）。

㉗〈中國古代神話新釋兩則〉（民國五八年八月，《清華學報》七卷二期）。

㉘徐炳昶〈洪水解〉（同注㉑）。

遠方異國之篇

第四章　遠方異國之篇

據說大禹為了平治洪水，曾經歷了九州及邊區的眾多地域，遊蹤所至，遍於海內、外的東、西、南、北。《呂氏春秋．求人篇》說：禹東方到過長生大榑木（扶桑）的地方，又到過九洋青羌之野，為日出普照的大原野；又到過攢樹之所，為大樹攢聚如雲的原始森林；又到過揟天之山，山頂之高可觸摸到天；又到過鳥谷鄉、青丘國，以及黑齒之國。南方遠到交阯、孫樸、繼樠等國——交阯就是越南一帶；也攀登過出產丹粟、漆樹、沸水漂漂、九陽之心——應該是赤道附近極為炎熱的熱帶；又到過羽人國、裸民國、不死國——禹要進入裸民國時，入境隨俗，也脫掉衣服、赤裸著身子進入，離開時才穿上衣服。西方到過三危山附近的國度、還有巫山山下飲露吸氣的樂土仙鄉，又到過積金之山——想必盛產黃金之國，還到過奇肱國、一臂三面國。北方到過人正之國、犬戎國，巨人族的夸父國，還到過積水之山、積石之山，以及夏海的最北邊、和衡山的最高處①。就當時的人來說，夏禹遊記可真是行萬里路了。

大禹遠遊，據說還有一些得力的助手隨行，例如伯益就隨從在旁，負責紀錄②。這種古代的「田野調查」工作，除用文字紀錄「類物善惡」——就是遠方一些對人有益、或會傷人命的各類生物和鬼神精怪，牠們成長或出沒的方位、牠們的形象等，一一按照次序分類整理。此外，為了易於辨識，或者當時的習慣，他們也繪畫下來簡單、素樸的地理、或者圖形。編纂《山海經》的劉秀在序中的這種說法，後世學者都認為他只是根據當時流行的傳說，而不是真有其事。不過，伯益隨行紀錄或許只是中國人尊重祖師的觀念——認他為紀錄地理的老祖師，後世專門作這些工作的職官，依據實際需要，繪製圖形，配合文字說明，成為一種又有文字又有圖畫的官府檔案，由負責專職的人管理，《山海經》以及所謂的《山海圖》應該就是這種產物。

《山海經》為最早的人文地理志，尤其海經部分稱國、稱民的邊疆民族資料，代表著不同區域的群落單位。當時紀錄者由於幾種因素，使用一種人獸合體的奇形怪狀的符號加以記載：應該為一種圖騰神物及解說圖騰的神話性敘述，或者為與中原部族不同的服飾習慣、與體質特徵等，經由長遠時間、空間的流傳，產生誤傳、誇張的現象。當然，其中還有以「中國」人自居的文化優越感，對於非我族類的他族有些歧視心理和敵對意識，不過，其中有些也混合著對遠方國土的企慕、嚮往的心理：前者像窮奇、饕餮諸凶悍民族的凶獸化；後者像羽民、臷民諸邊區樂民的樂園化，這些性質迥異的神話傳說，由於時空的隔離狀態，成為一種奇特的知識。「流觀山海圖」的趣味，不正像老百姓在瓜棚豆架下傳播的遠方異聞嗎？何況自古以來，就有些史巫之官、方士之流，以傳述遠方異聞的博物之學，贏得王公貴人的尊重，成為中國最古老的博物學家、地理學家。

先秦以至秦、漢的文獻，就引用過《山海經》裡〈海外經〉、〈大荒經〉的資料。像楚國屈原在〈離騷〉、〈招魂〉、〈天問〉中就曾引述一些荒遠時代與地域的神話傳說，創作了這些瑰異的文學。其中出現的神話人物：像女媧、燭龍、共工、羲和；至於遠方地理，就是他在〈招魂〉中招喚靈魂不要前往的：東方有拘索靈魂的長人、流金鑠石的十日之谷；南方有雕題、黑齒之國，是食人之族；西方有千里流沙、轟響的雷淵，以及燠熱、不毛之地；而北方則是層冰、飛雪的冰雪世界。屈原就是一個博聞強識的才俊，也曾到過齊國接觸過鄒衍一類學術。至於由方士幫忙纂集的著作，自然會引用這些遠方異聞，來炫耀自己的博學：其中屬於先秦的有呂不韋食客集團所編的《呂氏春秋》、漢朝則為劉安方士集團所編的《淮南子》。《呂氏春秋．求人篇》就以「箭垛式人物」禹南方遠遊過羽民國、不死國、交脛國；西方遠到白民之國、奇肱之國；北方遠到夸父國（〈當染篇〉提到歧踵國）；東方則遠到湯谷、青丘國與黑齒國，這是取材於〈海外經〉的。至於援用〈大荒經〉，則〈求人篇〉還有三危之國、一臂之鄉、犬戎之國。〈本味篇〉有中容之國、沃之國；〈任數篇〉有壽麻之國、儋耳之國。〈諭大篇〉有不庭之山、不周負子和常陽之山等。方士表現他們博學多識，見聞廣闊，奇特的地方、珍異的物產，適為人類最為好奇的所在。漢初淮南王劉安喜歡戰國時期的養客之風，他的食客中有不少方士，《山海經》成為方士秘笈後，當然也是炫耀的知識寶庫之一了。《淮南子．地形訓》載了不少遠方異國，國名、次序幾乎全同的，為〈海外南經〉、〈海外東經〉，國名相同、次序相反的，為〈海外西經〉、〈海外北經〉，它稱為「海外三十六國」。至於〈大荒經〉中的奇異國度，也多被錄於〈地形訓〉中。尤其一些荒遠的神話，《淮南子》加以紀錄改寫，更是保存古代神話的一大寶藏。

鄒衍的神秘輿圖說的形成，與《山海經》的形式有密切關係，有的認為鄒衍根據檔案資料中的地理次序，形成他獨特地理觀③。有的認為鄒衍的地理觀影響了史巫、方士編纂收集來的地理資料④。鄒衍是由中國名山、大川、通谷、禽獸等，逐漸推之及於海外的。《山海經》中的海經部分，先列〈海外經〉，次列〈海內經〉，次列〈大荒經〉，末附〈海內經〉。郭璞當時所知道的《山海經》原書，分作兩部分：一部分是〈五藏山經〉和〈海外經〉，為劉歆時寫進的。另外〈海內經〉和〈大荒經〉則是「皆進在外」（或疑進為逸）——因為〈大荒經〉是「本諸〈海外經〉而加以詮釋」的，〈海內經〉也是這樣，篇幅既少，而與〈五藏山經〉重複的地方卻很多。王夢鷗先生因而懷疑現存的山經之第三、第四部分，原是第一、第二部分之另一版本，但因其殘落太多，劉歆等人沒有把它錄取，所以自漢以來，「皆逸在外」。所以《山海經》的內容，本來只有〈五藏山經〉和〈海外經〉這兩部分的結構了⑤。因此，海內南、西、北、東四篇，為較近於中國的邊區地理；而大荒東、南、西、北四篇可作為〈海外經〉的補充資料，其中重複之處就可作為參考、補充之用了。

〈海外經〉、〈海內經〉各四篇，按照南、西、北、東的次序編成，獨有〈大荒經〉是依東、南、西、北之序——雖然也有說原本〈大荒經〉是按西、南、東、北為序的⑥。但既然以〈海外經〉為主，所以仍照南、西、北、東重新整理。至於現存《山海經．海外南經》前有一段短序，郝懿行認為是後人附加，但頗可參考。它說：「地之所載，六合之間，四海之內，照之以日月，經之以星辰，紀之以四時，要之以太歲，神靈所生，其物異形，或夭或壽，唯聖人能通其達。」意思是說宇宙之間，天地之大，萬象森羅，無奇不有，但都是「神靈」所生長化育的，無論動植飛潛，或貴為萬物之靈的人類，都是一種生命的莊嚴表現。儘管有高、矮之分、膚色之別、生活習俗不同、宗教信仰各異，但都不可以差別的、歧視的眼光去對待。換句話說：宇宙是遼闊的、知識是廣博的，農業社會的

「安土重遷」觀念，固然是紮下了根，但也開始牢牢地限制了自己的視野。因此，不可因為自己所未見未聞就認為荒誕不經；也不可因為與我族不同就認為鄙俗陋習，能以寬廣的耳目去觀察世界，能以開放的心靈去接納異域，這才是聖人通達的見識。

最後，現存的《山海圖》當然不是原圖，是舒雅在宋、咸平二年根據梁、張僧繇《山海經圖》重繪的，流傳日久，自然有遺逸，陶潛所流觀的《山海圖》恐怕也不是最早的圖，其中自然參雜了藝術家的想像力——其中也有些多少是承襲前圖，但作為觀覽，享受一下流觀的樂趣，自也無妨。另外國外研究《山海經》的學者也有拿《山海經》插圖與西洋的梭利納斯（Gauis Julius Solinus）所收集的備忘錄（Coectanea Rerum Memorabilium）——約西元三世紀相對照⑦，也是一件有趣的事，所謂心同理同，人類實際經歷與想像或許也有許多類同性吧！

第一節　海內的遠方異國

一、海內南方

首先從〈海內南經〉開始，方向是始於東南而向西南，除掉那些奇特的人物神話，還有些奇異國家、以及一些與神話人物相關的山水：

首先是東越甌人，居住在海岸分歧的近海中；閩族，就是西甌人，也分布在近海地區。在甌、閩的西北，或說在中央，有一座高山，山也聳峙在海中⑧。

又有一座叫「三天子鄣山」的，或叫做「三天子都山」，位在閩——福建的西邊，大海的北方（或福建的西北），也有說在大海中的。據說黃帝曾遊歷到這裡。這座山後來稱為「三王山」，在浙江省績谿縣東九十里，為古代吳、越的分界山。

伯慮國、離耳國、雕題國和北朐國，都在鬱水的南方。「鬱水」發源於湘陵，南流入海。伯慮國，也說是相慮國，懷疑為須陵附近的部族。離耳國，指刻鏤耳朵，使長長下垂至肩部作為裝飾的部族，即儋耳國，國人不吃五穀，只就地取用海中的蚌，和陸上的藷藇作食物；雕題國也是南海中的部族，在額題上黥畫各種圖形和顏色，就是刺青、或黥面，具有宗教意義和裝飾作用。北朐國疑為北戶。

梟陽，出產於北朐國的北方。牠的形狀像人，是介乎人與獸之間的一種野人，身子有丈多長，又叫做贛巨人；或者是一種狒狒，稱為山精、或山魈。長著人的臉，黑烏烏的身子，渾身長毛，腳是反轉生的，快步如風，性情極為凶暴，喜歡吃人。牠常在山間捉拿單身行客，張開一張大嘴笑，把長長的嘴唇翻轉過來蓋在額頭上，傻笑一陣，才開始吃人。因此人類想出個辦法，拿兩隻竹管套在手臂上，等那怪物捉住自己，張唇傻笑時，急忙從管中抽出手，拿起預藏的利刃，用力把那血紅的嘴唇釘在額頭上，然後輕而易舉的捉住牠，這怪物的手裡卻還緊緊抓住竹管呢！據說雌的，還能從身體裡噴灑出一種汁液，人被灑中了就會生一場病。（見後頁圖．上）

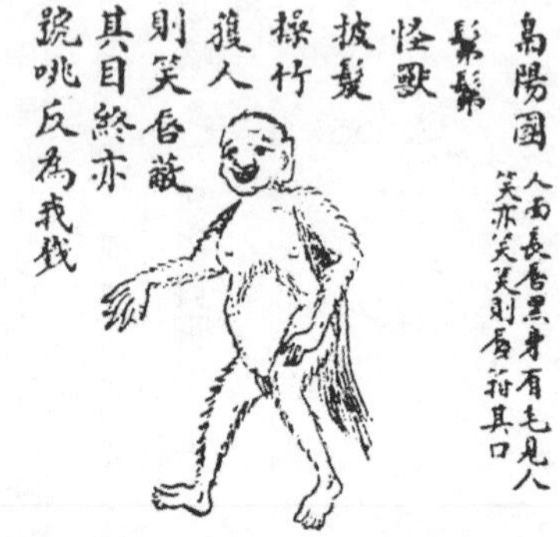

氐人國，在建木的西方。這種氐人，胸部以上像人，有一副白皙的人臉，胸以下則為魚身子，而沒有腳，這就是一種人魚。(見右圖・下)

其他還有匈奴、開題之國、列人之國，應該都是偏於最西南的邊區，屬於邊疆民族——不過，這些名稱顯然是較晚期補列進去的。像「匈奴」的名稱，不會是周朝職官所用的。

二、海內西方

〈海內西經〉的紀錄方向，始於西南而向西北，也就是接著開題國而向西北方遊歷：

有一個大澤，方圓百里，百鳥都在這裡孵卵出生，也在這裡解脫羽毛。這個瀚海，在雁門山的北方。雁門山就是雁所棲息的地方，從這裡，雁子解羽南飛。雁門山在高柳山的北方——高柳山為一處重巒疊嶂的連峰，山上雲霞高舉，位在山西的北方⑨。

流黃酆氏之國，是一片黃土沖積而成的平原，酆氏在這裡建國。國土方圓約三百里，有道路向四方伸展，國中央有一座山。就在后稷所葬原野的西方，想必也是一片肥沃的土地。

東胡族，在大澤的東方。據說東胡族是高辛氏的從裔，他巡遊到海濱時，留下少子厭越停留在北夷地區，建都城於紫蒙之野，這一支族後來發展為慕容氏。

夷人的部族，又在東胡的東方。

貊國，在漢水的東北方。地方接近燕國，為燕國所消滅，這是濊貊民族。

孟鳥國在貊國的東北。這裡的鳥，有紅、黃、青等的文彩，鳥頭都朝著東方。孟鳥，或即滅蒙鳥，也就是孟舒族或孟虧族，人的腦袋，鳥的身子，屬於鳥圖騰部落，據說他們的祖先是為霅氏（或虞氏），馴養百禽的，很鍾愛這些禽鳥。到了夏后氏的末代，夏桀荒淫，竟然煮吃靈禽的蛋，因此孟舒離開他，連鳳凰也願隨行，就到這裡立國。

三、海內北方

〈海內北經〉的紀錄方向，始於西北而向東北。首先是犬封國，又叫犬戎國。是一個以犬為圖騰神物的群落——狗頭、人的身子，據說是黃帝的後裔。黃帝的玄孫弄明生了一雌一雄的兩隻白狗，兩隻狗互相交配後，就傳下了犬戎國。又有說他們是高辛氏的後裔：高辛氏當國王時，龍狗盤瓠殺房王有功，就依約將女兒嫁給他，二人遷到杳無人跡的地方，繁衍了這些狗頭人身的後代。《山海圖》正畫著一個姑娘端著酒菜，恭恭敬敬地跪著奉獻給她的狗頭丈夫。這個國家出產一種白顏色花斑馬，鬣毛像火焰、眼睛像黃金，這種俊美的馬叫吉量，又叫吉良。據說騎了牠，可望活到一千歲。

鬼國在貳負之尸的北方，鬼物的形狀就是人面，而只有一隻長在臉中央的眼睛。也有說貳負神，在它的東方，模樣是人面蛇身。

從鬼國往東北，又有些群落單位，服飾怪異、形狀特殊，表現在圖騰神物的，也是一些人獸合體的造型。這些西北地區的強悍族群，大概就是曾活動於裡海以東的吉爾吉斯的草原大澤之野，像窮奇、饕餮等，另外誤編入〈海內東經〉的，還有一些流沙中的國家，其實就是沙漠地區的游牧民族，像埻端、璽喚、大夏、豎沙、居繇、月支之國，應該都是在新疆境內戈壁地區的族群，後來稱為西域的邊疆民族。他群在中國人的我群觀念中，成為怪異的形象，最少《山海圖》上是這樣的。譬如有一種野人，名叫「蟜」，身上長著老虎般的斑紋，小腿上長出膞腸似的肉，也有說形狀像人，在窮奇的東方，為昆侖虛北方所有的怪物。

又有一種「闒非」，人的臉，野獸的身子，渾身青色。

環狗國，狗國人是狗頭而人的身子；也有說是像刺蝟形狀般的狗樣子，黃色。

有一種袜，就是魑魅的魅：是人的身子，黑腦袋，眼睛直豎的鬼物。

又有一種叫戎的怪人，人的腦袋，長三隻角⑩。

經過這些奇形怪狀的異域，就已接近東北地區。東北的群落，就不會那樣陌生而怪誕，這一片東北廣大地區，也是北大荒。但在殷商民族活動於東方濱海地域，已有接觸。入周朝以後，殷的遺民也曾前往這些較邊遠之地，墾殖立國，箕子入朝鮮的傳說即為其例。春秋時期，北方燕國的國力逐漸擴張，燕昭王時號稱鉅燕，大概曾伸張他的勢力到達現在的東北亞諸國：諸如蓋國、朝鮮等小國。

蓋國，在鉅燕的南方，倭的北方。倭隸屬於燕。「蓋」為韓人土語，就是「白」的意思，古朝鮮以南的山脈，如白頭大山脈（蓋馬大山）、大白山脈、小白山脈，蓋國就是中南韓的合稱。倭，就是倭奴、委奴，南倭指琉球群島、北倭指日本群島，或曾為燕的屬國[11]。

朝鮮，在列水的北岸，東海的北方，狼林山脈的南方。列為列水、洌水，即漢江，戰國時的朝鮮國，占領大同江流域與漢江流域，為燕的屬國。

列姑射，在海的河洲之中。姑射國，也在海中，隸屬於燕。列姑射的西方，群島環繞著[12]。

四、海內東方

〈海內東經〉的紀錄，始於東北而向西南。除了東北角的鉅燕之國外，大多雜記了一些山山水水。據《山海經》學者的看法，這部分補充說明〈五藏山經〉中的地理，幾乎不雜神話傳說，只紀錄山水形勢；另外有些地名、國名的出現，顯示有些晚至戰國時期才紀錄下來的：像鉅燕、大楚——推早一些，有人說是西周時代的燕國和楚國，也就是西周中期以前的調查紀錄，這些較早成立的說法[13]，有些認為鉅燕指燕昭王時，國力盛壯，才配稱為鉅[14]；而大楚應該也是戰國時期，楚國有些力圖富強的史巫之流編纂《山海經》，當然，自己的國家可以稱為「大」了[15]，這是從國名所作推測。而地名的使用，有些較晚的，應該是後人附加的。譬如「岷三江首」一條中有「高山在都城西」、「在長洲」幾句，顯然是後人的附語，但不應影響全句，還是早期的地理資料，將它錄下說明，了解當時人的地理說⑯：

都州，或說是郁州，位在海中。

瑯琊臺在渤海間，在瑯琊國的東方，北側有山。據說瑯琊是越王勾踐入霸中國以前所建的。

韓雁，可能即三韓古國之一，在海中，都州之南。

始鳩，也在海中，在轅厲（疑即韓雁）的南方。

會稽山，在大楚的南方。

岷山是三江的源頭：大江發源於汶山（即岷山），北江發源於曼山（即崌山）、南江發源於高山（即崍山）——高山在城都（即成都）西方，入海的地方在長洲的南方。

浙江發源於三天子都山——山在南蠻夷的東方、閩的西北，在會稽郡餘暨縣南方入海。

廬江也發源於三天子都山，在彭蠡澤的西方流入長江。

淮水發源於餘山——餘山在朝陽縣的東方、義鄉（即義陽）的西方，在淮浦縣北方流入海中。

湘水發源於舜所葬的零陵陽朔山的東南隅，往西繞流，流入洞庭湖的地穴中。

濮水發源於鮒魚之山——也寫作務隅之山，帝顓頊葬於山的南麓，九位嬪妃葬於北麓，有四條蛇在山下守衛著。

濛水發源於漢陽縣的西方的漢陽山，在聶陽縣西方流入長江。

溫水發源於崆峒山——山在臨汾縣的南方，流至涇陽縣的北方，注入黃河。

潁水發源於少室山——少室山在雍氏城的南方，或說是河南緱氏縣南，在西鄢（鄢陽縣）北，流入淮水中。

汝水發源於天息山——山在河南梁縣勉鄉西南，流入淮極的西北，或說是期思縣北方。

涇水發源於長城北山——山在郁郅縣（甘肅省零陽）、和長城的北方，也就是安定朝那縣西的笄頭山，東南流，到京兆高陵縣流入渭水中。

渭水發源於鳥鼠同穴山的東麓——山在隴西首陽縣，經過安南、天水等縣，在華陰縣北方流入黃河。

白水河發源於四川松藩縣東方，東南流，與源出甘肅臨潭縣西南西傾山的「白水江」合流，又與清江、嘉陵江合，而流入長江中。

沅水發源於象郡鐔城的西方——即日南郡武陵，而東流，經過長沙下雋縣西方，注入洞庭湖中，然後會合於長江。

贛水，或稱豫章水、章江，發源於聶都東山——山在南康南野縣的西北，東北注入彭澤（即鄱陽湖），出湖口縣，注入長江。

泗水發源於魯的東北——即山東省泗水縣東陪尾山，西南流，歷經曲阜、滋陽、濟寧諸縣，進入江蘇省境，經沛縣、銅山、泗陽諸縣，在淮陰縣北，注入淮水。

鬱水發源於象郡——先受夜郎豚水，到鬱林廣鬱縣稱為鬱水，而西南流，入須陵（湘陵）東南，注入南海。

肄水發源於桂陽臨武縣——肄水就是溱水的別名，而東南流，在湟浦關與桂水合流，在番禺縣西方，注入海中。

潢水，又稱湟水、桂水，發源於桂陽縣西北的盧聚山，向東南流，在敦浦（即湟浦）西方注入肄水中，合流入海。

洛水發源於上洛西山——又稱讙舉山、冢領山，東北流，經宏農，到河南、成皋縣西方，流入黃河。

汾水發源於上窳北方——即太原晉陽故汾陽縣東南，經晉陽，而西南流，經皮氏縣南（即平陽），到河東汾陰，注入黃河。

沁水發源於井陘山的東方——井陘山又叫謁戾山、羊頭山，東南流，流經懷縣，到滎陽縣，注入黃河。

濟水發源於共山南側的東丘——先為源於河東垣縣東王屋山的兌水，到溫縣西北，稱為濟水。其中一支流，流入鉅野澤（高平附近），又流入齊郡琅槐（即樂安博昌縣）東北，注入渤海中。

潦水，又稱遼水、小遼河，發源於衛、望平縣的東方——今新賓縣東北，西南流經撫順、瀋陽、遼陽等縣，又注入大遼水，注入渤海中。

虖沱水發源於太原晉陽城的南方，到陽曲縣北方，又東流，在章武縣北方，注入渤海中。

漳水發源於山陽縣的東方——即河南修武縣西北，太行山南；向東流，流入章武縣南方，注入渤海。

第二節　海外南方的遠方異國

海外的遠方異國，原始型式應該是《山海經》、《山海圖》配合著流傳。圖形應該是以圖騰神物為原型，但後世傳說已加上創造的想像。海經又以〈海外經〉為主，〈大荒經〉中相同的就歸在一起，其餘就附在每部分的後面。

〈海外南經〉所紀錄的，在中國海外的南方。因此，「想像之旅」就從西南方啟程，向東南方前行⑰。

首先經過的國家就是結胸國，結胸民特殊的地方，就是人人胸前的骨頭都凸出一大塊，好像男人喉頭上的喉結⑱。

其次是羽民國，在結胸國的東南方。羽民都長著一個長腦袋，或說是長臉頰，頭髮是白的、眼睛是紅的，生著鳥形的嘴，背上也長著鳥的翅膀。他們能夠飛翔，卻飛不遠。國中多有一種五采羽毛的鸞鳥，所生的蛋，就成為羽民的食物。漢代壁畫中常可看到生著羽毛的神仙，以及後世神仙形象中，塑造成長頭顱的樣子，應該就是以羽人為原始形象吧⑲！（見後頁圖．上）

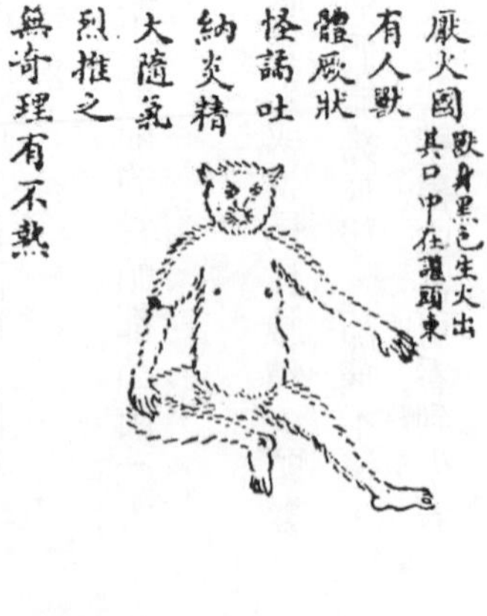

再過去是讙頭國，或叫讙朱國，在羽民國的東方。讙頭國民的長相，是人的臉形，卻長著鳥的尖嘴，背上生出一對翅膀，常用兩隻手扶持著翅膀走路，也常到海中使用鳥嘴捕捉魚蝦。據郭璞說，讙頭原是堯的臣子，犯了罪，就自己跳入南海自殺。堯帝可憐他，派他的兒子到南海去奉祀，繁衍了子孫，就是讙頭國。又有傳說，鯀的妻子士敬，生了炎融，炎融生了讙頭。大概總是鳥圖騰部落，所居近海，以漁為生⑳！此外，也食

用芑（秬）、苣（黑黍）、穋（稑）、楊等穀物。（見前頁圖・中）

從讙頭國向南方走，或說是向東方走，便是厭火國，也有說就是裸國民。黑色皮膚，形狀像獼猴，能從嘴裡吐出火來㉑。（見前頁圖・下）

再向東北走，就是三苗國，也叫三毛國。三苗民據說是三苗之君反對堯以天下禪讓給舜，堯把他殺掉，剩下的族人便逃到南海，傳衍為三苗國。圖上畫著三苗民相隨而行，或許是表示三族聯合起來的象徵吧㉒！

再往東方走，就是臷國。臷民之國，原是帝舜的後裔。〈大荒南經〉說：舜九子之一的無淫，被遣到臷這個地方居住，成為肦姓。這個黃色膚族，除了擅長拉弓射蛇的形象外，更是人間樂土上的快樂部族。他們不必紡織，自有衣服穿，不必耕種，自有穀子吃；還有鸞鳥婉囀唱歌、鳳凰婆娑起舞；而且百獸和平相處，百穀美好地成長，確是樂土之民㉓。

從臷國往東去，就到了奇特的貫胸國。這些穿胸民胸前都有一個貫穿的圓洞。據《博物志》說：夏禹治水，在會稽山上舉行一次盛大的集會，大會天下群神，防風氏後到，禹就把他殺了。夏禹之德在一統天下之後，盛大極了，因此天上降下兩條神龍。禹就命范成光駕龍巡行天下，宣揚威德。回程路經南海，防風氏的二個臣子，因國君被戮，餘恨難消，看見夏禹的使者來，就含怒拉滿弓弦一箭射去。但聽得迅風雷雨，兩條龍驀地騰空飛升而去。二位臣子心下恐慌，便自己用刀貫穿心口死了。夏禹哀憐他們的愚忠，就派人拔下刀刃，又敷上不死之草療傷。從此以後，他們的後裔都在胸口留下圓圓的洞。有種圖畫著他們出門時，用竹槓當胸一穿，抬著便走，這倒是貫胸國的特有景觀了㉔。（見左圖．上）

穿胸國的東方就是交脛國，也叫交股國。交股民，四尺左右的身材，腳脛彎曲而互相交叉。躺下後需要別人扶持才站得起來。他們走路時一拐一拐的，確是怪模怪樣，所以叫

貫胸國
為人胸有穴
在臷國東
鍊金洪
鑪洒成
萬品造
物無私
各任所
稟歸於
曲成是
見兆朕

交脛國
為人交脛
在穿胸東
造物無私各任所稟
結胸之東名曰交脛

三首國
一身三首
在鑿齒東
雖云一
氣呼吸
異道觀
則俱
見食
則皆飽物形
自周造化非巧

交脛國。（見前頁圖．中）

在交脛國的東方，有個幸福之鄉，住著阿姓的不死民，膚色是黑的。他們為什麼不死？因附近有座員邱山，山上生長一種甘木，吃了這種不死樹的果子，就可以不死；又有一道赤泉，汩汩流著，汲飲泉水，也可以傳達神秘不死的能力，確是青春之泉啊！

從不死民的樂土往東方走，便到了岐舌國，又叫反舌國。據說反舌民的舌頭是向著喉嚨倒生的，也有說是舌頭分歧。因此，說話奇特，外來的旅行者根本聽不懂他們的話。

岐舌國的東方，《淮南子．地形訓》說還有豕喙國和鑿齒國，大概今本《山海經》遺佚了。豕喙民大約是嘴巴像豬的部族；附近的鑿齒民，嘴裡吐出一隻長三尺的獠牙。形狀像鑿子，樣子凶猛。大約是堯時給天神后羿射殺的怪物鑿齒的後裔吧！

三首國又在東方。三頭民是一個身子，三個腦袋㉕。請看這張圖形，便知他們的長相。（見前頁圖．下）

由三首國東走，就是周饒國，又叫焦僥國，其實都是「侏儒國」。這國的人，個個矮小，最高的約三尺長、矮的只有幾寸高。個子雖小，卻也會穿衣戴帽。住在山洞裡。他們的腦筋機巧得很，能製造一些靈巧的事物。據說帝堯時曾進貢一種叫沒羽的箭。這些小矮人也知道耕田種地，只是煩惱著海鶴常將他們吞食，幸好附近高大的大秦國人常來幫助驅趕海鶴，才不致葬身腹中，安心耕種小小的田地，因他們「嘉穀是食」，〈大荒南經〉說是幾姓之族㉖。

再東去就是長臂國。脩臂民都有極長的手臂，有說垂到地上，有說約三丈長，常到海中用長手捕魚。原〈山海圖〉就畫著一個脩臂民兩隻手各捉著一尾鮮蹦活跳的魚，模樣雖似滑稽，但可能象徵他們是海邊捕魚為生的部落。〈大荒南經〉據《山海圖》說：有人名叫「張弘」，郭璞就認為是長臂國，這個坐落在海中的張肱之國，以魚為主食，能使喚四鳥㉗。（見上圖）

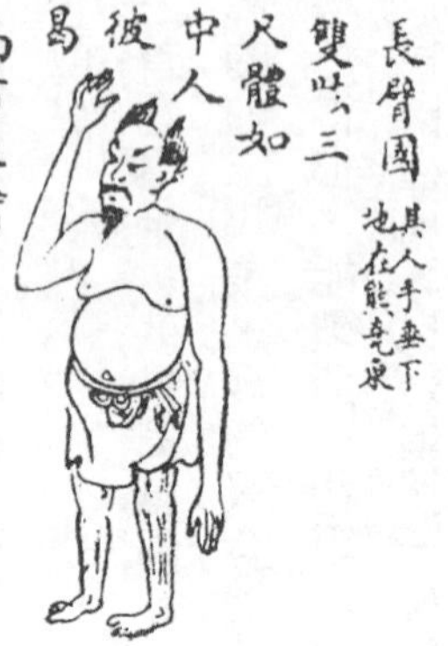
雙肱三尺體如中人彼曷為者長臂之民脩腳自負捕魚海濱

〈海外南經〉所紀錄的遠方異國，〈大荒南經〉有相同、相似的資料，其中羽民之國、不死之國、臷民之國、焦僥之國、讙頭之國，另外張弘之國，郭璞說就是長臂之國。這些描述的為同一對象，此外還有一些〈大荒經〉所有，而不見於〈海外經〉的，應該也是南方異國。

古帝王的後裔，屬於帝俊系的有三身之國和季釐之國。帝俊的妻子娥皇生了三身之國，為姚姓之族，以小米為主食，能使喚四鳥，應該是屬於鳥族。雖說四鳥，其實是指豹子、老虎、狗熊、人熊四種野獸。這個位於西南方的異國，〈海外經〉是列於西經之首。不過〈大荒南經〉還說三身國附近有不庭之山。國中有四方的小池，四角相通，北連黑水、南接大荒、北通少和之淵、南通從淵，舜曾到這裡沐浴㉘。又有季釐之國，為帝俊之子季釐所傳的後裔㉙。如果帝舜與帝俊有關，那麼，𢧀民之國也是同一系譜。因為帝俊本就是東南鳥族的上帝。所以三身國能使役四鳥，使牠們相隨，而𢧀民有鸞鳥、鳳鳥歌舞。

顓頊系的有季禺之國、伯服之國，為顓頊的兒子季禺、伯服所傳，也都同以小米為主食㉚。

此外還有奇特稟賦的異國：𢧀民國附近有蜮民之國，住在蜮山一帶，屬於桑姓部族，吃小米，又能射殺蜮蟲作食物。蜮，又叫短弧、射工蟲等，為生長在南方溪谷中的毒蟲。形狀像鼈，只有三隻腳，約長三、四寸，能夠含沙射人、或含氣射人。這種毒氣一旦射中人，往往使之縮足抽筋、頭痛發熱、長出毒瘡，嚴重的還會送命。但是偏有蟾蜍、鸑鷟、鴛鴦喜歡吃牠。蜮民不但不怕，還敢利用牠作食物、作武器，難怪又叫做「蜮人」。他們還擅長射箭。《山海圖》上就畫著一個蜮民，正緊緊地拉滿了弓，對準一條黃蛇準備射出呢㉛！

此外，又有卵民之國，他們都是從蛋裡生出來，自己又會生蛋繁殖，所以叫做卵民

(32)。又有於姓族的盈民之國，也是以小米為主食。圖上畫著一個盈民，正在吃著一種樹的葉子(33)。又有鑿齒國，為鑿齒之後。伯服之國附近有䖒姓之國(34)。另外蓋猶之山上，有種小人，名叫菌人。這些都是南方荒遠之區的部族。

第三節　海外西方的遠方異國

〈海外西經〉的旅程，自西南隅到西北隅，是接著〈海外南經〉的結胸國，向西北出發。次序和《淮南子．地形訓》剛好相反，所列國名次序也相反，又多一個「天民」國。但〈海外西經〉本以西南為中心，故從西南方開始。

從結胸國往北方走，經過產滅蒙鳥的地方——這是尾巴青、赤間雜的美麗鳥類，就有一座高達三百仞，也就是二千四百餘尺的高山聳峙，叫做大運山。攀越過高山之後，眼前突現著廣衍的大樂之野，那是高達一萬六千尺的神聖高原，傳說是夏后啟祭告天帝的所在。通過充滿神跡的原野向北走，就到了三身國。三身民長得一個頭，三個身子，據說是帝俊的後裔㉟。（見後頁圖．上）

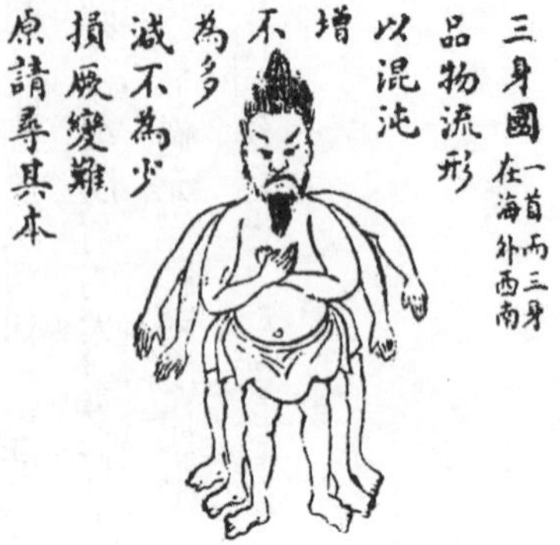
三身國
一首而三身在海外西南
品物流形
以混沌
增
不為多
減不為少
損厥變難
原請尋其本

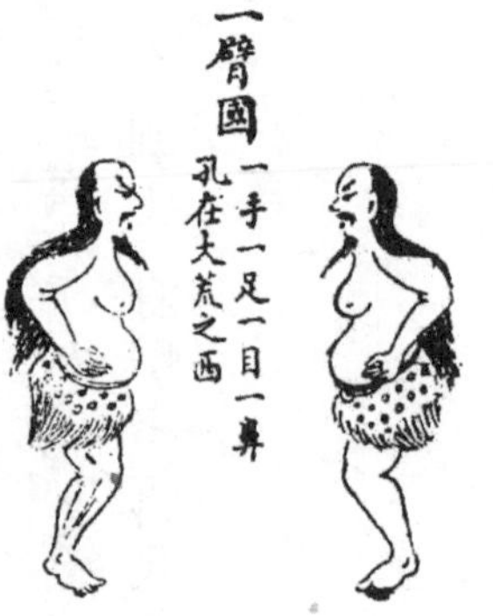
一臂國
一手一足一目一鼻孔在大荒之西

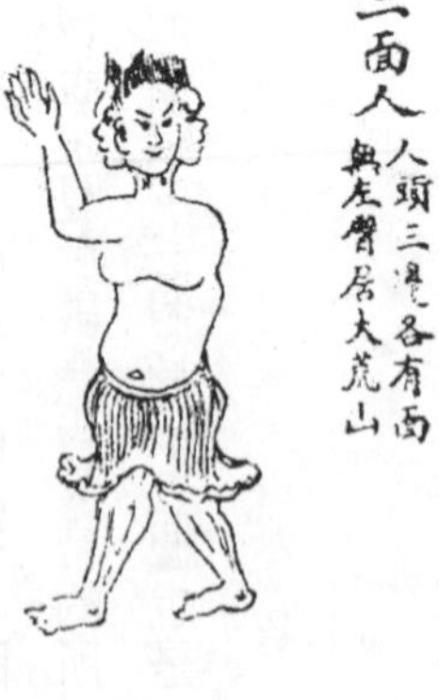
三面人
人頭三邊各有面
無左臂居大荒山

由三身國向北方走，便是一臂國。一臂民通通是一手臂、一隻眼睛，並且也只有一個鼻孔。（見右圖・中）更奇的，國中生產出一種老虎斑紋的黃馬，也只有一隻眼睛、一隻前腳。附近大荒之山，還有一種三面一臂之人，據說是顓頊的兒子所傳，這種三面之人卻可不死，常生活在大荒之野上㊱。（見右圖・下）

再往北去，就是奇肱之國。〈大荒西經〉說：有人名曰炎回奇左，是無右臂，不知是否有關？這種奇肱民，也叫奇股民，只有一隻手，卻有三隻眼睛，手眼合作，就擅長製造各種靈巧的機械，用來捕捉鳥獸；他們又能製造一種飛車，順著風可飄送到很遠的地方。據說殷湯時曾在豫州捉到一個奇肱國人駕著一架飛車。他被抓後就把車子破壞，不讓中國人加以模仿。十年以後，東風吹來，才又照原樣作了一架，將他順風遣送回國。奇肱民也有陰性、陽性——也有說是一身之中自具有陰陽生殖器官，陰器在上、陽具在下的。（見上圖）他們常騎一種叫「吉量」的白色花紋馬，這馬長著紅色鬣毛、頸子像雞尾巴、眼睛像黃金，騎了可以長壽。又出產一種怪鳥，兩個腦袋、羽毛是紅中帶黃的顏色，常棲息在奇肱國人的身旁[37]。

奇肱國
其人臂三目有陰有陽能作飛車從風遠行在一臂國北
妙哉工巧奇肱之人因風構思制為飛輪凌頹遂軌帝湯是賓

由奇肱國北行，經過無首之民，大概就是被黃帝所殺的刑天之後。〈大荒西經〉說是夏耕之尸，是成湯攻伐夏桀時，將他的部下耕斬了頭，變成無首，逃到巫山的。

再由此北行，就到了寒荒之國，在兩條河之

間。圖上畫著兩個人：女祭與女蔑。女蔑手裡拿著一條鱔魚，女祭手裡端著一個祭神用的肉案板㊳。國的北方出青羽、黃羽的鴦鳥、鶬鳥，長著人一般的臉形，棲息在山上，所經過的國家必有亡國之禍，為不祥之鳥。

再往北方走，就是丈夫國。丈夫民全是男人，沒一個女人。這些大男人衣服、帽子都穿著整齊，腰間還佩帶著寶劍，一副威武、有禮的氣派。為什麼都是男人？他們怎麼樣傳宗接代呢？據說殷商時，有一個叫太戊的國君，派遣王孟出去採藥，從西王母國到了這裡，斷絕了糧食，再也沒法前進了。就只好一齊住在這裡，採取樹上的果實當做食物，剝下樹皮來做衣服。一輩子單身，不娶妻子，卻每個人都能生下兩個兒子。兒子從他們的形體中生出來後，這個作「父親」的就死了——也有說是從腋窩下的肋骨間生出來的。總之，不娶女人，不生女兒，久而久之，成為一個純男人的國度了㊴。

巫咸國在女丑的北方，是一群神巫組織而成的國家，他們右手握一條青蛇，左手握一條赤蛇，這是巫師行使神通的奇特形象。國中有一座叫登葆山的聖山，群巫就從這座聖山上天下地，作為交通神、人的橋梁㊵。

女子國，在巫咸國的北方，有兩個女人居於國中，領導著這一群女子；也有人說，這是一個純由女人聚落在一起的國度，沒有一個男人。據說成年的少女，只要到環繞四周的黃池中沐浴，就會懷孕。如果生下男嬰，最多三歲便死掉，只有女孩子，才可長大成人㊶。

軒轅之國，位於海外西方窮山的邊緣，在女子國的北方。國中的人都很長壽，最短命的也有八百歲。他們大約是黃帝的子孫，長相是人的臉、蛇的身子，尾巴纏交於頭上，和神的樣子相近似。

諸沃之野是一片土地肥沃而物產豐饒的地方，也有直稱作沃民國的。在這樂土上，鸞鳥自由自在地唱歌，鳳凰自由自在地起舞，各種各樣的飛禽走獸都能和睦相處。遍野都是鳳凰蛋，沃民都自由吃蛋；又有從天上降下來的甘露，可以當作飲料。凡是人類想要吃喝的，無所不備，確是一塊人間樂園——它在四蛇纏繞的軒轅邱的北方，有沃民國的人正兩手捧著蛋津津有味地吃著，前面還有兩隻鳳鳥在前導呢？——這是《山海圖》上一幅樂園景象㊷。

乘黃
狀如狐其背上有角乘之壽有千歲出白民國
飛黃奇
駿乘之難
老揣角輕
騰忽若龍
矯寔鑒有
德乃集厥早

白民之國，在產龍魚之地的北方。白民全身都是白的，連頭上披散的頭髮也是白的。又出產一種走獸，叫做「乘黃」，樣子像狐狸，背上長著兩隻角，據說還長有龍翼，可以飛騰。如果有人夠福氣騎了牠，壽命可長達二千歲㊸。（見上圖）

肅慎之國，在白民國的北方。肅慎民住在巖

洞裡，沒有衣服，只披著豬皮；一到冬天就將野獸的脂肪塗抹在身上，厚厚一層，可以抵禦風寒。國裡出產一種樹，名叫「雄常」——也叫雒棠。據說中國如果有聖明天子代位而出，這種樹就自然長出一種柔軟而堅韌的樹皮，可以剝下來做衣服。這裡還出好弓，人人擅長射箭㊹。

長股之國，在產雄常的肅慎國的北方。脩股民的腳有三丈之長；更有說長腳國的人背了臂長三丈的長臂國人下海捕魚，這真是個又滑稽又聰明的情景。據說後來雜耍中的踩高蹺，就是從長腳國的形象模仿而來的。請看，這種圖像不像踩高蹺㊺。（見後頁圖．上）

〈大荒西經〉所載的次序與〈海外西經〉相反，也略有不同。多載了些古帝王的後裔、以及一些異國。它的敘述從西北方開始：依次為淑士國、白民之國、長脛之國、西周之國、先民之國、北狄之國、巫咸國、有沃之國、女子之國、丈夫之國、軒轅之國、寒荒之國、壽麻之國、奇肱國、一臂國、三面一臂國。其中〈海外西經〉未提及的帝王之裔有淑士國為顓頊之子淑士所建，西周之國為帝俊之子后稷、台璽所建，屬姫姓，為以種穀食穀著名的部落。先民之國，《淮南子》作天民，在西北海之外、赤水之西，也是食穀、使四鳥的民族。另外北狄之國，為黃帝之孫始均，始均生北狄，這兩國應該是近於西北的族群，屬於黃種蒙古人的分布地區㊻。

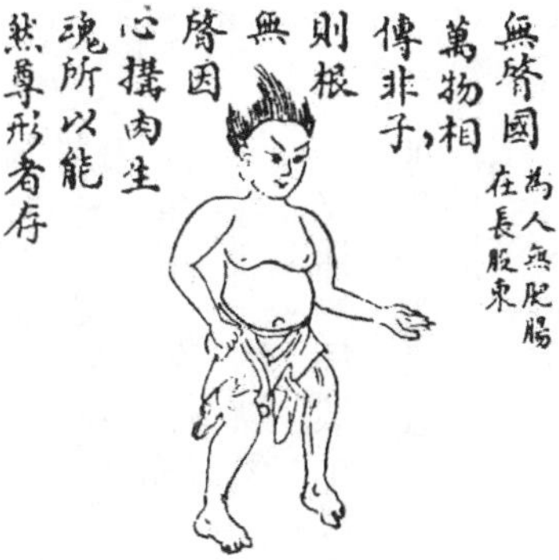

至於寒荒國附近的壽麻國，是大神南嶽傳下的後裔——南嶽取州山之女女虔、生季格、季格又生壽麻。這國的人，站在太陽下面沒有陰影，大聲呼喊，也沒有迴響。又是一個氣溫極高之處，常人不可前往。想來應該是傳統中的大地中央之國吧㊼！

第四節　海外北方的遠方異國

海外，從西北隅到東北隅的遠方異國㊽。

首先是無脅之國，在長股國的東方。無脅國人沒有肥腸，也有說無脅就是無啟，或無繼，就是沒有後嗣的意思。據說他們住在洞窟裡，以泥土為糧食，或者能修煉一種食氣的內家功夫。國中無男女的分別，當然也不靠男女結合而生殖。死了就埋在地下，心肝並不腐壞，過了一百二十年以後，又能復活。這樣活了又死，死了又活的循環不息，當然也無需有後嗣了，所以叫做「無繼民」，為任姓部族㊾。（見前頁圖・中）

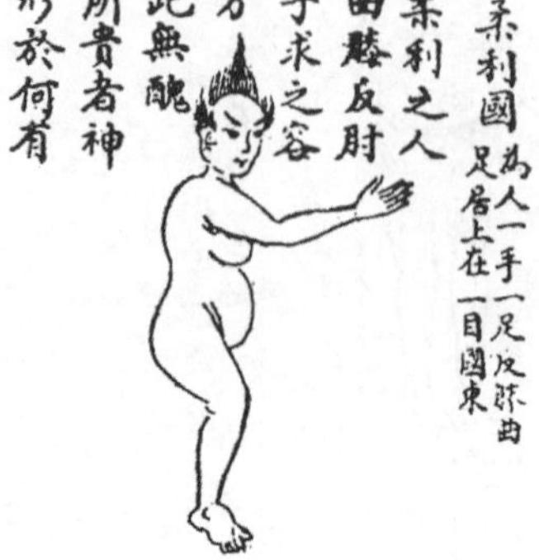
柔利國為人一手一足反膝曲
足居上在一目國東
柔利之人
曲膝反肘
子求之容
方
此無醜
所貴者神
形於何有

一目國，在鍾山的東方（見前頁圖・下）。一目民，相貌生得奇特，只有一隻眼睛，長在臉的正中央，也有手和腳。姓威，據說是少昊的子孫後代，以小米為主食。據西方史家所載：阿爾泰山區附近，有一種「一目人」（One-eyed），確有類似之處[50]。

柔利國，也叫留利之國，在一目國的東方。柔利民都沒有骨頭，而且都只有一隻手，一隻腳，膝蓋彎曲，腳卷曲向上，或說腳反卷，折向上方，是聶耳國的後代子孫。聶耳據近代學者研究，應該是西北海外的強悍族群，所以〈大荒北經〉說：牛黎之國在西北海之外，黑水之地[51]。（見前頁圖）

深目國，在共工臺的東方。深目民都是眼眶極深，以魚作食物；舉起一隻手，手裡握了一條魚，正準備要吃。這幅吃魚部族圖，為盼姓之國，既是深眼眶，應是西北邊區的胡族，據說是黃帝二十五子得姓者之一[52]。

無腸之國，在深目國的東方。無腸民，人長得高大，可是肚子裡卻沒有腸子，吃下的食物一直通下去，只是經過而已，並沒有十分消化[53]。

聶耳國，又叫儋耳國，在無腸國的東方。儋耳民都長著一對極長的耳朵，直垂到肩膀下面，走路時要用兩隻手握持著，以免擺動得太厲害。他們的縣邑在海中，水中所有出入的珍奇詭怪之物，都為他們所擁有。聶耳國人都有兩隻花斑雕虎隨侍身旁，供作使喚。這副民族誌的形象，因時代、資料不同，而有不同的畫法。（見後頁圖）

據〈大荒北經〉說任姓的儋耳之國，位在北海之渚中。北海就是群鳥解羽的曠野、大

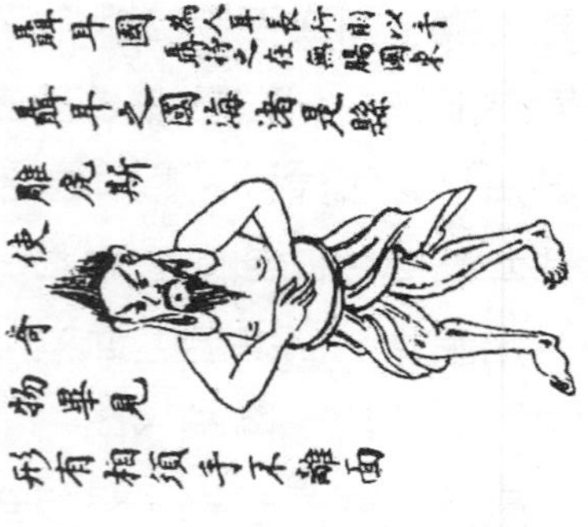
聶耳國為人耳長行則以手聶持之在無腸國東
聶耳之國海渚是縣
雕虎斯使
奇物畢見
形有相須手不離面

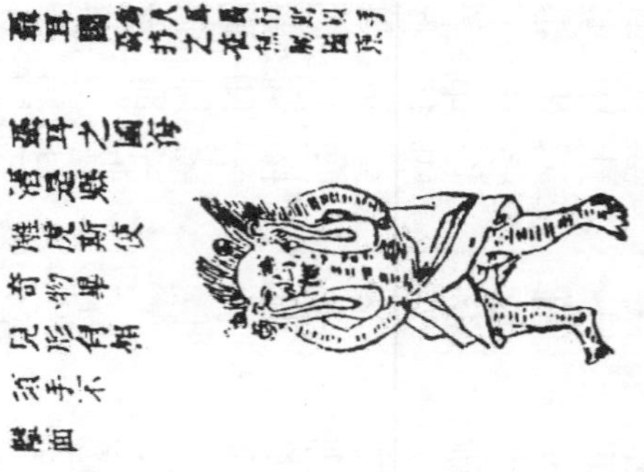
聶耳國為人耳長行則以手聶持之在無腸國東
聶耳之國海
渚是縣
雕虎斯使
奇物畢
見形有相
須手不
離面

澤。近代學者指出這是東距宗周一萬四千里的吉爾吉斯，也就是歐亞大草原地帶（Kirgiz or Eurasian Steppe），北海可能是裡海（Caspian Sea）或鹹海（Aral Sea）。儋耳族大概是斯開題族（Scythians），為西元前七世紀至三世紀縱橫中亞的強悍游牧民族。儋耳族與窮奇、饕餮等三個族群，曾活躍在西北廣大地區㊺。

博父國，在聶耳國的東方。博父就是夸父族的後代子孫，身體還是極為高大，右手也握一條青蛇，左手握一條黃蛇，東邊那一片鄧林，是由兩株巨樹所長成的廣大無邊的森林，就是他們的祖先夸父兩把蛇杖所化成⑮。

拘纓之國，又叫利纓之國，在博父國的東方。這國的人隨時都得用手握住下巴上的「纓」——就是帽帶，彷彿怕風吹掉的樣子。也有傳說是拘「癭」，就是肉瘤，多半生在頸部，累累地垂在下巴上，盪來盪去，很不方便，因此拘癭民需要隨時用手將它扶住。國的南邊生長一株極其高大的樹，叫做尋木，據說有千里之高，聳立在黃河的西北岸上⑯。

跂踵國，或說是大踵國，在拘纓國的東方。跂踵民都是身形高大，兩隻腳也很大。他們走路的樣子非常奇特：單用五個腳趾頭走路，不用腳跟，所以叫做「跂踵」；也有說是他們的腳是反轉生的，如果向南方走路，足跡看起來卻正向著北方，所以又叫做「反踵」⑰。

〈大荒北經〉所紀錄的次序與〈海外北經〉不全相同，且數目也小有出入。首先為胡不與之國，這種復名的國名，為邊區的胡夷語，為烈生之族，大概是烈山氏炎帝神農的後裔，以小米為主食⑱。其次為不咸山附近的肅慎氏之國，〈海外經〉列於西經中，在西北角，可知〈大荒北經〉是從西北角開始的。因為下列有「大人之國」，應該就是博父國，屬於釐姓族，也就是黃帝二十五子之一的僖姓；〈孔子世家〉則說汪國氏之君，守封禺之山，為釐姓。這是北方宜黍的地方，大人也以黍為主食，他們與博父國為同一國，就是國中產一種能吃麋鹿的黃頭大青蛇。

依次有叔歜國，是顓頊的兒子叔歜所傳，以黍為食，使喚四鳥（虎、豹、熊、羆）。北齊之國，姜姓，為炎帝神農的後裔，也能使四鳥㊾。

其次就是群鳥解羽的曠野、方千里的大澤，在大草原附近有始州之國、毛民之國。這種依姓族，也是黃帝二十五子之一，也食黍、使四鳥。他們也許是披髮多鬚的族類，與饕餮、儋耳相鄰近，可能具有高加索種系的血統。〈大荒北經〉次列儋耳之國，為任姓，黃帝二十五子之一，古代把這些邊區的民族也認為是黃帝的後裔，接受黃帝的管轄，可見黃帝的文化遠播，及於邊遠的北方，不過也可證黃帝曾活動在中國西北地區。〈海內經〉有釘靈之國，也屬於這地區㊿。（見上圖）

深目國和柔利國附近有犬戎國，也載於〈海內北經〉，是中國西北伊朗或突厥種系，屬於獸圖騰團中的犬部，據說也是黃帝之後：黃帝生苗龍、苗龍生融吾、融吾生弄明、弄明生白犬，白犬有牝牡，就成為犬戎——這可能是犬部分成兩部制的通婚的神話。他們的主神是「人面獸身」，就叫犬戎，為肉食民族(61)。

西北海之外，有顓頊的後裔。在流沙之東的部落，稱為中輻國，乃顓頊的兒子中輻所建，以小米為主食[62]。在黑水之北，稱為苗民。顓頊生驩頭、驩頭生苗民，也是釐姓之族，為肉食民族[63]。這種苗民，也稱三苗之民。《神異經》曾說：西荒之中有人，面目手足都是人形，而胳下有翼，不能飛行。學者指出就是饕餮、窮奇等西北荒的強悍族群，大概是匈奴或西戎，屬於突厥民族。近世考古學就曾發現斯開提族的器物，有一種獨具風格的藝術形式，為獸形紋，是有翼的怪獸[64]。

大抵說來，《山海經‧海外北經》、〈大荒北經〉所紀錄的西北民族，雖以神話、傳說的方式敘述，顯得荒誕，但其中有些實為地處荒遠的遠方民族誌。其中值得注意的事為：這些邊遠的民族為曾活躍在歐亞大草原地帶的強悍族群，而且與黃帝、顓頊有關。《左傳》說堯舜時曾流四凶族：渾敦、窮奇、檮杌、饕餮，投諸四裔，以禦螭魅。《書經》又有竄三苗於三危的說法；這些凶族原為族群的專稱，而在銅器上成為藝術飾紋，變成一種怪獸之形；至於《山海經》的神話，尤顯得荒誕不經。但是如果有充分的資料，這些奇形的遠人異國，不只是《山海圖》上的奇形異物，而是一群群崇武尚力的強悍民族，是一卷古老的民族誌。

第五節　海外東方的遠方異國

〈海外東經〉紀錄的遠方異國，從東南隅到東北隅，共有八國。

首先是大人國，在波谷山上。據說大人常聚集在山頂開會議事，或作買賣，因此稱為「大人之堂」——這些似縹緲在遠遠的雲霧之中。圖上就畫著一個大人，蹲坐在山上，張開他那兩隻又長又大的手臂。另一種卻畫著巨人在山腳下的大海中操著獨木舟。這種高大異常的巨人，據說都要在母親的肚子裡孕育三十六年才誕生，母親的頭髮都快花白了，但這些剛生下來的嬰兒卻已是個魁梧奇偉的巨人，能夠乘雲駕霧，卻還不會走路。他們是龍的後代，也是傳說中巨人族的一支[65]。

其次往北方，有座東口之山。就是君子國的國度。既被稱為君子，自然形象不凡，衣服帽子穿戴齊整，腰間還掛著寶劍，彼此都謙讓有禮，一點也不起爭端。每人都有兩隻斑斕的文虎隨侍在旁，供作使喚。他們以家畜或野獸作食物，還食用一種木槿花——因為方圓千里的國境內，盛產木槿花，這種灌木，開著紅色、紫色或白色的花，芬芳美麗，可惜花期短促，早晨盛開，晚上就枯萎了。君子食用它，卻能不死。這個君子不死之國，以仁者長壽出名，屬於東方的夷族[66]。

其次往北走，便是青丘國，在朝陽之谷的北方。國人吃五穀、穿絲帛。國中出產一種奇特的狐狸，四隻腳而有九條尾巴。天下太平就出現，顯示祥瑞。據說夏伯杼子東征時，曾獲得九尾狐[67]。

再往北方就到了黑齒國。黑齒民的牙齒，黑得像漆，他們是帝俊的兒子黑齒，所傳衍的姜姓部族。食用稻米，也食用小米，常有蛇陪侍身旁，一條紅的、一條青的。或說是供使喚的，也可食用。〈大荒東經〉說他們能使喚四鳥，倒合乎帝俊之後的身分[68]。

再往北方，經過湯谷，便是玄股國。玄股民從腰部以下，兩條腿全是黑的。因是濱海部族，便以魚皮為衣服，取海鷗作食物。畫上就畫著黑腿旁，各有兩隻鳥夾靠著。這大概就是中國東北的魚皮島夷吧！也食黍，使喚四鳥[69]。

在黑齒國與玄股國之間，有一個雨師妾族，應該是崇拜雨師屏翳的部落。族中之人也是渾身黑色，兩隻手各握著一條蛇，左邊耳朵掛著一條青蛇，右邊耳朵則掛著一條紅蛇。也有說是黑身子、人臉形，而手裡各握著一隻烏龜的[70]。

在玄股國的北方有毛民國。這些毛民臉上身上都長著豬鬃般的硬毛，形軀短小，住在山洞裡，終年不穿衣服[71]。（見後頁圖．上）

再往北走，便是勞民國，也叫困民國，是勾姓部族。他們的手腳面孔也全是黑色，吃

草和樹上的果實。他們的行走坐臥，總顯得慌張、不安，一副勞碌不停的神情，所以叫做勞民、困民或教民。這裡生長一種兩頭鳥⑫。

〈大荒東經〉所記載的，除毛民國外，都有類似的描述。此外還多了一些帝王之裔，以及諸異國。其中多屬於帝俊一系：中容之國，帝俊的妻子娥皇生了中容，在合虛山建國。國中生長一種赤木玄木，它的葉子可採作食物，吃了可以成仙。他們又善於馴養、使喚四鳥——其實是四獸：豹子、老虎、和熊、羆，也吃野獸的肉。又有司幽之國，帝俊生了晏龍，晏龍生了司幽，司幽生了一對男女，各自形成兩個集團。據說男的叫思士，不娶妻子；女的叫思女，也不嫁丈夫。雖說不通婚娶，但只要像白鵾那樣，用眼睛對看，就自然受孕而生子——這可能是不實行兩部制通婚的一種傳說吧！他們也吃小米、吃野獸，也能使喚四鳥。又有白民之國，帝俊生了帝鴻，帝鴻生了白民，為銷姓部族，也以小米作食物，使役四鳥[73]。

此外，姜姓的黑齒國也是帝俊後裔。另外有一個蔿國，生活習慣也是「黍食，使四鳥」。以稷黍為主食，應該也與濊貊民族有關係[74]。又有搖民國，為帝舜生戲，戲生搖民，帝俊、帝舜也有關聯。因為帝俊、帝舜為東方夷族的上帝，屬鳥圖騰，特別記載「使四鳥」，應有關係的。〈大荒東經〉還有一處柔僕民，為土地肥沃的小國。另外大人國旁有小人國，名叫靖人，大概只有九寸大，但眉目、四體和常人一樣[75]。後世流傳的圖形就是這模樣。（見前頁圖・下）

【註釋】

①《呂氏春秋・求人篇》：「禹東至榑木之地，日出九洋青羌之野，攢樹之所，捪天之山，鳥谷青丘之鄉，黑齒之國；南至交阯孫樸續樠之國，丹粟漆樹沸水漂漂九陽之山，羽人裸民之處，不死之鄉；西至三危之國，巫山之下，飲露吸氣之民，積金之山，其肱一臂三面之鄉；北至人

正之國，夏海之窮，衡山之上，犬戎之國，夸父之野，禺疆之所，積水積石之山。」

②《山海經》劉秀序：「禹別九州，任土作貢，而益等類物善惡，著《山海經》。」

③衛挺生《騶衍子今考》認為《穆天子傳》乃抄自東周檔案之書，而山經則為他策劃組成（民國三年三月，華岡）。

④王夢鷗先生《鄒衍遺說考》，說《山海經》承受鄒衍遺說影響的著作（民國五十五年三月，商務）。

⑤同上註，頁一二七—一二八。

⑥蒙文通〈略論《山海經》的寫作時代及其產生地域〉。

⑦李約瑟《中國之科學與文明》第六冊《地理學與地圖學》部分。

⑧〈海內南經〉諸國的原文如下，解說則採郭璞注、郝懿行疏：

甌居海中，閩在海中，其西北有山。一曰閩中。山在海中。

三天子鄣山，在閩西海北。一曰，在海中。

伯慮國、離耳國、雕題國、北朐國，皆在鬱水南。鬱水出湘陵南海。一曰，相慮。

梟陽國，在北朐之西，其狀如人，人面長脣，黑身有毛，反踵，見人亦笑，左手操管。

氐人國，在建木西，其為人，人面而魚身，無足。

匈奴、開題之國、列人之國，並在西北。

又〈海內經〉有一條「南方有贛巨人，人面、長脣、黑身、有毛、反踵，見人則笑，脣蔽其目，因即逃也。」就是梟陽國。

⑨〈海內西經〉諸國：

大澤方百里，群鳥所生及所解，在鴈門北，鴈門山，鴈出其間，在高柳北。高柳在代北。

流黃酆氏之國中，方三百里。有塗四方，中有山，在后稷葬西。

東胡在大澤東。

夸人在東胡東。

貊國在漢水東北，地近于燕，滅之。

孟鳥，在貊國東北，其鳥文赤黃青，東鄉。

⑩〈海內北經〉諸國。

犬封國，曰犬戎國，狀如犬。有一女子，方跪進杯食，有文馬，縞身、朱鬣，目若黃金，名曰吉量，乘之壽千歲。

鬼國在貳負之尸北，為物，人面而一目。一曰，貳負神在其東。為物，人面蛇身。

蟜其為人虎文，脛有腎。在窮奇東。一曰，狀如人，崑崙墟北所有。

闒非，人面而獸身，青色。

環狗，其為人，獸首人身。一曰，蝟狀。如狗，黃色。

袜，其為物，人身、黑首，從目。

戎，其為人，人首三角。

⑪衛挺生《山經地理圖考》卷一附錄〈燕昭王之（大帝國）鉅燕考〉。

⑫同註⑪引書，原文如下：

蓋國在鉅燕南，倭北，倭屬燕。

朝鮮在列陽東海，北山南，列陽屬燕。

列姑射在海河洲中。

姑射國在海中，屬列姑射西南，山環之。

「東海之內，北海之隅，有國，名曰朝鮮，天毒，其人水居，偎人愛人。」（〈海內經〉）

⑬蒙文通，前引文。

⑭衛挺生，前引文。

⑮史景成〈山海經新證〉。

⑯〈海內東經〉原文如下（郝疏以為國在流沙數條為誤編，故移出）。

都州在海中。一曰，郁州。

瑯琊臺，在渤海間，瑯琊之東，其北有山。一曰，在海間。

韓鴈在海中，都州南。

始鳩在海中，轅厲南。

會稽山在大楚南，岷三江首。

大江汶山，北江出曼山，南江出高山，高山在城都，西入海，在長州南。

浙江出三天子都，在其東。在閩西北，入海，餘暨南。

廬江出三天子都，入江彭澤西。一曰，天子鄣。

淮水出餘山，餘山在朝陽東，義鄉西，入海，淮浦北。

湘水出舜葬東南陬，西環之，入洞庭下。一曰，東南西澤。

漢水出鮒魚之山，帝顓頊葬于陽，九嬪葬于陰，四蛇衛之。

濛水出漢陽，西入江，聶陽西。

溫水出崆峒山，在臨汾，南入河，華陽北。

潁水出少室，少室山在雍氏南，入淮西鄢北。一曰，緱氏。

汝水出天息山在梁勉鄉，西南入淮極西北，一曰，淮。在期思北。

涇水出長城北山，山在郁郅長垣北。北入渭戲北。

渭水出鳥鼠同穴山，東注河，入華陰北。

白水出蜀，而東，南注江。入江州城下。

沅水出象郡鐔城西，而東注江，合洞庭中。

贛水出聶都東山，東北注江，入彭澤西。

泗水出魯東北，而南西，南過湖陵西，而東南注東海，入淮陰北。

鬱水出象郡，而西南注南海，入須陵東南。

肄水出臨晉西南，而東南注海，入番禺西。

潢水出桂陽西北，山東南，注肆水，入敦浦西。

洛水出洛西山東北，注河，入成皋之西。

汾水出上窳北，而西南注河，入皮氏南。

沁水出井陘山東，東南注河，入懷東南。

濟水出共山，南東丘，絕鉅鹿澤，注渤海，入齊瑯槐東北。

潦水出望平東，東南注渤海，入潦陽。

虖沲水出晉陽城南，而西至陽曲，北而東，注渤海，入越章武北。

漳水出山陽東，東注渤海，入章武南。

⑰《淮南子．地形訓》記載海外三十六國，就是本於《山海經．海外經》。自西南方至東南方，所記國名、次序與〈海外南經〉幾乎全同，缺一個「臷國」而多一個「豕喙民」，而〈海外經〉稱某國，《淮南子》稱某民，這裡就參考取用。

⑱結胸民為《淮南子．地形訓》所用名稱。

「結匈國，在其西南，其為人結匈。」(〈海外南經〉)

⑲郝懿行認為：凡經內所用「一曰」，可能為後人校經時，附著所見，或者別本不同。懷疑原為細字，郭璞作註才改為大字，與經文並行。因此改寫時一律直接引用一曰的文字，以求通順；如有值得補充的資料，就直接融化於行文中。

「羽民國，在其東南，其為人，長頭，身生羽。一曰，在比翼鳥東南。其為人，長頰。」(〈海

外南經〉）
「有羽民之國，其民皆生毛羽。」（〈大荒南經〉）
⑳〈海外經〉經文簡略，歷來注疏均廣徵博引，以求了解。近人依據改寫的，如袁柯《中國古代神話》也求通俗易解，此處也採用此法，並多有參考。
「讙頭國，在其南，其為人，人面有翼，鳥喙，方捕魚。一曰，在畢方東，或曰，讙朱國。」（〈海外南經〉）
「大荒之中，有人，名曰驩頭，鯀妻士敬，士敬子曰炎融。生驩頭。驩頭，人面鳥喙，有翼，食海中魚，杖翼而行，維宜芑苣穋楊是食，有驩頭之國。」（〈大荒南經〉）
㉑〈海外經〉原文校證據歐纈芳《山海經校證》。
「厭火國，在其國南，其為人，獸身黑色，火出其口中，在讙朱東。」（〈海外南經〉）
㉒此處三苗應與西北的三苗不同，參楊希枚〈古饕餮民族考〉。
「三苗國，在赤水東，其為人相隨，一曰，三毛國。」（〈海外南經〉）
㉓「臷國，在其東，其為人黃，能操弓射蛇。一曰，臷國在三毛東。」（〈海外東經〉）
「有臷民之國，帝舜生無淫，降臷處是，謂巫臷民，巫臷民朌姓，食穀，不績不經，服也。不稼不穡，食也。爰有歌舞之鳥，鸞鳥自歌，鳳鳥自舞。爰有百獸，相群爰處，百穀所聚。」（〈大荒南經〉）
㉔禹殺防風氏是古代傳說中常見的題目之一，這可能是一種宗教儀式，葛蘭言（M. Marce Granet）

〈中國的舞蹈與神秘故事〉曾敘述殺人祭故事，參見李璜《法國漢學論集》附錄（一九七五，珠海學院）。

㉕從「交脛國」至「三首國」見〈海外南經〉，而〈大荒南經〉只記載了不死之國「阿姓，甘木是食」。

「貫匈國，在其東，其為人，匈有竅。一曰，在㦸國東。」（〈海外南經〉）

交脛國，在其東，其為人交脛。一曰，在穿匈東。

不死民，在其東，其為人黑色，壽考不死。一曰，在穿匈國東。

岐舌國，在其東。一曰，在不死民東。

三首國，在其東，其為人一身三首。一曰，在鑿齒東。

㉖〈地形篇〉未列焦僥國。

「周饒國，在其東，其為人短小，冠帶。一曰，焦僥國在三首東。」（〈海外南經〉）

「有小人名曰焦僥之國，幾姓，嘉穀是食。」（〈大荒南經〉）

㉗「長臂國，在其東，捕魚水中，兩手各操一魚。一曰，在焦僥東，捕魚海中。」（〈海外南經〉）

「有人名曰張弘，在海上捕魚，海中有張弘之國，食魚，使四鳥，有人焉，鳥喙有翼，方捕魚于海。」（〈大荒南經〉）

㉘「三身國，在夏后啟北，一首而三身。」（〈海外西經〉）

「有人三身，帝俊妻娥皇，生此三身之國，姚姓，黍食，使四鳥。」（〈大荒南經〉）

㉙「有襄山，又有重陰之山，有人，食獸，曰季釐，帝俊生季釐，故曰季釐之國，有緡淵。少昊生倍伐，倍伐降處緡淵，有水四方，名曰俊壇。」(〈大荒南經〉)

㉚「又有成山，甘水窮焉，有季禺之國，顓頊之子，食黍。」(〈大荒南經〉)

㉛「有域山者，有域民之國，桑姓，食黍，射蜮是食。有人方扜弓，射黃蛇。名曰蜮人。」(〈大荒南經〉)

㉜「有卵民之國，其民皆生卵。」(〈大荒南經〉)

㉝「有盈民之國，於姓，黍食，又有人，方食木葉。」(〈大荒南經〉)

㉞「有國曰伯服，顓頊生伯服，食黍。有鼬姓之國。」(〈大荒南經〉)

㉟三身國，〈大荒經〉列入〈大荒南經〉中，與〈海外西經〉不同。其餘如下：

滅蒙鳥，在結匈國北，為鳥青赤尾。

大運山，高三百仞，在滅蒙鳥北。

㊱〈大荒西經〉只說一臂民，〈海外西經〉較詳細。

「一臂國，在其北，一臂、一目、一鼻孔、有黃馬，虎文、一目而一手。」

㊲「奇肱之國，在其北，其人一臂三目，有陰有陽，乘文馬。有鳥焉，兩頭，赤黃色，在其旁。」(〈海外西經〉)

㊳女戚為女蔑之誤，參歐纈芳校證。

「女祭，女蔑，在其北，居兩水間，戚操魚䱉，祭操俎。䳜鳥、鶬鳥，其色青黃，所經國亡。在

女祭北，鴍鳥人面，居山上。」（〈海外西經〉）
「有寒荒之國，有二人，女祭、女蔑。」（〈大荒西經〉）

㊴「大夫國，在維鳥北，其為人衣冠帶劍。」（〈海外西經〉）〈大荒西經〉也有丈夫之國。

㊵「巫咸國，在女丑北，右手操青蛇，左手操赤蛇，在登葆山，群巫所從上下也。」（〈海外西經〉）

㊶「女子國，在巫咸北，兩女子居水、周之。一曰，一門中。」（〈海外西經〉）〈大荒西經〉也有女子之國。

㊷「軒轅之國，在窮山之際，其不壽者，八百歲。在女子國北，人面蛇身，尾交首上，窮山在其北，不敢西射，畏軒轅之丘。在軒轅國北，其丘方，四蛇相繞，此諸沃之野，鸞鳥自歌，鳳鳥自舞，凰皇卵，民食之，甘露，民飲之，所欲自從也。百獸相與群居，在四蛇北，其人兩手操卵，食之，兩鳥居前導之。」（〈海外西經〉）
「有西王母之山，壑山、海山。有沃民之國，沃民是處沃之野，鳳鳥之卵是食，甘露是飲，凡其所欲，其味盡存，爰有甘華、甘柤、白柳、視肉、三騅、璿瑰、瑤碧、白木、琅玕、白丹、青丹、多銀、鐵，鸞鳥自歌，鳳鳥自舞，爰有百獸，相群是處，是謂沃之野，有三青鳥，赤首，黑目，一名曰大鵹，一名少鵹，一名曰青鳥。有軒轅之臺，射者不敢西嚮，射畏軒轅之臺。」（〈大荒西經〉）

㊸「白民之國，在龍魚北，白身被髮。有乘黃，其狀如狐，其背上有角，乘之壽二千歲。」（〈海

外西經〉）

㊹〈大荒經〉將肅慎之國列於北經中。〈海外經〉則列於南經：

「肅慎之國，在白民北，有樹名曰雄常，先人代帝於此，取衣。大荒之中，有山，名曰不咸。」

「有肅慎氏之國。有蜚蛭，四翼，有蟲，獸首、蛇身，名曰琴蟲。」（〈大荒北經〉）

㊺「長股之國，在雄常北，被髮。一曰，長腳。」（〈海外西經〉）

「西北海之外，赤水之東，有長脛之國。」（〈大荒西經〉）

㊻「有西周之國，姬姓，食穀，有人方耕，名曰叔均。帝俊生后稷，稷降以百穀，稷之弟曰台璽，生叔均，叔均是代其父及稷，播百穀，始作耕，有赤國，妻氏。有雙山。」（〈大荒西經〉）

㊼「有壽麻之國——南嶽娶州山之女，名曰女虔，女虔生季格，季格生壽麻，壽麻正立無景，疾呼無響。爰有大暑，不可以往。」（〈大荒南經〉）

㊽〈海外北經〉所記方向為「自東北陬至西北陬」，但由記述的內容看：一目國在無䏿國東、柔利國在一目國東，其方向應為「自西北陬至東北陬」，〈地形訓〉就是這種方向，國名次序也相反。其中深目民與無腸民次序顛倒，其餘全符。

㊾「無䏿之國，在長股東，為人無䏿。」（〈海外北經〉）

「有繼無民，繼無民，任姓，無骨子，食氣魚。」（〈大荒北經〉）

㊿據楊希枚，前引文。

「一目國，在其東，一目中其面而居，一曰，有手足。」（〈海外北經〉）

「有人，一目，當面中生，一曰，是威姓，少昊之子，食黍。」（〈大荒北經〉）

51「柔利國，在一目東，為人一手一足，反膝曲足居上。一云，留利之國，人足反折。」（〈海外北經〉）
「有牛黎之國，有人無骨，儋耳之子。」（〈大荒北經〉）。

52「深目國，在其東，為人舉一手。一目，在共工臺東。」（〈海外北經〉）
「有人方食魚，名曰深目民之國，朌姓，食魚。」（〈大荒北經〉）

53「無腸之國，在深目東，其為人長而無腸。」（〈海外北經〉）
「又有無腸之國，是任姓，無繼子，食魚。」（〈大荒北經〉）

54據楊希枚，前引文。
「聶耳之國，在無腸國東，使兩文虎，為人兩手聶其耳，縣居海水中，及水所出入奇物，兩虎在其東。」（〈海外北經〉）
「有儋耳之國，任姓，禺號子，食穀。」（〈大荒北經〉）

55「博父國，在聶耳東，其為人大，右手操青蛇，左手操黃蛇。鄧林在其東，二樹木，一曰博父。」（〈海外北經〉）
「有人，名曰大人，有大人之國，釐姓，黍食。有大青蛇，頭方，食塵。」（〈大荒北經〉）

56「拘纓之國，在其東，一手把纓。一曰，利纓之國，尋木長千里，在拘纓南，生河上西北。」（〈海外北經〉）

57「跂踵國，在拘纓東，其為人大，兩足亦大。一曰，大踵。」（〈海外西經〉）

58「有胡不與之國，烈姓，黍食。」（〈大荒北經〉）

59「有叔歜國，顓頊之子，黍食，使四鳥：虎、豹、熊、羆，有黑蟲，如熊狀，名曰猎猎。」（〈大荒北經〉）

「有北齊之國，姜姓，使虎、豹、熊、羆。」（〈大荒北經〉）

60 楊希枚，前引文。

「有釘靈之國，其民從膝以下有毛，馬蹄，善走。」（〈海內經〉）

61「有犬戎國，有神，人面獸身，名曰犬戎。」（〈大荒北經〉）與〈海內北經〉所載的犬封國相同。

62「西北海外，流沙之東，有國，曰中輻，顓頊之子，食黍。」（〈大荒北經〉）

63「西北海外，黑水之北，有人，有翼，名曰苗民。顓頊生驩頭，驩頭生苗民，苗民釐姓，食肉。」（〈大荒北經〉）

64 楊希枚，前引文。

65「大人國，在其北，為人大，坐而削船。一曰，在⿱髟差丘北。」（〈海外東經〉）

「有波谷山者，有大人之國。有大人之市，名曰大人之堂。有一大人，踆其上，張其兩耳。」（〈大荒東經〉）

66「君子國，在其北，衣冠帶劍，食獸，使二大虎在旁，其人好讓不爭。有薰華草，朝生夕死。

一曰，在肝榆之尸北。」（〈海外東經〉）

⑰「有東口之山，有君子之國，其人衣冠帶劍。」（〈大荒東經〉）

「青丘國，其人食五穀，衣絲帛。其狐四足九尾。一曰，在朝陽北。」（〈海外東經〉）

「有青丘之國，有狐九尾。」（〈大荒東經〉）

⑱「黑齒國，在其北，為人黑，食稻，啖蛇，一赤一青在其旁。一曰，在豎亥北，為人黑首，食稻，使蛇，其一蛇赤。」（〈海外東經〉）

「有黑齒之國，帝俊生黑齒，姜姓，黍食，使四鳥。」（〈大荒東經〉）

⑲「玄股之國，在其北，其為人衣魚，食鷗，使兩鳥夾之。一曰，在雨師妾北。」（〈海外東經〉）

「有招搖山，融水出焉。有國曰玄股，黍食，使四鳥。」（〈大荒東經〉）

⑳「雨師妾在其北，其為人黑，兩手各操一蛇，左耳有青蛇，右耳有赤蛇。一曰，在十日北，為人黑身人面，各操一龜。」（〈海外東經〉）

袁柯認為黑身為「魚身」之誤，而「手足」二字便無意義。作為風神，是鳥身；作為海神，是魚身。（《中國古代神話》二章之六、注一五）不過，禺彊屬於黑，未嘗不可為黑身之神。

㉑毛民國與前述毛民，形象類似。

「毛民之國，在其北，為人身生毛。一曰，在玄股北。」（〈海外東經〉）

㉒「勞民國，在其北，其為人黑。或曰，教民。一曰：在毛民北，為人面目，手足盡黑。」（〈海外東經〉）

「有困民國，勾姓，而食鳥。」（〈大荒東經〉，有闕文，補鳥字）

⑬「大荒山中有山，名曰合虛，日月所出，有中容之國：帝俊生中容，中容人食獸木食，使四鳥：豹、虎、熊、羆。」（〈大荒東經〉）

「有司幽之國，帝俊生晏龍，晏龍生司幽，司幽生思士，不妻；思女，不夫，食黍，食獸，是使四鳥，有大阿之山者。」（〈大荒東經〉）

「有白民之國，帝俊生帝鴻，帝鴻生白民，白民銷姓，黍食，使四鳥：虎、豹、熊、羆。」（〈大荒東經〉）

⑭「有蔿國，黍食，使四鳥：虎、豹、熊、羆。」（〈大荒東經〉）

⑮「有柔僕民，是維彊贏土之國。」（〈大荒東經〉）

「有小人國，名靖人。」（〈大荒東經〉）

神話信仰之篇

第五章　神話信仰之篇

戰國時期楚國的屈原寫了一篇奇特作品〈天問〉，依次問了許多奇奇怪怪的問題，他所呵問的主題，從宇宙形成、天地開闢開始，然後漸及自然現象等主題，再後就出現一些各朝代始祖感生、以及文化英雄的偉大事蹟等。雖然編次前後，現在的〈天問〉有些零亂，但還是有些秩序可循：就是自然神話在文化神話之前，自然神話中又依照宇宙、天地、萬物的次序，井然陳述；文化神話也多能照著朝代先後，擇要敘述。這種敘述是合乎神話學的結構的，代表戰國時人的宇宙論（cosmology），而以文學形式表現出來。

與〈天問〉比較，《山海經》雖然擁有豐富的神話材料，但卻不是單純的神話之書，而是一本早期的人文誌。只是按照由中國而推及海外的地理觀編纂而成的地理圖籍，其中的神話是調查、收集各地方的資料時彙集而來的，保持了素樸的口傳文學的原型，但絕非有秩序的編排得像〈天問〉一樣。這是因為《山海經》的編集目標與方法，有它本身的標準。所以，依據《山海經》所保存的材料，就不易勾勒出天地開闢神話的狀態，而一般神話典籍先安排天地創造神話，卻是首要次序。

中國的神話，尤其是《山海經》所述的，是較著重文化創造、以及英雄人物的神話，而較忽略了「自然神話」的創造。其中原因，除了《山海經》的編纂方式外，就是中國人思想型態中著重人的文化，因此常將古帝王神化，而且編出譜系，成為神聖的歷史，甚至將自然神話中的日、月神話隸屬於這一譜系中。這是先將古帝王世系及其神話放置於前的原因，作為一種「編年史式」的前後次序。然後將一些有關自然神話的零散材料，再加以分別次序。前者像袁柯的《中國古代神話》，後者則一些研究神話的，常這樣編排，使原本較為零散的神話顯出秩序來①。這裡也將一些不屬於帝王世系的神話，依照相似的屬性予以歸類，每類之中又獨立敘述，不相統屬。大概分為自然現象神話、大地神話、山嶽信仰與樂園神話、動植物變化神話，附帶有神尸變化神話，最後為文化英雄神話（包括除害英雄、正義之神、醫藥之神），可與帝王世系神話參閱，較屬於人文思想的具體表現。

中國古代神話所具有的特質，首先是神話與儀式的密切關係，人類學大師克羅孔（**Clyde Kluckohn**）主張神話與儀式需合而觀之，二者均為利用象徵方式表達人類心理或社會需要：儀式為行動象徵，藉戲劇化行動表達某種需要，而神話為語言象徵，藉語言符號以支持、肯定，或合理化儀式所表達之同一需要；兩者互為表裡，而用不同象徵方法表達同一意願。像浴日、浴月應該與祭日、月儀式有關，而水、旱災更明顯說出祈雨、驅魃的法術。其次為泛神信仰的普遍，自然現象、山河大地乃至動植生物，都相信具有神靈，或為神靈所依憑，像水伯天吳、四方風神之類，以四方的風為神所管轄，比較〈堯典〉中被儒家合理化解釋的百姓動作，更可襯托出神話的宗教性意義。其次為變化原則的生命觀，從變、化二字的造字初誼，顯示初民的觀物方式，將宇宙間的生命依據綜合觀點平等看待─哲學化以後就是指「道」化生萬物的生命力。物類之間，可以互相變化，只要有生命的流動，就可延續下去，除了形體改變以外。後來抽象化的解說，就是氣化哲學。同時，人死之後，也可復活，化為異獸，或提昇為圖騰神物，這是一種莊嚴的生命觀。

但是中國神話，實在是以「人」為主的神話結構：著重人甚於物的文化傳統，所謂「資於事人以事神」，從創造天地的神話開始，明顯地加以人文化、歷史化，伏羲、女媧為與天地創造有關的神，但也是人類歷史的始原的階段；而日、月神話，更是帝俊妻子所生的自然天象，這就是為什麼將帝王世系先放在最前面的原因。上古帝王、英雄，屬於創造文化的英雄，著重在物質的技術發明、造成人類歷史的發展：在〈帝王世系之篇〉中，三皇五帝的神話古史，就是以一種創制人類文化的英雄事蹟，作為文明進化的不同階段。

每一聖王本身就象徵著從蒙昧到黎明的一種開拓：混沌的原始之世，人類向大自然尋求生存的資源，由採集經濟逐漸進化到畜牧，又逐漸發展了農業技術。在長期的求生存的奮鬥中，原始的祖先發揮了集體的智慧，克服了種種艱困，創造了歷史，也把自己寫入了歷史中。〈海內經〉特別列出技術發明神話，就是古人尊重技術百工的具體明證，也是後來中國人尊敬「行神」的古老傳統——由百工發展成為各行各業的行神，表現為一種重視創始者的態度。其次原始時代，英雄之中固然有除害去奸的英雄形象，但也有不少叛逆性英雄，敢於以最自然而無畏的方式，反抗權威、不屈不撓，為原始生命力噴薄而出的莊嚴表現，其中牽涉到部族之間的糾紛，但初民從崇拜中流露出來的情懷，實在也是心嚮往之的一種隱微的願望。由這些融鑄為屬於中國人的神話世界，莊嚴而華美。

第一節　自然現象的神話

一、太陽神話

馬王堆一號漢墓中發掘了一種彩繪的帛畫，色澤鮮明，上段的右邊有一株彎曲上長的扶桑，上面懸掛著九個彩色紅艷的太陽，最上面浮現的一個，最大最圓，其中居然還有一隻黑色的烏鴉，多麼奇妙、壯觀的景象，這就是日出扶桑的神話②。

《山海經》中比較豐富地傳述了太陽的神話，在〈海外東經〉、〈大荒東經〉、〈大荒南經〉分別留下這份珍貴的神話資料，讓後世子孫想像太陽富麗的形象③：

「湯谷，又叫暘谷或溫源谷，在黑齒國的北方。谷中的海水像湯一樣地滾熱、沸騰，大約是十個太陽常在裡面洗澡的緣故吧！湯谷的岸上有一株大樹，名叫『扶桑』，有幾千丈長，一千多圍粗，就是帝俊十個太陽兒子的住所。通常是九個太陽住在樹枝下，另一個住在最上頭的樹枝，因為輪流值班，要繞行一周天。」（〈海外東經〉）

「大荒之中有一座山，名叫『孽搖頵羝』，是座大山，山上生長一株扶桑木，高大聳立像天柱般，達三百里，葉子像芥葉。旁邊有座『溫源谷』——也就是湯谷，谷裡為十個太陽沐浴的地方，它們輪流出去，一個太陽回來，另一個太陽才接班出去，太陽中都載了一隻三腳的三足烏。」（〈大荒東經〉）

「東南海之外，甘水之間，有個叫甘淵的地方，就是羲和之國。這個叫羲和的女子，據說是帝俊的妻子，為太陽的女神，生了十個太陽的兒子，常常在甘淵中，用清涼的泉水替太陽兒子沐浴。」（〈大荒南經〉）

從這三條我們知道古代東方民族確曾有美麗的太陽神話：其中包括了太陽所住的湯谷、高大的扶桑木、叫羲和的女子，以及輪流運行等母題。近代學者相信這類型的神話屬於殷商民族，因為桑是殷民族的神樹，他們有崇拜桑林的宗教信仰，因此把自己崇奉的桑樹轉變為太陽樹。而湯谷為神話地理，殷人活動範圍在河北、河南、山東等濱海諸省，他們與海邊有交通，足跡也到達海岸一帶，故有機會觀察太陽從海裡上升的景象。這幅「日浴於湯谷而登於扶桑」的圖象，就是殷民族基於他們的地理環境，以及宗教背景解說日出的自然景象。當然，比殷民族更早的東方原住民應該是原創者，所以才會有帝俊之妻生日

的神話。

帝俊是東方民族的上帝，他的妻子之一羲和，居然誕生了十個太陽兒子。近人解釋十日神話，認為十日神話與十干紀日的旬制有關——（甲、乙、丙、丁、戊、己、庚、辛、壬、癸為十干），「日」兼有太陽、日期的雙重意義，由十干紀日的旬制演變，而有「十日迭出」的神話，原意是用來解說十干紀日的意義，所以九個太陽居於下枝，而只有一個輪班出巡④。至於羲和「方浴日於甘淵」，這幅羲和模仿太陽浮浮沉沉於甘淵的圖象，應該是屬於模擬法術的原理，是古代拜日祭典中所施行的一種儀式⑤。由最高的天上統治者的妻子實行儀式，這是一個隆重的祭儀。如以天文學解說，十日神話應該是曆算天象的工作，羲和一族應該世傳天文的專門知識，所以「羲和之官」成為天官，掌管曆算。至於將羲和當作日御——替太陽兒子駕車的慈愛母親，這恐怕又是羲和浴日神話的轉化了。

十日神話中，除了「十日迭出」外，還有流傳普遍的「十日並出」傳說。據說帝堯時，十個太陽一齊出現在天空，照耀著大地，河水乾枯了，植物烤焦了，連禱雨的女尸也在光熱中奄奄一息（〈海外西經〉）。帝堯只好禱告天帝，請求協助。天帝就派遣了勇士后羿，賜給他一張紅色弓，一袋白色的箭來到下界，這就是〈海內經〉所說的：「帝俊賜羿彤弓素矰，以扶下國。」他怎樣扶助下國呢？憑他的精湛的射箭本領，拉滿了弓，對準惡毒的太陽射去，只見一團火球爆裂，火花四散，大家仔細一看，原來是金色羽毛繽紛撒落，墜地的卻是一隻三足烏。后羿一箭一個，連續射下九個。但天上也不能沒有太陽，所以就留下一個——也有說是帝堯偷偷抽去一支箭，才倖存了一個太陽，只能帶來適度的光熱，而不能再過度造孽⑥。關於十日並出，管東貴認為是從十日迭出演變來的，針對著「天有十日」的古說，創造出來解釋為什麼只有一日的現實狀況。不過，孫作雲有另一種解釋，十日是東方拜日的十個部族，后羿是另一部族的領袖，以強大的力量消滅了九個拜日部族。

總之，崇拜太陽為東方民族的宗教信仰，同時，東方也是鳥圖騰部落，是否因此將三足烏與太陽結合？還是觀察到太陽中有烏影？〈大荒東經〉說日中載烏，民間也常用金烏稱呼太陽，金色烏鴉，又有三足，確是一種極富於神秘色彩的形象，祂晨明時，升上扶桑，經行五億一萬七千三百零九里，普照九州七縣，終於進入虞淵，已是黃昏時分，然後憩息於蒙谷，這壯麗的行程就是太陽神的日車所經所行的「一日之旅」。

二、月亮神話

馬王堆帛畫的天上部分，相對於日出扶桑的，是西邊的月中有蟾蜍和白兔，月亮畫成弦月的形狀，一方面可別於圓形的太陽，何況月亮虧多圓少，也是合於常理的。但從構圖

的設計上，可表現對稱中的變化之美，最主要的可容納下兩種神話中的靈獸；而月下有一女子之形，應該是嫦娥的構想。

月亮神話為人類普遍的原始文化之一，太陰學派的理論中，尤其常以月亮神話為神話的主要構成部分。其實，古代農耕民族信仰月亮，當作不死、再生、大地、農耕、女性的象徵，是因為月亮與農業社會的生活有密切的關係。中國是農業為主的社會，自然也有崇拜月亮的神話⑦，《山海經．大荒西經》就有月亮信仰的神話。

據說西北大荒之中，有一座日月之山，是天樞之地。其中有個女子正在給月亮洗澡。這幅畫中的女子就是帝俊的另一個妻子，名叫「常儀」，生了十二個孩子，就是十二個月亮，所以才在這裡「浴月」⑧。常儀，〈大荒西經〉也稱為月母女和。十二個月亮的神話，與十日神話一樣，都是古代中國人用來解釋一年之中有十二個月的事實。換句話說，月也是兼有「月亮」、「月份」的雙重意義，這種神話思考性的方式，顯示農耕民族以月亮為主的太陰曆早已被使用，作為從事農業耕作的曆算單位。月亮關係植物的生長，依照月亮的盈虧指示，使得種植能順利的完成，與大地一樣，是溫柔的、慈愛的母性之神，因此而有「浴月」的儀式。

常儀與羲和一樣，是天帝俊的妻子，同樣的在「浴月」的儀式中，以天下母儀的身分祭祀月神，自是表現人類對於月亮感恩的宗教心理。而在神話中，卻以母親的身分為十二月洗沐，則常儀也同羲和一樣，為掌管月份的主司者。月亮的運行天空也同太陽相似，不過傳說中的月御，不是常儀，《淮南子》說是「望舒」——望之舒然，這正是月光普照大地，一種舒泰、寧謐與安詳的感覺。

月亮與農業社會的關係，成為大地、農耕的象徵，具有母性的形象。另外就是不死、再生的神秘力量，這是從月圓月虧，周而復始的經驗中得來的。《楚辭．天問》中就有「月光何德？死則又育」的疑問？生——死——再生（birth-death-rebirth）的週期性循環，為月亮的特性之一，這種現象使大地也有某種類似的感應：像海水的潮汐、女人的月信以及古人相信植物的成長、動物的生命等，促使古人更易將月亮與女性聯想在一起。古人對於月亮不死與再生的信仰，比較具體的傳說，應該是所謂吳剛伐桂，砍了以後又會復合，永遠也不能砍下月中的桂樹，因為月亮是永遠不死。（段成式《酉陽雜俎》）

桂樹的印象大概是觀察月中斑點的聯想，除了桂樹，更常見的應該是白兔和蟾蜍。〈天問〉所問：「厥利為何？而顧菟在腹。」月中有兔的信仰，印度也有，其他原始民族也有，這可能是文化的類同性吧！至於月中有蟾蜍，正是馬王堆帛畫中所表現的，至於那奔月的女子，就是嫦娥。嫦娥、恆娥，都是從常羲轉化出來的——恆即常，娥與羲二字，古音相通。浴月的常羲，轉化成為奔月的嫦娥，還是與不死信仰有關。據說嫦娥為后羿的妻子，偷吃了后羿從西王母那裡得來的不死藥以後，就飄升到月亮，成為一個雖然不死卻最寂寞的女人——「嫦娥應悔偷靈藥，碧海青天夜夜心」（李商隱）；也有說變成蟾蜍的形象，或永遠擣藥的白兔，這真是殘酷的懲罰！

附件：日月出入諸山

《山海經》所記載的日月神話，與古代曆算有密切關係，保存了上古文化的遺產。在〈大荒東經〉、〈大荒西經〉還特別載有一項古代科學史資料：〈大荒東經〉載「日月所出」之山共有六處：大言、合虛、明星、鞠陵于天、壑明俊疾、猗天蘇門⑨；〈大荒西經〉則載有「日月所入」之山六處：方山、豐沮玉門、日月山、鏖鏊鉅、常陽之山、大荒之山。如果前者再加上孽搖頵羝，後者再加上龍山⑩，共有七組對待的山頭。用山頭來記載日月所出、日月所入，近代學者認為是用星象為曆法的科學還未發明以前的一種原始曆法⑪。大概不同地區對於太陽、月亮的出入，都特別注意它的方位、時間等。當然，應該還有一種迎日、送日，或迎月、送月的儀式吧！因為這些日、月出入的山都是神聖的山⑫。

除了日月出入諸山，另外地域性神話中，長留山的少昊，主要職責之一就是察看沉沒向西天去的太陽及它反射的光影。所住的宮叫做員神磈氏之宮；另有一個住在泑山的蓐收，也負責觀測太陽西下的渾圓遼闊的氣象，叫做「紅光」。兩位西方之神，成為觀測落日的方位、氣象，也應與曆算有關。太陽西下的地方，為海渚，附近有弇茲山，《山海經》記載：

「西海陼中，有神，人面鳥身，珥兩青蛇，踐兩赤蛇，名曰弇茲。」（〈大荒西經〉）

弇茲神屬於落日之山的掌理者。

三、星辰神話

原始時代星辰崇拜應該與拜日、拜月一樣，為天象神話的重要部分，但《山海經》中卻少有星辰神話，這是資料殘缺之故。北方大地普遍都有北辰信仰，古中國天文學中「蓋天說」曾為重要派別，應該具有以北辰（北極星）為天上宮庭，居於天的中央，而為眾星環拱的觀念。《山海經》雖沒有保存北辰居天之中的神話，卻有居地之中的聖山，可見只是未加記載而已；至於太一信仰，卻在戰國晚期，到了兩漢，大為盛行。

在中國民間最為流行的牽牛、織女星神話，《山海經》也缺少紀錄。另外《左傳》所載高辛氏有二子，因常不和，而被分開，分主辰（商星）、主參（參星），《山海經》也沒記載。倒是載了玉山的西王母，這位長著豹子尾巴、老虎牙齒，頭髮蓬散戴著玉勝的怪神，是職司「天之厲及五殘」——厲、五殘都是星名。據說西方星宿「昴」，有大陵積尸之氣，氣一散佚，厲鬼就隨著出行，西王母就在西方，因此負責掌管；五殘星則出於正東，在東方原野的上空，形狀像辰星。五殘又叫五鋒，這顆凶星一出現，就是五方毀敗的朕兆、大臣重臣誅亡的徵象，西王母主刑殺，所以也由其主管，避免凶星常出現作虐。

四、風神的神話

自然界的諸般現象，均與人類的生活息息相關，尤其風雲雨露能否及時，更關係了農業社會的農業生產。大家驚怖於忽忽吹襲的風、隆隆而下的雷，閃電夾著暴雨……這些景象讓處於童稚時期的原始心靈充滿好奇與驚懼，由萬物有靈的信仰中，再進一步的發展，他們相信每一現象都由一位神祇主宰，因此風、雲、雷、電等的神話就一一誕生。《山海經》中並沒有專門紀錄這些自然現象的神話，只在各經中連帶敘及；因此關於雲、電等就只好付之闕如。其實《淮南子》、《楚辭》等書，以及考古文物中都有雲、電，以及相關天象的神話。

四方風神的神話

四方風神，殷商甲骨卜辭中所紀的：西方叫做彝，東方叫做折，南方叫做岂，北方叫做夗。這只是流傳在殷商時期的祭祀風神的紀錄，實際流傳的時代一定更早。現在《尚書・堯典》中有一段有趣的記載：羲仲居於東方暘谷，敬祭出日，為日月之長均等的仲春，「厥民析」；羲叔居於南方交趾，敬慎日之所至，為夏至日最長的仲夏，「厥民因」；和仲居於西方昧谷，敬祭入日，為夜長日長均等的仲秋，「厥民夷」；和叔居於朔方幽都，敬慎月朔之交易，為冬至日最短的仲冬，「厥民隩」。厥民如何，指百姓分散田野耕作、就高而居、徙居平地和深居內室，為百姓順應季節的行動。謂之觀象授時，而不提與風的關係。

《山海經》則顯然為風神的神話——具有神名、神職以及神靈所在的地方，依照南、西、北、東的次序分別羅列於下⑬：

「南海的海島中，有位叫『不廷胡余』的神，人的臉，耳朵上懸掛著兩條青蛇，腳下踩著兩條紅蛇。又有神，名叫『因因乎』——在南方叫因乎夸風、或叫乎民，居住在海中邊遠的南方，專司調和風的出入。」（〈大荒南經〉）

「有個神人，名叫石夷。吹來的風叫韋，居住在大地的西北角，主司太陽、月亮出沒時間的長短。有一種五彩羽毛的鳥，鳥冠鮮豔，名叫狂鳥。」（〈大荒西經〉）

「有個女和月母之國——大概也是羲和、常儀之類，有人名叫『鳧』——北方叫做鳧，吹來的風叫『狻』，居住在東北角的地方，來制止太陽、月亮的行止，使它們出入的次序不相間錯，職掌太陽、月亮出沒時間的長短。」（〈大荒東經〉）

「大荒之中，又有三座山：鞠陵于天、東極、離瞀。據說也是太陽、月亮出來的山。這裡有一個半神半人的『折丹』神——東方單呼為『折』，居住在東方邊遠的山上，能節宣風氣，管理風的出出入入。因此正月吹來的風，稱為俊風。」（〈大荒東經〉）

這些風神神話與〈堯典〉相對照，就會發現一些奇妙之處：第一：〈堯典〉說是帝堯命令世掌天地四時之官的「羲和」來主持，分命羲仲、羲叔、和仲、和叔居四方實行職掌。而〈大荒東經〉所說女和月母之國，郝懿行就認為是羲和、常儀之屬，正是掌日月運行之神。第二：除了南方風神外，都與日、月的出入有關。與〈堯典〉所載的日、月的長短也是若合符節。第三：四方之風的方位，是與〈堯典〉中所分命諸官居住的地方相一致，只是〈堯典〉明白指出暘谷、交趾、昧谷、幽都四個地名，而《山海經》只泛稱方位而已。第四：最大的差別在於〈堯典〉強調「曆象日月星辰，敬授人時」，指示「民」要如何適應季節的行動；而《山海經》卻成為「有人」或「有神」之類的敘述：分別成為「折丹」（與〈堯典〉對照，似應作析丹）、「因乎」、「石夷」和「鳧」，而且吹來的風又分別稱為俊、乎、韋和狨。其中轉變的情況，代表著一種神話思維的方式，將所感受的風予以神話化，成為具有神性的風神。

《山海經》的四方風神，為古老而樸素的面目，以一種神為支配一方之風的觀念。日本學者森安太郎說和神鳥鳳凰有密切關係：

南方的風神名叫因乎，因乎和爰居古音互通，爰居為一種形狀像鳳凰的海鳥，它能預知海上起大風，就遷往陸地以避災禍。爰居有神性；又像鳳凰，改為南風之神。

北方的風神名叫鳧，《莊子．天地篇》也說有一種大風叫「苑風」，為什麼與扶搖大風有關的神名為鳧，據說是一種鵷雛，《莊子．秋水篇》描述這種鵷雛，從南海飛到北海，飛行過程中「非梧桐不止、非練實不食、非醴泉不飲」，也就是只棲於梧桐之上，只吃練樹菓子或說是竹子的菓子，只飲醴泉。鵷雛為鳳凰之類的神鳥，鳳凰為風神鳥，鳧，據《正字通》說是鳳之屬，也就是宛風，形象化以後就是一隻飛翔於北海的鵷雛⑭。狨，是鵷，也是指鵷鵷。

東方的風名叫作俊，俊同時也是東方民族的天帝的名稱——帝俊，帝舜也有關。俊的圖騰就是鵕，也就是鵕鸃，這種鵕鳥，古代字書像《說文解字》說是鷩鳥，為赤雉，即是山雉型的神鳥；《雜字解詁》、《廣雅》等都說是鳳凰之屬，羽毛有光彩；《倉頡解詁》直稱為神鳥。因為鳳凰豐羽長尾，五彩繽紛，很是俊美，所以叫俊鳥。帝俊、帝舜等東方天帝就用華麗的鳳凰為圖騰，所以東方的風就叫做俊風⑮。

至於西方的風神名叫韋。風中常出現一種狂鳥，《玉篇》寫作鵟，《爾雅》說是狂夢鳥。這種鳥既然有五彩鮮豔的羽毛，又有鳥冠，也就是鸞鳳之類的神鳥。

風神要用神鳥作象徵，而且多與鳳凰有關。是因為無形的風藉鳳而顯現，而鳳也成為風神鳥。當彩羽鮮豔的鳳鳥迎著大風高飛展翅，那種稀見的景觀確有擬為神仙之鳥的氣象。

另外與風有關的，是風谷、風穴，那神秘的風的來源。《山海經．南山經》載有兩種地域性的風的名稱，都與山谷有密切關係。其一是令丘之山的南方有座山谷，叫中谷，從其中吹來的為「條風」；另外旄山山尾的南方，有座育隧——隧是穴道，從風穴中吹出的是凱風，這是地域性的風的專名。

風因為方位不同、季節不同，而有不同的風格。但其中有一共同的特色，就是具有生成的力量，這是宇宙神秘力的一種表現。《說文解字》解說「風」字，从虫，「風動蟲

生」。風又與萌音近，都是風會帶來一種生命力，使萬物化生，具有養物成功的神秘作用，這就是「風調」——調和萬物的風。古代有八風的說法：東方為明庶風，東南為清明風，南方為景風，西南為涼風，西方為閶闔風，西北為不周風，北方為廣漠風，東北為融風，這是許慎綜合漢以前的風名，其中不少與《山海經》所載神話地理有關聯，像西方昆侖山彙，從閶闔之門吹出的是閶闔風；從不周之山吹出的是不周風，富於神秘氣息。至於《爾雅》載有四方四季的風名：南風謂之凱風、東風謂之谷風、北風謂之涼風、西風謂之泰風。有人解說谷風為使五穀生長的穀風，是一種富於生長能力的風。

神話世界中還有一種最普遍性的風神，就是飛廉。《楚辭》中有使喚飛廉奔隨的想

像，漢畫中也常出現這個怪模樣的風神、風伯，所謂「風伯掃途」是個具有神通的神，馬王堆的飛廉是這等模樣。（見前頁圖）

所以，傳說中的飛廉之形象：鹿身、鳥頭、頭上長有角、身上有豹紋、尾巴像蛇。祂的飛翔姿態還是與鳥相近，這實在是鳥群迎風旋飛的現象，為自然界中鳥的特性，難怪《周禮》中要祭祀「飌師」的風神。古人觀察自然，透過神話的思維，塑造了「風」的形象。

五、雷、雨、虹的神話

大地驚雷，隆隆的雷響，隱隱從遠方傳來，那種沉沉的、連續的聲音，讓人們聯想到澎澎的鼓聲。《山海經》就記載：雷澤中的主神就是雷神，又是雷獸，是一個龍身子，而人頭的半人半獸的天神。（見後頁圖．上）常無憂無慮地拍打著自己的肚子，發出雷鳴的巨響[16]。據說伏羲的母親踩了他的腳印，就生下伏羲。（〈海內東經〉）

〈海外東經〉中有個崇拜雨師的國名叫做雨師妾，黑黑的身子，左右兩手各拿著一條蛇，或一隻龜；左耳掛著青蛇，右耳掛著赤蛇。（見後頁圖．下）

雨師就是屏翳，又名萍萍翳、萍號，據說因為雨師呼號，就雲起而雨下。所以雲、雨常常有關聯，因興雲致雨，甚至和雷也是一連串的天象。〈離騷〉中「吾令豐隆乘雲」，有說是雲神，或雷神的，雷聲豐隆，雲層密積，就致雨了。

雨後的彩虹，美麗而短暫，是一種稍縱即逝的美，是缺陷美。而神話中的彩虹，也充滿了對這奇特天象的猜疑與禁忌，虹是一種災異的徵兆，是反常天象的象徵。

東方民族有關於虹的傳說，在〈海外東經〉記載著：在君子國的北方，常出現一種「

雷神
龍身人面而鼓其腹在吳西

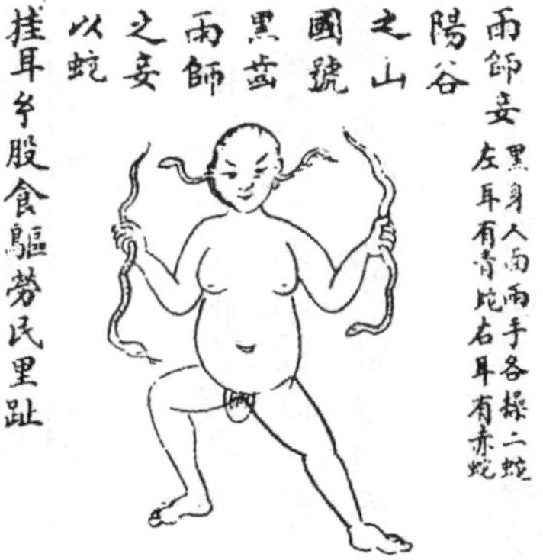
雨師妾
黑身人面兩手各操二蛇左耳有青蛇右耳有赤蛇
陽谷之山
國號黑齒
雨師之妾
以蛇

𧈢𧈢」，各有兩個頭⑰。所謂𧈢，就是虹，𧈢𧈢就是霓虹，一條在外，一條在內。古代稱為蝃蝀，所以從虫旁。根據《說文》的說法，是因為它「狀似蟲」，是種較理性化的解釋；而《爾雅．釋天疏》，則說色鮮盛者是雄，叫做虹；色暗者是雌，叫做蜺，這是天地陰陽之氣不調和所產生的反常天象。

蜺虹從虫，在神話中是被看作生物，是雌雄兩條龍、或蛇。但它沒有尾，而是有兩個頭。《爾雅》說虹有兩首，能垂落山澗飲水，也能降落人家庭院中汲飲。其實這是天空中氣壓的關係，而產生吸水的現象，古人卻以神話思維的方式，設想虹是會吸水的兩頭龍，甲骨文中所出現的文字形象中，有不少虹。

將虹的出現刻於甲骨卜辭中；是一種古人的俗信。《詩經》中說：「蝃蝀在東，莫之敢指」，不敢用手指虹，因為那是一種禁忌，是災異的象徵。蔡邕《災異對》就有所謂天投虹，表示天垂象，漢代以前，或《詩經》以前的民間俗信一定早已認定虹的出現，是不吉祥的，為什麼原因？《詩經》「蝃蝀」的俗信，只說是指虹則爛手指，或令人手歪，而後有淫奔之說。漢代流行的說法，像蔡邕說虹是「陰陽交接著於形色者」（《月令章句》），陰陽交接之氣，成為不同色彩的霓、虹，因而有雌、雄的兩性之分；至於強調陰陽相攻，就像劉熙所說的「純陽攻陰氣」（《釋名》），相攻就是不協調，又加上會飲於河、飲井水等，錯誤的想像為一種兩頭生物，因此，五色縱橫的「虹」成為天象之一，預示政教失策、陰陽不和、淫奔之風等⑱。而不再是雨後天霽，天空中出現的一道彩虹了。

六、晝夜季候之神

西北海之外，赤水之北，有座章尾山，也就是鍾山。這座鍾山的主神，名叫燭陰，也叫燭龍，就在無䏿國的東方。這神，是人的臉，蛇的身子，紅色的皮膚，身子有一千里長，就居住在鍾山之下。（見下圖）祂的眼睛非常特別，直豎著合攏成兩條垂直的縫。只要睜開眼睛，世界就成了白晝，一閉上眼，就是黑夜。吹口氣，就風雲變幻，氣溫下降，成為冬天；呼口氣，又赤日當空，燠熱難當，變成夏天。祂蜷伏著，不吃飯不喝水，不睡覺不呼吸——一呼吸就成為萬里長風。祂的神力又能燭照到九重泉壤的陰暗，

燭陰
人面蛇身赤色身長
千里鍾山之神也
天缺
西北
龍銜
火精
氣為
寒暑眼
作昏明身長
千里可謂至神

所以叫做燭陰⑲。

另外在海外南方羽民國的東方，有十六個神人，一個個都是小臉頰、紅肩膊，手臂和手臂互相挽連起來，在這片荒野上為天帝守夜，可稱為司夜之神。

第二節　大地神話

一、河川水神

中華民族的活動區域，早期是以黃河流域為主的。大黃河是養我、育我的長河，從高聳的西北高原奔流而下，滔滔向東，這一路而來的氣勢，還有雄壯與粗暴兼具的性格，使黃河兩岸的子民興起無窮的虔敬與恐懼。沿著長河遷徙的族類，他們的足跡遍於河流的上游、下游，直到海濤澎湃的大海，那永無休止地吞吐著的海洋。因此，關於水神的傳說也隨著流傳在大河的兩岸，以及附近的川澤。其中為《山海經》所紀錄的只是一小部分，但已足夠證明中原部族的生活中，確有他們的想像力，表現一種敬畏的情緒。

㈠黃河河伯

首先從黃河的河神說起，流傳得相當普遍。〈海內北經〉說：從極之淵，或說是忠極之淵，深達三百仞，是河伯冰夷常作為都邑的所在。冰夷，也寫作馮夷，據說是渡河淹水做了水神，也有說是服藥遇水而成仙，但黃河中產一種「蒲夷之魚」，是鰌魚、鱔魚等長蛇形的魚，神格化復成為水的主宰蒲夷，又變成黃河河神馮夷⑳。這位河神一張白白的人臉，長長的身軀，駕著龍螭，乘了雲車，喜歡在河中遨遊，風流瀟灑喜與女郎為伴。因祂喜歡漫遊，因此陽汙（紆）之山—黃河發源於山中，據說也是河伯冰夷所居住的地方。

㈡水伯天吳

東方濱海地區流傳著水伯天吳的神話，是一則早期型態的水神神話。在大荒的東方，有座朝陽之谷，谷中居住的神就是「天吳」，也就是水伯，為掌水之神。水伯是半神半人的怪物，長著八個腦袋、八隻腳、八條尾巴、老虎的身子，毛色是青裡帶黃。這是《山海經・海外東經》、〈大荒東經〉所敘述的形象㉑。（見下圖）

不過，漢代石刻上的天吳，卻加以簡化，只看見兩隻腳而已。

二、海神禺虢

東海岸上的百姓，常在海上出入，冒著風險，捕魚為生。風與海是相關的，海上風暴忽起，倏忽之間，變化無常，而捕魚者的生命實在也是無常的。他們望著海濤中出沒的島嶼，在潮汐中浮沉，想像上面住著海洋之神，鎮守著海洋，或許東北一帶的蛇族就信仰著祂。在〈大荒東經〉說：東海的海島中，居住著一個半神半人的巨人，人的臉、鳥的身子，耳朵上懸掛著兩條黃蛇，腳下又踏著兩條黃蛇，這威猛的神，名叫禺虢，是黃帝的兒子之一：黃帝生了禺虢，禺虢又生了禺京，父子分別掌管廣大的海域：禺京掌管北海，禺虢掌管東海，都是海神，也兼風神[22]。

三、澤神延維

河流有神，與河相通性的沼澤，也往往居住著澤神。澤神可能掌管某澤之神，也可以是普遍性的澤神。他們的職司是鎮守水澤，因此為附近的人民所崇拜。〈海內北經〉載著：「舜的妻子登北氏，或說是登比氏，生了兩個女兒，一個叫宵明，一個叫燭光，居住在黃河附近的大澤中。一到晚上，從她們身上所發出的神光，能照耀周圍百里的地方。」㉓為專司一地的澤神。另外在〈海內經〉中有一種普遍的澤神：人頭蛇身，長得像車轅，左右各長著一個頭，穿著紫色衣服，戴著紅色帽子，名叫延維㉔。也叫委維、委蛇，在帝王葬處常會出現：像帝堯所葬岳山、及帝舜所葬處。這種神蛇，其原名應是肥遺，稱為委蛇、蜲蛇，是因它的長形（即逶迤）。這種怪物，郭璞說是澤神。神話人物的伏羲、女媧就是兩首交蛇之像，伏羲據說雷澤之神的兒子，成為澤神也是有因緣的。但這種怪物，在傳說中也會變成「涸川水之精」（《管子．水地》），就是精怪。

四、江湘水神

南方的另一條大河流——長江，沒有像河伯一樣的水神傳說流傳下來，但在洞庭湖區卻有女性的湘水之神，與男性的河伯不同，具有女性水神的性格。洞庭之山也就是君山，為一小半島，隔水與岳陽城遙對，屬於湖南岳陽縣。洞庭湖為瀟水、湘江、沅江、醴水所注入的湖泊，再與長江之水相通，而洞庭之山即為湖中的一座較大的山，故成為水神神靈所住之地。洞庭湖吞吐附近的流水，景色壯觀，確有「銜遠山，吞長江，浩浩湯湯，橫無際涯」的萬千氣象。如果春和景明的時刻，自是心曠神怡。一旦碰上霪雨霏霏，連月不開的季節，那種「陰風怒號，濁浪排空，日月隱曜，山岳潛形」的陰沉氣氛，使捕魚者、商旅者躊躇不前，甚至還有「檣傾楫摧」的悲慘結局[25]。因此，大家對這景象自然出生一種敬畏。除了暴虐的秦始皇渡江，逢大風，以為湘君作怪，大怒之下派人砍光湘山上的樹外[26]。一般的百姓，都很能表現誠敬之心的。因此，湘水之神的傳說就出現，就會不斷流傳。

《山海經》中次十二經記載了這段樸素的民間傳說：天帝的二個女兒住在洞庭之山，她們常出沒於瀟、湘一帶，有時潛入洞庭之淵，有時遊於瀟湘之浦。每一出入，就伴隨著飄風暴雨。而且風雨中，常隱現著怪神，站在大蛇上，左右兩隻手還握著蛇；同時，一群群怪鳥也在昏沉的天空中嘶叫。這些怪神、怪蛇、怪鳥倒真像水神的侍從，伴遊江湘，聲

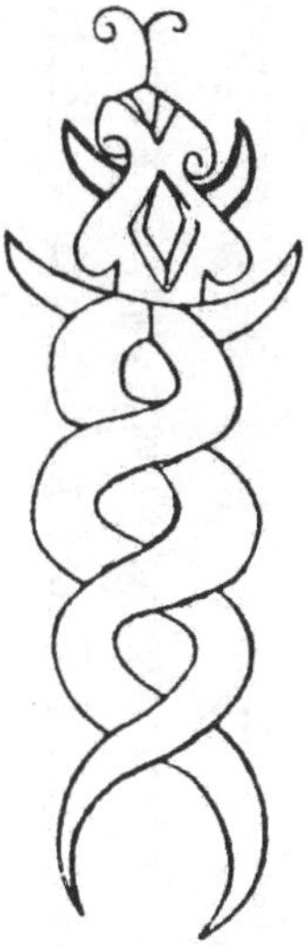

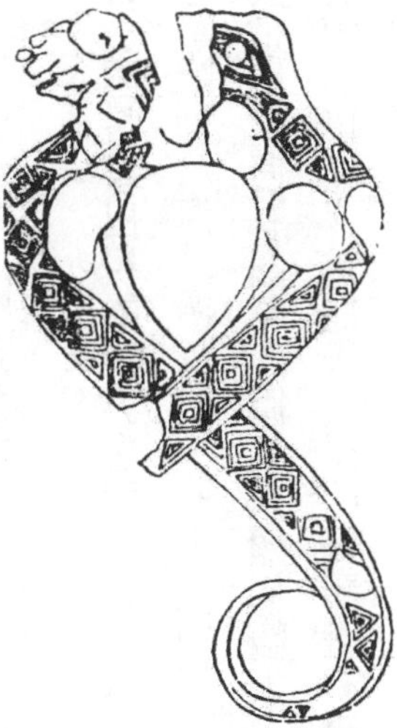

色淒慘。江湘一帶的居民將江上的風暴傳說成神君出遊，恐怕是較原始的水神型態。後來因堯帝的二個女兒，即舜的妃子——娥皇、女英，傳說溺死在沅、湘之間，民間將她們轉化為湘江的守護神。

《楚辭·九歌》中記述秋風吹拂著洞庭之波時，在江濱、江上有龍舟的祭儀，這種駕龍舟、祭水神的儀式，應該是水邊民族常見的儀禮，流傳的時間一定相當久遠。而舜妃的傳說使民間將這個儀式支持、合理化，更容易接受。所以，江湘民族的水神祭，與紀念湘妃的美麗傳說結合在一起，永遠安慰、滿足了洞庭湖鄰近的百姓與旅客。

五、四方之神——空間的神話

古中國最早出現的四方之神，應該以《山海經·海外經》所紀載的較接近樸素的面目。分別配列於海外南、西、北、東四經之末，作為每一方位的主神。「四方之神」的神話應該是與星辰有關的，原始人類仰觀天上的星象，依照肉眼所能辨認的星光顏色，發現了其中的奧秘。這些天文學的知識且有專門的天文世家來掌管，就是赫赫有名的羲和之官，他們的職責是「曆象日月星辰，敬授民時」，也就是掌管推算日月星辰的法象，羲氏、和氏的祖先就是重黎，也就是祝融。由掌管天文，變成方位的神；東方之神「重」、西方之神「該」，應該也是同樣的情形。而北方之神「禺彊」，據神話人物的譜系，是皇帝的孫子，也成為方位之神。

四方之神如何發展，配合了五行，這恐怕是鄒衍等一類陰陽五行專家出現前後的事。五行的名稱，是出自觀星知識更進步的時代，占星家所起用的術語。《漢書．藝文志》說：「五行者，五常之星氣也。」依照肉眼的觀察，占星家使用物質生活經驗來與星氣相比類，其色蒼者謂之木星、其色赤者謂之火星、其色白者謂之金星、其色黑者謂之水星，加上其色黃的土星。這種星象知識在五行家繁瑣的推理中，與五種物質元素：金、木、水、火、土相配合；又與原先的東、西、南、北、中的方位組合，就發展為另一形態的方位之神。鄒衍之徒設計了一種五帝德，將古代帝王配以一種德，直線發展的歷史變成一種圓道循環的歷史定律。原先的古帝也被分配了方位；每一方位各有一帝管轄，各有適合於方位的德。因此，四方之神就成為四位輔佐的臣了。中國的五行哲學後來發展成為一種繁複的思想模式，與日常生活密切關聯，幾乎各行各業的知識都能用這模式來組合，形成一種獨特的思考方式㉗。

因此，《山海經》保存的四方向的神話，是較為純樸的。在天文知識發展的初期，代表了北方大地上的子民，以星辰辨別方位的美麗的想像。下面依《山海經》原列次序，附加一些方位神話，形成了中國古老的「空間的神話」㉘。

蓐收 左耳有青蛇
乘兩龍面目
有毛虎爪執鉞
西方金神也
蓐收金
神白
毛虎
爪
珥蛇執鉞專
司無道立號
西阿恭行天討

南方之神為「祝融」，形狀像獸的身子，人的臉，乘著兩條龍。但也有人說，祝融應該是金蛇、火蛇的蛇形，跟閃電有關。在神的系譜上，祝融是顓頊的孫子，老童的兒子，名叫吳回，也叫黎，曾做過高辛氏的火正，就是掌火的官，死了以後就成為火官之神㉙。「祝融」掌火，具有光熱，明亮的性格，最先為廣大地區的人民所信仰，尤其是山東、河南一帶，原屬殷民族生活的地區。後來隨著部族的遷移；向湖北、湖南等地傳布，成為南方的方位之神。在五行中，南方屬於火，四季中屬於孟夏；顏色屬於紅，而象徵性的靈獸就是朱鳥——一隻紅色羽毛的靈禽，但都與光熱的性格有關。炎帝管轄南方，祝融就成為最得力的輔佐之臣了㉚。

西方之神為「蓐收」，形狀是人的臉，老

虎爪子，遍身白毛，左邊耳朵掛著一條蛇，手裡執著一把大板斧，身下跨著兩條龍㉛。（見前頁圖）祂是西方天帝少昊氏的兒子，名叫該，死後就成為全德之神。蓐收輔佐白帝少昊氏統轄西方——從流沙之西到三危之野的廣闊地區，負責察看落日的反照，又掌管天上的刑罰，所以也叫紅光。這是因為西方屬於金、和季節中的秋，常和蕭殺、蕭瑟的感覺有關。落日的悲壯情調、配合秋的季候，成為中國文學中的一種原型。至於顏色屬於白的配列，有「太白」星神的聯想，有「白虎」的靈獸象徵，在風水哲學中這可是一個該特別留意的方位，因為那是主殺啊！

北方之神為「禺彊」，他是一個人的臉，鳥的身子，耳朵上掛了兩條青蛇，腳上又踏了兩條青蛇的威猛天神。也有一種傳說，他長得渾身是黑，黑色身子，又黑手黑腳，騎著兩條龍㉜，能使喚海中大龜。在神話譜系上，禺彊是天帝黃帝的孫子，禺虢的兒子，叫做禺京，禺京也就是禺彊、禺彊。京與彊都有「大」的意思，祂是北方的巨人族的巨人。北方，在古中國人的實際經驗與想像世界裡，是一片充滿著冰冷、幽暗的恐怖世界，這片幽深的冰天雪地，幽深陰沉，成為幽都的所在，也就是幽冥地獄。從丁令之谷到積雪之野，長達一萬二千里的遼闊地區，為顓頊氏臣玄冥所統轄。玄冥就是黑暗幽冥之義，與幽都之國凡物盡黑相符合。玄冥就是禺彊，這位神的性格最為複雜，兼有黑色水神、海神、風神，以及太陰之神和大厲疫之鬼等，但都與神話中的幽冥地獄之王的性格相一致。這位天神能搧動著一對大翅膀，鼓起蓬蓬的猛烈無比的巨風，風裡帶著大量的疫癘與病毒，人當著這股癘風，就會生瘡害病，乃至於死亡。當他以海神出現時，能化身為陵魚或鯨魚，帶領著海中的黑蛇和黑龜，隨時使喚牠們。這位海神兼風神的禺彊，基本上是水神的分化，所以稱為水神。五行屬水，季節屬冬，顏色屬黑，這些陰溼、冰冷、黑暗的綜合，成為玄冥的性格，稱為孟冬之神，或幽冥地獄的神主，都是這個冰巨人的職官和祂的職司㉝。

東方之神為「勾芒」，祂長著人的臉，鳥的身子，臉是方敦敦的，穿一件白顏色的衣服，駕了兩條龍㉞。據說，祂是西方之帝少昊金天氏的兒子，名字叫做「重」，輔佐木德之帝，死後成為木官之神。「勾芒」就是春天草木生成，一種彎彎曲曲、初發芒芽的樣子，成為春天和生命的象徵。因芒即萌，季節的開始、植物的初生，代表春之發、生之長的神。《楚辭．九歌》中有少司命，就是一位為婦女所喜愛，保護幼艾，讓生命不斷成長、散發青春與活力的象徵。他幫助東方之帝伏羲共同管理著東方，那片自碣石東到日出榑木之野的濱海地區。東方屬於木，屬於春和青色，是一種掌管生命成長，賜人長壽的生命之神。而靈獸形象則是等待飛騰的蒼龍。

六、水災、旱災神話

農業社會的百姓，只有一個願望：「風調雨順，國泰民安」，農作物能有及時的雨、適量的雨，下種、成長，然後祈求收穫季的來臨，就是這樣單純的願望。以黃河流域為活動範圍，農民懼怕雨水太多造成河泛，但更怕的是旱魃，據說旱魃一來，黃土平原上就要變成千里赤地，餓莩遍野。這種痛苦就隨著歷史而俱來，百年以前，千年以前就有了。對於這種超自然的水災、旱災，古人並不是惡毒的詛咒，而是以寬容的敘述解說水、旱災的禍首是怎樣降臨？然後想利用一種超自然的法術禳祓。《山海經》中兩則水、旱災神話都與黃帝有關，原來這些災禍也與偉大的天帝有密切關係的。

㈠應龍神話

〈大荒東經〉說：大荒東北隅中有座山，名叫「凶犂土丘」，應龍就住在南端，很善於蓄水行雨。因此，黃帝與蚩尤交戰時，為了抵抗蚩尤所作大霧，就特別請應龍來助陣，大家通力合作，終於殺了蚩尤和夸父族的巨人。但從此以後，不能返回天上，只得長住地上。結果，天上缺少了應龍，不能興雲致雨，就常鬧旱災。應龍既不能回天上，只得跑到

南方，隱居在山谷密林中，南方之地多雨水，山林之地也多雨水，傳說就是因為應龍常駐在當地的緣故㉟。（見左圖）

應龍既然有積聚雨水的能力。因此，民間在碰到旱災，就模仿應龍的形狀，做了一隻土龍，舞蹈行雨。據說自然受了冥冥中的感應，常會得到大雨。這是一種典型的求雨術，基於交感巫術中的模仿原則，模仿善於降雨的應龍，冥冥中發生感應，而得到求雨的效果。

㈡旱魃神話

旱魃的神話也和黃帝有關，在〈大荒北經〉中說：遙遠的大荒之中，有一座係昆之山，山上有共工之臺，住著一個穿青色衣裾的女魃，據說是黃帝的女兒。蚩尤統領著南方部屬與黃帝作戰時，雖召請應龍準備在冀州的原野上猛攻，想利用應龍蓄水作雨的神通，來擊破蚩尤的大霧迷陣。沒想到蚩尤棋先一著，搬請了風伯、雨師，縱放起大風暴雨。黃帝無法只好命令女魃下來，

說也奇怪，女魃過處，風雨盡收，大霧之陣被破壞後，黃帝一方全力猛攻，終於把蚩尤一方殺得慘敗。

但是天女魃在破敵之後，就不能再回到天上，只好逗留在地上。從此以後，女魃所居留的地方，滴雨不下，旱雲千里，讓老百姓叫苦連天，稱為「旱魃」。這種苦狀，後來田祖叔均向黃帝報告，黃帝才下令把女魃安頓在赤水以北的地方，不使為虐於可憐的百姓。可是旱魃卻常逃出，到處漫遊，因此凡是旱災，大家都說是旱神女魃來了，要驅逐時，就先把水道開好，把溝渠挖通，然後作法術，命令說：「神啊！向北走。」祓除的儀式，正反映了農業社會懼怕旱災的心理㊱。

後世民間就流傳著「逐魃」、「打旱魃」的儀式。據說那種魃，高二、三尺，袒身露背，從不穿衣服，兩個眼睛長在頭頂上，走路是健步如飛，快捷如風。如果能驅逐魃，或設法捕捉，然後扔到沼澤中，就可去掉旱魃，解除旱災。這種逐魃儀式，為北方大地常見的現象，可見常有旱象，而農民也深為害怕。

附帶要說的，還有一個「旱鬼」，就是豐山的神耕父，張衡〈南都賦〉也提到這位怪神。〈中山經〉只說祂一出現「其國為敗」，而李善注《文選》卻明說是「旱鬼」，跟《詩經．大雅．雲漢篇》註「魃」是「旱鬼」，同樣是旱災的製造者。

第三節　山嶽信仰和樂園神話

一、昆侖樂園

世界上每一民族都有樂園神話，樂園的存在與嚮往是每一民族共同的夢境，表現了集體潛意識中隱蔽的理想與願望。因為神話是一種巧妙的文化產物，與產生文化的生存環境有密切關係，所以分析了解各個民族的樂園神話，都可了解那些符號所象徵的意義——不管是語言象徵的神話，或行動象徵的儀式。譬如信奉回教的阿拉伯民族，在多沙漠而少雨水的游牧生活方式中，他們視有水草的綠洲或多水的花園為天堂樂土。穆罕默德所執的《可蘭經》所描述的天堂：

「忠實信徒將來所有之天堂為有河灌溉之地，食物永遠豐富，樹蔭永遠各地皆有，此為敬畏上帝者之賞品。唯不信上帝者，其賞品則為地獄火也。」

「畏上帝者將來居於花園內，有眾泉環繞之。」

「上帝將引導信上帝者及行為合正義者，入有溪河流行之花園中。」

常有流水樹蔭及水果，成為阿拉伯人宗教中的樂園，而地獄則為炎熱、乾旱的地方。而古猶太人生活於農村及游牧社會中，常有四境的沙漠部落前來劫掠，缺乏一種安全感。所以猶太作家常想像天堂為一有圍牆的城市，具有珍珠門及黃金街——因為有城牆之都成為平安的避難所，為一種安定、和平的符號。至於遠在美洲的印地安人因有長久的射獵生活，獵物為生活條件所必需，因此就嚮往一座天堂：風微微地吹、雨適時地落，而有豐繁禽獸的大獸場㊲。中國人自然也有樂園的夢境，在苛政、戰亂與天災的肆虐下，嚮往一個個人的長壽永生與社會的和諧安樂的樂土。「適彼樂土」——樂土為人類最原始、最豐盈的象徵，為古中國人集體潛意識的共同願望，那就是昆侖樂園。

《山海經》的海外南、西、北、東四經中，都設計了各方位的聖山，其中以西方的昆侖為聖山中的聖山，這個西方樂園的中心系統與東方海島的蓬萊仙山系統，為中國古代的神仙樂園。但昆侖神話卻要複雜而疑難重重，歷來學者聚訟紛紜：像真實昆侖與神話昆侖的區別？昆侖是否為西亞傳播到中土的？昆侖在古代歷史中古老到何時？是否與古代民族的遷徙有關？這些問題都使得昆侖樂園更像縹緲在雲霧中，迷人而不易真切清晰。

首先要知道的，昆侖樂園的神話，與宗教儀式有關。據奧國人類學家施密特（W. Schmidt）說，北極、北美原始文化區保留一種「薩滿信仰」（shamanism），「薩滿」二字的語源源自通古斯語，像滿州、蒙古等語言中都保存了類似的發音，其實就是中國古籍中的「巫」或「覡」。德古魯（De Groot）曾說：「在邃古，或者甚至在時間的長夜裡，泛靈論的宗教就已經在中國誕生。這種宗教可能有一種教士制度，即是說，某些男女可與精靈世界發生關係，而這能力為其他人所無。由古籍研究結果，我們可以得到一個結論：不管如何，這些教士一定是巫。」㊳巫的能力有以藥物、或降神法醫療、預知吉凶指示命運的超感覺、能以舞蹈媚神樂神，又能傳達天意，往來於人神之間。巫的特殊見神能力，使這群神職人員成為人神之間的媒介，稱為靈媒。當然，神話中說他能上下于天，其實只是經由集中精神的訓練後，進入幻覺狀態，神遊於幻境之中，為一種神秘的宗教體驗。

巫師因他的見神能力，成為一種傳達天意的神人，在古代神權極盛時代，巫的權威自然極大，有時甚至是王——或王兼有巫師集團的領袖身分，也就是神權、教權合一，為政治之王、也是宗教之王，神話中的黃帝實具有巫王的身分，後來王權逐漸超過或擅用教權之後，巫師的地位才降而為王權政治的宗教性助手，或政府裡的職官，殷商為巫教文化仍是盛行的時代，古籍或甲骨中都記載一些稱為「阿衡」的巫咸之長：像伊尹、巫咸等。巫師威權盛大的時期，巫王要親自祭祀天帝、或請祖先為「賓」代達祝禱之意——稱為賓祭，或由巫師幫忙舉行祭天大典，這種隆重的謝天、禱天的典禮就在昆侖舉行。

昆侖，就是圓，就是天，是天柱，一支圓形的天柱。在薩滿的宇宙觀中位居大地的中央，往上就可通達天的中央，就是北辰——北辰信仰為北方大地的重要星辰信仰，屬於天空的中央，稱為「北極」——極就是中，北極即為天的中央，對應於北極的就是昆侖。在北半球，北辰為一明亮的星座，為廣大草原上的游牧民族，指示方向。因此有鉤星、天柱等名稱，對應於北辰的山即為聖山，為天柱、圓柱，這座世界大山成為神話中升天必經的通路，而在儀式中也成為舉行郊天的典禮。

神話中的昆侖成為豐美的樂園，而樂園中的帝王就是黃帝，學者說軒轅氏的軒轅，與昆侖音同，軒轅之丘也就是昆侖之丘，軒轅為人名，也是丘名、國名，這是遵守圖騰變化律的發展㊴。《山海經》的昆侖與黃帝有密切關係，為天帝在下界的帝都，也是黃帝祭天的聖山。山經只說昆侖之丘，是天帝下方的帝都，也是遊樂的行宮，由天神陸吾負責管理，這個人臉虎身而有九尾的神也兼管天上九大部州；又有火紅的鶉鳥管理天帝的宮殿中的器具、服御之物等。另外不遠的槐江之山，就是天帝下方的花園，稱為懸圃、平圃或元圃，為上升天堂的必經之路。由人臉馬身虎文而長有翅膀的招英負責管理。但是〈海內西經〉的敘述就要具體而神秘：

「海內的昆侖之墟是在西北方，也就是天帝在下界人間的帝都城。昆侖山的虛基，方圓八百里，高約萬仞，其中有座莊嚴華美的九層都城。山上生長著一種長五丈、大五圍的稻子。正面有九口井，四周圍繞著玉石欄杆，正面又有九扇門，門前各有威風凜凜的『開

明獸』守護著，這就是百神棲息的所在。位在八隅之間，赤水岸上。要不是仁德如羿，誰也無法攀登這座山上的岡嶺巉巖。」㊵

這座崑侖山頂的景象，都是些樂園中的靈禽異獸，又長著些神秘植物，應有盡有，神奇而美。其中的開明獸據說是這種造型：

「崑侖山上的開明獸，身形高大，像老虎，共有九頭，都是人的臉形，向著東方蹲踞著。」㊶（見左圖）

這種造型，蘇雪林認為就是西亞的人面獅身像，當然，崑侖也要搬到西亞。只是遠古時期，荒忽難知，也很難說〈海內西經〉會到達哪裡？

崑侖山上以五城十二樓的宮殿為中心，四邊環繞著的也都是一些神聖事物：

「開明獸的西方，有鳳鳥、鸞鳥，頭上戴著蛇，腳下踏著蛇，胸脯上還掛著紅蛇。」

「開明獸的北方，有視肉、珠樹、出五彩玉的文玉樹、樹上長滿珍珠般美玉的琅玕

樹，又有一種不死樹——吃了這樹上的果子，就可以長生不死。又有鳳凰和鸞鳥，頭上都戴著盾。又有一種清芬而甘美的水泉，叫做甘水，也叫醴泉。四周長著各種奇花異木：像高大的木禾、果子吃了讓人聰慧的聖木，以及柏樹等。」

「開明獸的東方，聚集了一群神巫採不死之藥在救窫窳，又有一服常樹——沙棠樹，和琅玕樹，琅玕樹上生長著珍珠般的美玉，極其珍貴。黃帝特別派了一個眼睛明亮、長著三個腦袋的離朱去看守。離朱的三個腦袋輪流睡覺，輪流醒來，不分晝夜地注視著琅玕樹和琅玕子，誰也休想得到一枝半子。」

「開明獸的南方，有一種絳樹，樹木都整齊有序地列生於表池（華池）的岸旁；附近又產有四腳蛟龍、蝮蛇、蜼、豹；和鵃鳥、鶥鳥等禽鳥，又有一種六頭鳥。此外還有奇特的視肉。」㊷

由這些神聖景物所襯托出來的昆侖景象，烘托出那座九重增城，聳峙在一萬一千里以上的半空中。四周圍又包圍著弱水之淵，環繞著炎火之山，再加上開明獸守護著。據說那位豹尾虎齒、亂髮上戴了玉勝的西王母也駐守山上，負責管理不死之藥㊸，〈大荒西經〉就說：

「西海之南，流沙之濱，赤水之後，黑水之前，有大山，名曰崑崙之丘。有神，人面虎身，有文有尾，皆白，處之。其下有弱水之淵，環之，其外有炎火之山，投物輒然。有人戴勝，虎齒，有豹尾，穴處，名曰西王母，此山萬物盡有。」（〈大荒西經〉）

既然昆侖仙境是這樣的神秘，要通過水火的考驗才能上去，確實是非常人所能辦得到，大概只有仁者后羿曾通過，向西王母求過不死之藥。

屈原〈離騷〉一篇，借用昆侖神話敘述自己的升天情境，他第二次以盛壯的儀禮，遠征昆侖，一層又過一層，將要升上光明的天堂前，「奏〈九歌〉而舞韶兮，聊假日以媮樂。」在升天儀禮中演奏〈九歌〉、舞樂〈九韶〉，完全是模仿古帝王祭天、升天的禮節。古帝王中伏羲曾經建木登天，也就是行登天祭天儀禮時，以聖木為儀式之物；黃帝自然是昆侖之丘的主祭者，而他的曾孫顓頊做了一件「絕地天通」的大事：

「顓頊生老童，老童生重及黎，帝令重獻上天，令黎卬下地。下地是生噎，處於西極，以行日月星辰之行次。」（〈大荒西經〉）

重黎，有些學者認為是一人的分化，本為祝融圖騰之一，由圖騰變為天，變為司天之神，乃係圖騰變化的通例。重黎的原始音應該是重格黎——意思就是天，與匈奴語謂天為撐梨，原只係一字的分化。「絕地天通」的事，指原始人的誕生由於圖騰的下降自天，而人之卒也由於圖騰之由地返於天上，這時人沒有個性，都是圖騰的分化——這就是可以自由來往天地的神話化；後來人漸趨向個性化，祖先也趨向個性化，因此圖騰團團員不再都是圖騰所降生，而只有始祖是圖騰所生，而團員順序與始祖有關係，而間接與圖騰有關，這種圖騰不再降下地，團員不能再上天，就是絕地天通[44]，這是從圖騰觀點的解釋。其實重黎絕地天通的神話，應該是象徵古代宗教權的統一：顓頊氏為古巫王的重要人物；〈大荒西經〉說他「死即復蘇」，為神通廣大的巫。《國語．楚語》中，楚昭王問觀射父「絕地天通」的神話，觀射父的回答透露出來實情：在少皞氏時期，原有較嚴格分明的巫祝制度，只有巫覡等神職人員能夠祭天，代傳天意；但到了末年，人民都要自己作巫史，說可以與神交通，結果威脅到統治階級無法壟斷對神權的控制。因此顓頊派了祭天祀地的專職人員重、黎，恢復嚴格的巫祝制度，通過巫祝，利用神權，鞏固統治集團的既得地位。因為古代神權時代，王權、神權合一，行使統治政策，對於民眾的思想與精神心理能有效地控制。禁絕人民祭天之權後，顓頊擁有祭天，代傳天意的絕對威權[45]。《呂氏春秋．古樂篇》說他命令樂官飛龍作〈承雲之歌〉就是為了祭天。

《山海經》另一重要天帝就是帝俊、帝嚳、帝舜，原為一神的分化，也有作樂祭天的神話，《呂氏春秋》也說帝嚳命樂師咸黑，創作〈九招〉、〈六英〉、〈六列〉諸樂曲，祭祀天帝；《呂氏春秋》也說帝舜命令樂官質修訂〈九招〉、〈六英〉、〈六列〉，「以明帝德」，就是祭告天神的天樂。因此夏啟才有得〈九辯〉與〈九歌〉的傳說，他在夏禹死後，經歷八、九年的王位繼承權的征戰，最後擁有天下，因此特別到西方之野去祭天，這片「西南海之外，赤水之南，流沙之西」的天穆之野，就是昆侖山彙的「高二千仞」的聖山，他打扮的形象是「珥兩青蛇，乘兩龍」，象徵實行兩部制，統一天下，因此「始歌〈九招〉」——就是〈九韶〉，以祭告天神㊻。祭儀進行的情形，〈海外西經〉敘述較詳細：

「大樂之野為高達一萬六千尺的高原。據說夏后氏曾經在這裡吩咐歌童舞女手裡拿著舞具，跳著變化多姿的〈九代〉舞。他本人便乘坐在兩條龍駕御、車蓋飾著三重浮雲的華麗車子上，左手持著張開的羽葆幢，右手握著白玉環，意態閒雅地欣賞。大樂之野就在大運山的北方，也有人稱為大遺之野」。㊼

〈大荒西經〉說是「上三嬪于天」、〈天問〉說：「啟棘賓商」，賓在甲骨文中屬於祭祀天帝、天帝的祭名，就是請祖先為帝之「賓」而受祭，也就是說祭祀祖先，同時也祭祀天帝

㊽。夏啟歷經長久的奮戰，才獲得帝位，故要祭告禹王、祭告天神。這種祭天，在昆侖山附近舉行，自然是因為這座山最接近天帝，這就是昆侖神話的儀式性意義。

當然，輿內名山，後來也不限於昆侖，只要境內較高的山都可升天，譬如：

「流沙之東，黑水之間，有山，名不死之山。華山，青水之東，有山，名曰肇山，有人，名曰柏高，柏高上下于此，至于天。」（〈海內經〉）

肇山也是不死之山，成為升天的聖山。而柏高大概也是神巫，後來舉行的升天儀禮，也兼具祭告天帝、祈求降福、企望不死等多重意義，秦始皇、漢武帝的封禪泰山，就是昆侖祭儀的遺意。至於封禪的明堂建築，在中國也保留了一些遺跡，與觀察星象也有關係，據說「京」為殷商時代的高層建築，據地下考古文物的挖掘，夏朝也有「京」的遺址，在長遠的時代裡確有這種儀式性的建築，作為郊天之用。一些相信西亞文化傳播論學者，也曾比較中國的封禪與兩河流域的昆侖文化，認為西亞的「吉古拉」塔（Zikkurat）為較古的原型。只是遠古文化還沒有許多考古文物的發現，作進一步的證明，這只是一種推測而已。

二、蓬萊仙境

東方海上的仙山神話，為燕、齊諸濱海民族的另一系統的樂園神話，屬於海洋民族的共通的、普遍的意識的反映：濱海地區常常往來海上，對於瑰麗、變化的海洋充滿著冥思的誘惑；又加上自然現象中所呈現的日光折射，形成海市蜃樓的幻影，綜合了對海洋神秘性的信仰，而產生樂園的神話。

《山海經》多記昆侖仙山，而較少紀錄東方系統的蓬萊仙島，有人認為後者較為後起，甚至受到昆侖神話的影響。其實，西方民族有希求樂園的願望，東方民族何嘗沒有一種不死的夢境呢？只是被紀錄較遲，要到戰國晚期才流行，而有《莊子》（應該還有更早的《列子》）的藐姑射之山的仙真神話，因為莊子為殷商後裔，又活動於濱海地域，因此，熟悉巫教文化，寓言中所使用材料也與原始的神話有密切關係；至於《史記》中的〈封禪書〉，描述秦皇、漢武熱中於方士口中的海上仙山，就更具體化。海島系統的神話也有些組合的要素；首先就是歸墟大壑，為一深藏神秘之美的大海；其次為仙山是三座或五座，由五座變成三座的神話性解說㊾。《山海經》只簡略地提到歸墟大壑：

「東海之外遙遠的地方，有一個大壑。這個叫『歸墟』的深壑，深得沒有底，卻是五神山的所在。金天氏少昊就在這裡建國，是一個鳥圖騰的部族。據說幼小的顓頊曾一度到這個國度，受他的叔父少昊的教育，也幫著治理國政，學習作領導者的才能。少昊氏寵愛這個聰明的姪兒，製作了琴瑟，供他娛樂。待顓頊長大回去，少昊便把琴瑟丟在大壑裡。因此大壑深處，波濤湧動，就會傳出一陣陣悠揚悅耳的琴瑟聲音，美妙極了。國內又有一座甘山，『甘水』從這裡發源，流水積聚，成為一處淵渚，就叫甘淵。」㊿

從這段大壑傳說的敘述考察，還是沒有仙山的痕跡，只保存了有個叫大壑的傳說的片段。至於仙山，只有〈海內北經〉的兩行記載，珍貴地留下蓬萊山的一些影子：

「蓬萊山在海中。」

「大人之市在海中。」

據《史記》說蓬萊山是東方海上的一座仙山，山上有黃金打造的宮殿，白玉築成的欄杆，飛禽走獸都是素白的顏色，到處遍生著珍珠和美玉的樹，所結的果子也是珍珠、美玉似的仙果。神仙棲居在這裡，穿著純白的衣裳，飲著甘泉，吃著仙果，能自由自在地飛翔。這些縹緲的仙山浮現在縹緲的雲霧中，行船的人遠遠地看見，就拚命地划，看看要划近了，抬頭又那麼遙遠，只是飄忽的影子倒映在水中；倒是海上捕魚的，偶然給風吹到仙山的近旁，殷勤地被招待一番，然後又被送回。這些美麗的神話，飄忽而又動人，它永遠流傳下去，滿足一種隱微的不死的願望，這本身就是一個縹緲的夢境。

三、南、北、東的聖山

《山海經》描述了一些聖山，尤其集中在海內、外經和荒經中，也是整齊地分布在南、西、北、東的四個方位。聖山崇拜為典型的山嶽信仰，具有濃厚的神靈性，乃聖王死後英靈憑依之所，成為各部族崇拜的聖所。〈海外南經〉前的小序說：「神靈所生，其物異形。」聖山之上成為神聖處所，古人相信會產生一些較具靈異性的動物、植物；同時，聖山成為禁忌之地，附近往往禁止砍伐，自然形成一片樹林，這就是聖林，聖林中所栽植成長的樹常是聖木。這種神聖性的山林，是原始民族都有的普遍性宗教意識，它常是族中的聖地，為宗教崇拜儀式舉行的場所。《山海經》中西方的昆侖崇拜外，其他各方還有些有趣味的山林。

〈海外南經〉、〈大荒南經〉都記載著同一座聖山——狄山，也叫湯山、岳山，林木蓊嚳，汜濫衍布達三百里之廣。帝堯埋葬在山的南麓、帝嚳在北麓（帝舜也有），連較晚的文王也有當地土人所建的紀念塚在山上。山上生產許多靈禽異獸：獸類像熊、羆，富於文彩的雕虎、獮猴類的蜼以及豹子；鳥類像鷹，又叫離朱、離俞的赤鳥、鴟鸛屬的鴟久；樹木則生長一種朱木，紅色樹枝，青色花朵，也結紅色果子；較特殊的是延維與視肉，常出現在名山勝水和帝王陵墓。延維為神性的長蛇，視肉為一種奇特的生物，沒有四肢百骸，只是一堆肉，形狀有點像牛肝，卻在當中長了一對長眼睛。這種怪物卻是最美妙的食品，據說牠的肉總是吃不完，吃了一塊，又長一塊，永遠是那個樣子。另外還有一種叫吁咽、或虖交的奇特東西，也不知是何物㊿51。

又有一座蓋楢之山，山上生長一種甘櫨：樹枝、樹幹都是紅色，黃色葉子、白色花朵、黑色果實。東邊又有甘華：樹枝、樹幹都是紅色，葉子黃色。又有青馬、赤馬——名叫三騅。還有神奇的視肉。附近又有南類之山：產有遺玉、青馬、三騅、視肉，還有甘華，為百穀聚生的地方。這些都是大荒之南的奇山52。

大荒之南的另一座帝王陵墓性質的聖地，就是蒼梧之山，和蒼梧之野。〈大荒南經〉說有一座阿山，在南海之中；有一座汜天之山，赤水就流注到這裡。赤水的東方，是一片蒼梧之野，蒼梧之山就在蒼梧之野中，也叫九疑山，為九座山形相似的山峰，所以叫做九疑。據說帝舜巡狩到南方，中途死了。百姓感念恩德，就把舜的尸骨，用瓦棺裝斂，埋葬在九疑山的南麓，另一位叔均也葬在這裡；而〈海內南經〉說帝丹朱就葬在山的北麓——丹朱相傳為帝堯的兒子（沒即位）。這裡出產各種奇禽異獸，像文貝、離俞、鴟久、鷹賈、委維，還有熊、羆、老虎、豹子、野狼，和視肉等[53]。

北方有一座聖山——〈大荒北經〉說是附禺之山、〈海外北經〉說是務隅之山、〈海內東經〉說是鮒魚之山，為漢水發源地，其實都同指一山。在東北海之外、河水之間，據說北方大帝顓頊就葬在山的南麓、九位嬪妃埋葬在北麓，由四條神蛇護衛著。這裡生產禽鳥：鴟久、文貝、離俞、鸞鳥、鳳鳥、青鳥、琅鳥、玄鳥、黃鳥等；獸類有虎、豹、熊、羆、以及黃蛇、視肉，又有璿瑰、瑤碧等美玉，全屬於方圓三百里的衛丘山南的神聖事物[54]。

〈海外北經〉還載有一座平丘，也叫華丘，原是兩座山中間夾著一道上谷，為一座寬闊的谿谷，二座大丘陵就突出在谷中，所以叫做平丘。這裡出產遺玉、青馬、視肉，以及甘櫨，和類似的甘華——紅色枝幹、黃色花朵，林中百果生長。

東方的聖山，〈大荒東經〉沒說山名，只說在東北海外，〈海外東經〉說是蹉丘——這山邱產有遺玉、青馬、視肉，還生長著楊樹、柳樹，以及甘櫨、甘華等珍異樹木，百果就生產於林中。在東海之中，有兩座山，夾著這一座又叫嗟丘的丘陵，丘陵上就長滿了這些奇特的樹。也有說百果所在的地方，在帝堯所葬狄山的東方[55]。

聖林的記載常與聖山相關聯，屬於聖地崇拜，其中常有聖木：〈海外南經〉說狄山旁有范林，方圓三百里。〈海外北經〉說的范林，也方三百里，在務隅之山，因為〈大荒北經〉就直接記載是「丘方員三千里」，另外丘南有帝俊竹林，為高大的竹子，可剖開作船，據說竹實為鳳凰所食，鳳凰正是帝俊的神鳥[56]。海外北方另有一座「鄧林」，據說是二樹木所繁殖形成的。其實就是〈中山經〉所說的桃林，也是廣圓三百里。現在稱作秦山的夸父之山，北山為桃林寨，周初曾為放野馬、牛的地方，為傳說中夸父所拋棄的蛇杖化成的。類似的聖林崇拜，還有〈海內東經〉的「桂林八樹」，由八株樹所長成，也是古代樹木崇拜的遺跡[57]。

第四節　動、植物變化神話

原始人類對於生命的觀照方式，是基於循環變化的原則，形成一種莊嚴的生命觀。循環，是初民仰觀俯察於天地之間，驚詫於四季往復、晝夜交替，而動植飛潛順應宇宙無形的週期，形成一種週而復始的「圓道循環」（cycle），它的原型結構是這樣的：

出生（birth）——死亡（death）——再生（rebirth）

如果畫成圖形應該是一種連續不已的圓形。「植物世界」（vegetable world）的循環為人類生活所取資，引起集體的關注；而「人類世界」（human world）反關繫整個群族的世命的生生不息，表現在宗教儀式中就是「神祇世界」（divine world），表演神祇的受難、復活。古中國人的年中行事有些就是象徵一年循環的祭儀，這種「永劫回歸」的觀念，象徵宇宙生命的承續不絕，為一種圓道的週期循環。

生命的承續又依照什麼方式生長不息？古中國人有兩種基本概念，一種是生產，一種是變化：生產為生命表現的正常運作方式，指同一種類使用同一形體產生另一生命，《周禮．大宗伯》注：「生其種曰產」，而《說文解字》解說「產」這個字——「从生，產省聲。」就是基於同種同類賡續生命的一種生命觀；變化則為生命表現的另一種變通方式，乃是不同種類相互變化的生命形態。《說文解字》說「變，更也，从支䜌聲」，而䜌字，解為「亂也，一曰治也，一曰不絕也，从言絲。」變有更改、賡續不絕的涵意；而化「教化也，从匕人。匕，變也。」匕才是本字，《說文解字》中屬於變體象形一類；「从倒人，人而倒變，匕之意。」什麼是「人而倒變」，就是人由少化成老，指同一形體的變化，《荀子》說是「異狀而同所者」（〈正名篇〉）《墨子》說：「化，徵易也。」（〈經上〉）又說「化，如龜之為鶉。」（〈經說〉）因此，「變化」觀念的形成，表現為生命的另一種型態，像龜化為鶉、雀化為蛤，腐草化為螢，為古人素樸的觀物方式，屬於一種錯誤的生物觀察，這是「擬科學」（pseudo-science）時代常見的現象；又基於類似的經驗，原始人產生一種對生命的信仰，生命為充滿著生氣的宇宙的具現，這生氣附著於任何物就吹進了生命，而它又變化，生氣聚聚散散，生命也變變化化，形成紛紜、森羅的萬象。他們將生命視為一種不斷而連續的整體，不同生命領域，不同類別的生命，並非是固定、不變的形狀，在特殊的機緣中，這一事物突然變化，成為另一事物。這種機緣諸如無辜的夭亡、神通的表現以及宗教性的崇拜等，成為《山海經》中的「變化神話」。

《山海經》的動、植物的生命，不外這兩類，尤其利用變化律（law of metamorphosis），屬於一種解說性神話，以莊嚴、肅穆的態度對待宇宙間奇特的生命狀態，成為原始的「變化神話」[58]。

一、禽鳥神話

㈠鳳凰神話

神話世界中的靈禽，鳳凰，最是神秘而美。這種神鳥似乎飛翔於整個中國人的想像的天空中，無論東西，或者南北，都流傳鳳凰神話。因此，鳳凰不只是實物中的一種美麗的鳥類，而是宗教信仰中所崇拜的圖騰，更提升為一種神秘性的和諧、安樂與完美的象徵。

古人創造靈禽、靈獸，多少有取象的依據。他們表現在實物的，像磚、瓦、石刻以及銅器上的圖像，另外殷商契文上較簡易的文字形體，形體繁多，造型美觀。據專家的研究，鳳凰的原始造型應該是以雉類為主。動物學中的雉約有十六種，但是從雉的外形，尤其依據鳥冠、尾部和身上的花紋等作分類，可分成三種類型：

孔雀型：鳥冠是一束細毛組成，直立頭上，上寬下收，像一把扇子。尾部有雀屏，長長的屏，約與身體相等，由許多長短不一的翎羽合成。收合起來時拖在身體尾端，像煞一串串的翎眼。孔雀開屏轉著身子，最為美麗。

山雉型：鳥冠是一束羽毛向後倒放，尾部也有些長屏，但較孔雀窄些；羽上沒有翎眼，而有橫斑紋。

雞型：鳥冠像公雞、短而向後倒。尾也像公雞，有些扁形如扇。

商周器物，所畫的取象於孔雀型——孔雀或火背鳥，特色在華麗的鳥冠、扇狀的長尾和身上的花紋。商末西周漸轉變為雉型，東漢以後成為混合型，乃是加上想像力，和靈異思想的綜合圖像。《山海經》所紀錄的鳳凰群像，有些是真實禽鳥的描述；有些是依據圖像的陳述；更多的是歷經傳聞後的神話中的靈禽形象。但大概鳳凰只是總稱，其實並不指同一類型，〈大荒西經〉說：「有五彩鳥，三名：一曰皇鳥、一曰鸞鳥、一曰鳳鳥。」細分有鸞、鳳等不同，就好像太史令蔡衡所說像鳳的有五種：多赤色羽毛的為鳳、多青色的為鸞、多黃色的為鵷雛、多紫色的為鸑鷟、多白色的為鵠，古人統稱為鳳，其實都是雉類[59]。

《山海經》所記載的古代鳳凰的形狀：

「丹穴之山，有鳥焉，其狀如雞，五采而文，名曰鳳皇。首文曰德、翼文曰義、背文

曰禮、膺文曰仁、腹文曰信。是鳥也，飲食自然，自歌自舞，見則天下安寧。」（〈南山經〉）

「女牀之山，有鳥焉，其狀如翟，而五采文，名曰鸞鳥，見則天下安寧。」（〈西山經〉）

南方像雞的鳳皇，應該是孔雀型，〈西山經〉的鸞，可能是長尾雉，同樣具有華麗的羽毛，鸞鳥或者近於馬來亞的大Argusianus，會發出高鳴。而雉鳥、尤其是孔雀會張翅、開屏，轉圈而舞，所以會有自歌自舞的傳說。至於它們象徵的美德，及所帶來的徵兆，應與神話中的神鳥性有關，因為〈海內經〉也有類似的記載，強調鳳鳥的身上花紋，具有五德。另有一種鷖鳥，也是五彩鳥，飛翔天空時，能掩蔽一鄉的天空，也是鳳凰的一種[60]。

鳳凰為神鳥，而且與天帝俊、舜有密切關係。東方的殷商民族本是鳥圖騰區，鳳凰為鳥中之王，為帝王的象徵，自然為帝王祭壇的守護者。〈大荒東經〉說溫源谷附近：有一些羽毛美麗的五彩鳥，面對面，蹁躚地婆娑起舞。帝俊常從天上下來和彩鳥為友，因為帝俊下界的兩座壇，就是五彩鳥在擔任守護[61]。帝俊以鳳鳥為圖騰，還有〈大荒南經〉的帝舜（也就是帝俊），在俊壇附近，有載民之國，就是帝舜的後裔，國中也有歌舞之鳥——

「鸞鳥自歌，鳳鳥自舞」，也保持著祭祀神鳥的信仰。

鳳凰的出現為祥和的徵兆，因此，肥沃的樂土自然會有這種吉祥之鳥。《山海經》有樂園神鳥的神話：

「（軒轅之丘附近）此諸沃之野，鸞鳥自歌，鳳鳥自舞，鳳皇卵，民食之；甘露，民飲之，所欲自從也。百獸相與群居。」（〈海外西經〉）

「有都廣之野，后稷葬焉。爰有膏菽、膏稻、膏黍、膏稷，百穀自生，冬夏播琴，鸞鳥自歌，鳳鳥自儛，靈壽實華，草木所聚，爰有百獸，相群爰處。」（〈海內經〉）

諸沃之野、都廣之野以及载民之國，都近於人間樂園。因此神鳥鳳凰降臨呈瑞，它曼妙的舞姿，愉悅的鳴聲，勾劃出極樂世界的祥和氣象[62]。難怪古代帝王一早以鳳凰為國鳥：周代帝王以紫色鳳（鸑鷟）為象徵，而漢代帝王則尊奉赤色鳳（丹鳳），希望這種神奇的神鳥能帶來祥瑞：穀物自然成長，百獸和平相處，聖人應世降生。遠古時代，既有太皞的風姓，又有少皞紀於鳥氏，那麼，神鳥自然可成為國家的祥瑞了。

㈡其他禽鳥

鳳凰之外，還有三種較特殊的禽鳥值得注意，一種是看守仙藥的黃鳥。

「有一座榮山，滎水從這裡發源。黑水的南方，有一種凶猛的大黑蛇，能把極大的鹿囫圇吞下去。附近又有一座山，叫巫山，天帝的仙藥據說有八劑存放在神巫之山裡。一種黃顏色的小鳥住在山的西部，常在山上飛來飛去，看管這些仙藥，並且兼照管滎山的那些大黑蛇。」㊸

黃鳥為古傳說與生命有關的神秘鳥，由它看管仙藥很適合牠的身分。

其次為傳說中的比翼鳥，生產在海外的南山的東方，成為愛情的象徵（另外〈大荒西經〉也有）：

「這種鳥，形狀像野鴨，羽毛的顏色是青中帶紅，只有一隻翅膀一隻眼睛，定要兩隻鳥合起來，並翅而飛，才能夠自由自在地往來天空中。」㊹

後來民間傳為恩愛夫妻的象徵，白居易就寫過名句：「在天願作比翼鳥」（〈長恨歌〉）。成為一種具有浪漫性格的愛情鳥，為愛情永不渝改的象徵。

又有一種畢方鳥，就不會帶來吉祥，而是預示火災的凶鳥。除〈西山經〉敘述外，〈海外西經〉也有：

「青水西邊有種畢方鳥，形狀像鶴，人的臉、白色的鳥嘴、青色身子、紅色斑紋，只有一隻腳，鳴叫的聲音就是畢方—畢方的。」㊅

另外〈大荒西經〉也有一些凶徵之鳥，為亡國的徵兆㊆。

㈢精衛神話

精衛鳥又叫誓鳥、或志鳥，又叫冤禽，而東海海岸附近，民間習稱牠為「帝女雀」——據說是炎帝的女兒的亡魂所化生的一種海鳥。

原來發鳩之山上有一種鳥，形狀有一點像烏鴉，而花腦袋、白嘴殼、紅腳爪，會發出「精衛—精衛」地鳴聲，就叫做「精衛鳥」。原是炎帝的小女兒，名叫女娃，有一次到東海上遊玩，忽然海上起了暴風，她就溺死了，永不再回來。這一縷冤魂很不甘心，就化身為精衛鳥，她悲悼自己年輕的生命讓不測的風暴給毀滅了，就發誓不喝這裡的水，同時立志，每天用口銜了西山的小石子、小樹枝投到東海裡，想要把大海填平。

或許「精衛填海」的神話只是海邊民族一則悲壯的神話，精衛鳥扮演的就是荒謬的角色，以海鳥的渺小、木石的細微，對比著海濤的洶湧、東海的浩瀚，這是一種極具震撼性的悲劇感。因此，神話的本身，並不在乎精衛能否填平東海的這一事實，而其意義，完全表現一種持續不絕的意志力，叫做「志鳥」的旨趣在此。透過一隻渺小的生物，顯示牠對命運的叛逆，對死亡的憎惡，以及對生命的熱愛，使一件看似毫無成就的事情，迸射出一種莊嚴的意義。陶淵明〈讀山海經〉詩說：「精衛銜微木，將以填滄海」，就不是兩句敘述的詩句，而是一種心靈受感動後的讚美。在人類所遭遇的情境中，死亡是一種冷酷的事實，無窮無盡的時間與空間之中，而人卻被限制在一個狹小的宇宙裡，因此要求超越時間、空間的呼喚，它的回聲裊裊不絕。它使純樸的海濱人們在傳誦精衛的傳說時，體會到生命從未面臨過所謂不可能的窘境；也使身在憂患中的五柳先生深深感受到生命是永無止境的，只要仍然有一個誓願，有一種意志，堅持下去、清醒地堅持下去，這就是生命的本質。神話的效用就是給想像力賦予生命，也許原先只是東海邊上所常見的海鳥口銜樹枝的景象，附麗在女娃溺海而死的傳說之上，經歷長遠的時間，就糅合了多少海濱民族的想像力。我們可以在想像中，看見一隻逆風飛翔的海鳥，銜著小樹枝，投入波濤洶湧的大海中，一陣猛浪，樹枝已被捲走。然而那隻鳥發出精衛——精衛的聲音，又掙扎著飛向西山，堅決地飛著，以彎曲而果斷的翅膀。

二、動物神話

(一)龜與龍的神話

四獸為中國人傳說中的靈獸，為吉瑞的象徵，因為牠們都是居於各種獸類中的最崇高者：鳳凰為羽蟲之精、龍為鱗蟲之精、麒麟為毛蟲之精、龜為介蟲之精。漢代銅鏡中有一種四獸鏡，將這些靈物融鑄在一起，配合了方位，給予適合方位性格的一種美名，作為祈求吉祥的裝飾物，也是避邪的巫術物。

《山海經》中，除了鳳凰特意描摹之外，其他諸靈物中少有紀錄像麒麟、龜，而出現極多的龍，卻少有描摹形象的。龜因它的長壽，成為長生的象徵，古人依據模仿巫術原理，而有龜息的養生方法；再加上它的造型，所謂「上圓法天，下方法地，背上有盤法丘山，玄文交錯，以成列宿。」（《爾雅．釋魚疏》）神龜之象成為大地的象徵。它的靈異性使古人相信龜有巫術作用，用為預示性的龜卜，成為殷商大宗的龜甲文；也成為民間崇龜求壽的風習[67]。本來海上仙山與龜的浮海性格有關，但《山海經》僅簡略地紀錄，所以神龜沒有上場；至於殷商龜卜，一定也有些神話附麗其上，但也缺乏記載。雖然如此，龜為靈物，其他古籍中廣泛傳述它的靈異性；而且也表現在文物上，成為一種深具巫術性的圖案或裝飾。

龍的形象，為中華民族的象徵。《山海經》雖沒有具體地描繪出神龍之象，但後世的「龍的傳人」卻能在想像中浮現一種造型奇特的形象；或許漢人王符《潛夫論》所描述的，可代表漢代圖讖哲學中的新造型，龍的形象：「頭似駝、眼似兔、耳似牛、項似蛇，腹似蜃、鱗似鯉、爪似鷹、掌似虎……其背有八十一鱗、口旁有鬍鬚、頷下有明珠、喉下有逆鱗、頭上有博山，又名尺木。」這樣集多種生物之長的綜合體，當然不全是漢人創造出來的，而是根據先秦流傳下來的龍的神話、文物，融鑄成一種靈異之物。

龍應該是一種圖騰神物，象徵古老的中華民族的一頁民族融化的歷史。聞一多曾解釋龍，因原始的龍（一種蛇）圖騰兼併了許多旁的圖騰，而形成的一種綜合式的虛構的生物。這綜合式的龍圖騰團族所包括的單位，大概就是古代所謂「諸夏」，和至少與他們同姓的若干夷狄。他們起初都在黃河流域的上游，即古代中原的西部，後來，一部分向北遷徙的，即後來的匈奴；一部分向南遷移的，即周初南方荊楚吳越各蠻族；留在中原的一部分，雖一度被商人征服，政治勢力暫時衰落，但其文化勢力還繼續屹立，且發展成為中華文化的核心[68]。龍為與蛇有關的圖騰神物，依據《山海經》所敘述的，是一種精譬的見解；伏羲為「人首蛇身」的神，但神話中他的母親卻是感雷神而生下他的，雷神為「龍身人頭」，因此《左傳》說大皞氏「以龍紀」，伏羲實在也是蛇、龍圖騰的帝王，在中原地帶發展著以龍為紀的圖騰文化。但後來龍與雲結合——雲龍成為一種複合的圖騰，象徵著黃帝族由黃土高原向廣闊的中原發展的文化。黃帝原生活在氣候乾燥的黃土高原，也就是軒轅之丘（昆侖之丘），「以雲紀」——雲、圓、昆侖、軒轅同為發音相似的名稱，入主中原之後，結合原先龍圖騰文化，而成為中華文化的主流[69]。

《山海經》中作為圖騰神物出現的龍，就是四方之神常見的「駕兩龍」，龍為御駕之物，而且數目為兩，有人說是「兩部制」社會的象徵[70]，後來成為神話中的服駕。另外一些與龍關係的神話人物，像「應龍」為能蓄水致雨的神，應黃帝的召請前往攻打蚩尤，應該也是龍圖騰部族；另外就是西北鍾山的主神「燭龍」——也是人面蛇身，為「風雨是謁，是燭九陰」的高原部族，應龍、燭龍都和水、風雨有關，所以龍成為主雨的神物，與古代畜牧社會、農業社會有密切關係。

龍與雲、與水的結合，也表現在實物上，成為圖案裝飾，像龍旗、雲旗、旌旗的斿，一條或多條長長游動的帶子，最能具現龍的形狀，所以《周禮》說「交龍為旂」。夏旗子的特徵就是兩條斿，龍旗大概指那種長條飄動的旗，也可能有龍的圖案作裝飾，與雲旗同是一種原具有神話象徵意義的飾物。

龍在四靈中，配列於方位為「東」、顏色屬「青」、五行屬「木」——成為蒼龍，因為大皞就是東方之帝，這種配列也很合於五行哲學。而天象中，東方的星宿，也就稱為蒼龍之宿，本只是東方七宿，連房心東北曲十二星也屬於龍，龍星十二顆，而旌旗也有十二旒，成為富於神秘性的飾物。「龍」在中國人的思想中確實有深遠的影響，成為一種龍的文化，一種具有泱泱之風的中華文化的表徵了。

㈡其他異獸

《山海經》的〈海外經〉、〈大荒經〉等記載一些神異的獸類，其中較具有神話色彩的，首先為與黃帝有關的夔和雷獸：據傳說東海中，有座流波山，遠遠伸入海中，達七千里之長。山上有一隻叫做「夔」的野獸，形狀像牛，卻沒有角，腳也只有一隻，蒼灰色的身子，能夠自由地進出海水之中，（見後頁圖）每當牠進出時，必定伴隨著大風大雨，而且鱗甲發出一種閃耀如日月的光芒，同時大張著嘴吼叫，吼聲像爆雷。這種一足怪獸，叫夔，古越人又叫做「山繰」，也有像龍的。黃帝戰蚩尤時，為了振作士氣，特別設計捕捉

夔狀如牛蒼身而無角一足
出入必有風雨出流波山
西南夔牛
出自江岷
體若垂雲
肉盈千鈞
雖有逸力
難以揮輪

了牠，剝了皮，製造成一面特別的軍鼓；又抓到龍身人面的雷獸，宰殺後抽出一隻最大的骨頭，當作鼓槌。黃帝就拿起雷神骨頭做成的鼓槌，來敲打夔皮製成的軍鼓，兩件雷獸的東西碰在一起，發出的聲音竟比打雷還響，據說響徹達五百里之遠。連打九通，山鳴谷應，天地變色，黃帝的軍威大盛，震嚇得蚩尤族人不能飛也不能走，因此大獲全勝，平定蚩尤。這真是一種威震天下的天聲[71]。

另外一種怪獸「窫窳」也與黃帝有關，為神物變化的類型：窫窳，有的書寫作「猰貐」，是一種形狀像牛，紅色的身子，人的臉，馬的腳，嗥叫的聲音像嬰兒啼的怪獸。也有說是人的臉，蛇的身子；或龍的腦袋，老虎爪子的。原先是天上諸神之一，卻給貳負神和一個叫「危」的臣子合謀殺死了，黃帝可憐他，命人送到昆侖山，由多位神巫合力用不死藥救活。但窫窳活轉後，跳入昆侖山下的弱水中，化身為這樣奇形怪狀的怪物，連本性都迷失了，居然會吃人，所以后羿將它射殺，為民除害[72]。

形狀較為怪異的，有幷封，是前後二腦袋，跐踢左右也有腦袋[73]：

有一種怪獸并封，也叫鱉封，出產於巫咸國東方，形狀像黑毛豬，前後都長著黑烏烏的腦袋。（〈海外西經〉）（見左圖．上）

南海之外，赤水之西，流沙之東，有一種怪獸，左、右各長一個腦袋，名字叫「跊踢」，也寫作「述蕩」，據說肉味極美。（見左圖．中）又有三隻青獸，身軀并連為一體，叫做「雙雙」。（〈大荒南經〉）（見左圖．下）

并封
狀如彘前後皆有首
黑色出巫咸國之東
龍過無頭
并封連載
物狀相乖
如驪分背
數得自通
尋之愈閡

跊踢
獸形左右有
首出流沙河

雙雙
三青獸合為體
亦出流沙之東

至於一些較為中原地區稀見的獸類，往往也易於誇張成為傳奇性動物，這是古人博物之學較狹窄的緣故。在南方有下列幾種：像猩猩、犀牛、旄馬和巴蛇等：

猩猩是一種形狀像豬而人的臉形的怪獸，發出像嬰兒啼哭的怪聲，牠能知道人的姓名，據說猩猩在山谷中，見到張設酒和鞋屨的，就能知道張設者的先祖名字，因此呼叫那些名字而大聲痛罵，牠出產在舜所葬處的西方。產猩猩處的西北方，出產一種犀牛，形狀像水牛，豬般的腦袋，庳曲的短腳，長著三隻角，渾身黑色皮毛。（見後頁圖．上）

兕，出產在舜所葬處的東方，湘水的南方。形狀像牛，毛色蒼黑，頭上只有一隻角。

巴蛇，是一種青、黃、赤、黑色身子的大蟒蛇，在產犀牛區的西方。這種大蛇能囫圇吞下一隻大象，消化三年之後，才把象骨吐出來。君子服食蛇肉或蛇膽，可以治好心痛和肚子痛等病。也有說是黑蛇，而青色的頭。

旄馬，形狀像馬，四隻腳的關節處都生長毛，出產在產巴蛇區的西北，高山的南方⑭。

〈海內北經〉、〈海外北經〉也有些屬於北方的獸類，原先也配合著《山海圖》，牠們的形狀、凶猛的習性，也成為傳聞中有趣的談資⑮。

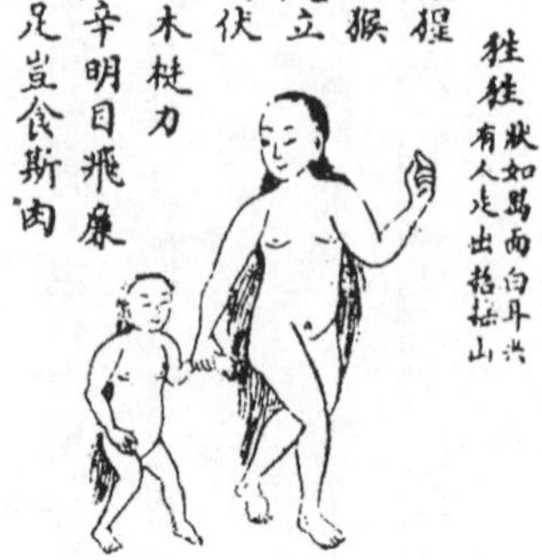

林氏國，有種珍獸，龐大如虎，身上俱備了五種文彩。尾巴比身體還長，名叫「騶吾」，也寫作「騶虞」（見右圖．中），是一種靈獸，日行千里，快速如神。（〈海內北經〉）

據說有一種野獸，叫蜪犬，形狀像狗，渾身青色，吃人，從腦袋開始吃。又有一種野獸，叫窮奇，形狀像老虎，生著一對翅膀，身上長著像刺蝟般的硬毛，也是吃人，從腦袋開始——圖畫上所吃的人還披頭散髮的，偶爾也先從腳。在蜪犬的北方。（〈海內北經〉）

又有黑顏色的蜂兒，像茶壺那麼大；紅顏色的蛾子，大得像巨象。（〈海內北經〉）

北海中有一種野獸，形狀像馬，而青色，名叫「騊駼」；有種野獸，名叫「駮」，形狀像白馬，長著鋸齒般的利牙，會吃老虎、豹子。有種白色的野獸，形狀像馬，名叫「蛩蛩」，也叫「鉅虛」，能一日疾行千里。又有種青色的野獸，形狀像老虎，名叫「羅羅」。（〈海外北經〉）

魚類則有出產於西方的，也有東方的，分別見於〈海外西經〉、〈海內北經〉[76]。

龍魚，又叫鰲魚，或鰕魚。有四條腿，長一隻角，形狀像鯉魚，能居住在陸地上，是一種水陸兩棲的靈魚。因此，有神聖者乘著牠，乘雲駕霧，飛騰天空，在九州的原野上巡行。這種龍魚就生長在諸沃之野的北方。（〈海外西經〉）

群島圍繞的大海中，出產多種珍異怪物：像有一種大蟹，一隻就裝滿整部車子；又有一種說法，說牠大到千里，這當然是傳說。有一種陵魚，是人的臉，魚的身子，有手有腳，和人一樣，就是傳說中的人魚。（見前頁圖．下）又有一種大鯾，也就是大魴魚。此外，還有一種明組，為水藻的一種，或說是明組邑，那就是海中聚落的岩石。總之，大海是富藏的，各色各樣的奇珍異物，參雜著多采多姿的海洋傳說。（〈海內北經〉）

最後，還有一種最能表明物類變化的神秘性的，就是偏枯魚。這種偏枯魚，又叫做「魚婦」——據說顓頊死了以後，還能復活。當風從北方吹來，天就會下大雨，這時，蛇就變成為魚，就叫做魚婦。「顓頊死即復蘇」⑦，顓頊屬蛇、龍圖騰，隨著季節而變化復活，成為與蛇類似的魚類，像細而長的鱓、鰻、鰌之類，偏枯魚就屬於這種類型的魚。除了基於變化神話的思維方式，同時也混淆了古人錯誤的生物觀察，用以解釋「蛇化為魚」的現象⑱。

三、植物神話

㈠建木神話

建木為升天神話中的「世界大樹」（world tree），與「世界大山」型的崑崙山一樣，同樣具有天梯的性質，在北極、北美等薩滿教區（shaman area）中為普遍流傳的神聖大樹，生長於世界的中央，是溝通天地之間的一座橋梁，人神經過它往來天地。這種原始宗教信仰中的聖木，常在儀式中出現，也表現在神話的敘述中。

巫師相信建木為升往天堂（北辰）的聖木，因此，在升天儀禮中常用「樹木」象徵世界之柱。普通都是矗立在廣場上，柱旁為陳列犧牲及禱祝之所，這是動作象徵，表現在語言象徵的就是建木神話。《淮南子．地形篇》說：建木生長於都廣之野，就是大地的中央。因此，正午太陽當頂時，見不著影子，站在這裡大呼，聲音卻消失於虛空之中，聽不見迴響，都廣之野，據說是大地的中央⑲。為花草豐盈的人間樂園，而建木又生長在原野的中央，往上就直達天上中央的北極宮殿了。

古代銅鏡的鏡飾，就刻畫著一種樹木，從天到地，就是建木，它的形狀，鏡飾上只是直聳著的大樹。據《山海經．海內經》的描述：它的細長樹幹約有百仞，直入雲霄，樹幹光溜溜的，沒有回曲，而在樹頂，盤生著彎彎曲曲的樹枝，活像一把華蓋；底下的樹根也是盤曲交錯，它的葉子像芒木葉，所結的菓子又像麻子。這種光溜溜的樹皮，可以撕拉下來，綿長細理，像極纓帶，又像黃蛇蛻皮，確是奇特的樹。鏡飾上還畫著一些神人攀龕在樹幹上，他們的身分都是「眾帝」——古代傳說中的帝王，或者是人神媒介的靈巫，經由天梯，往來於天地之間。據〈海內經〉說，伏羲就曾經過建木上天，其他古帝也都有升天的神通。

「大皞爰過」的神話，象徵大皞氏以巫王的身分在升天儀禮中，是個主祭者，他禱祝天帝，通達天意。神話化以後，就畫成緣建木而上下的情形。在薩滿教區中常在舉行儀式時矗立一根直立的樹木，象徵神可經由它上天下地，其實就是一根「世界之柱」，對應天上的北辰。《淮南子》說天地之中的「建木」，「眾帝所從上下」，就是要直上北極。《爾雅·釋天》曾說：「北極，天之中，以正四時，以其居天之中，故曰北極。」另外《漢書·律歷志》也說「太極元氣」的「極，中也」，因此，北極就是北方大地的中央。都廣之野既然為天地之中，這一棵建木也自然是眾帝上下天地的聖木，它是與昆侖同具天梯作用，漢代流行的《河圖括地象》說：「地中央曰昆侖，昆侖者，地之中也」，也是基於同一構想。古代中國的天文學中的「蓋天說」，相信天空像個傘蓋籠罩著大地，中央通貫於天中央，當然，就是昆侖或建木，兩者都是同一地區的神聖之物，所以〈海內南經〉說建木是生長於神巫治窫窳之山的西方，在弱水的岸邊。它是西方昆侖區域中一種實際的聖木，也是神話中的聖木⑳。

㈡其他聖木

建木具有天梯性質外，還有些神聖樹木。與太陽神話有關的是扶桑與若木，一在東方，一在西方。扶桑，又叫扶木，生長在湯谷（或溫源谷）的岸邊，為一棵長有數千丈、寬約千餘圍的巨木，九個太陽懸居在下枝，一個太陽躍居於上枝。太陽運行到西方，也要有休息的地方，《山海經》說是「若木」：〈大荒北經〉說在大荒中的衡石山、九陰山、洞野之山都有生長；〈海內經〉則說在南海之內，黑水、青水之間，這棵若木，是一種赤樹，青色葉子，紅色花朵，在太陽落山之處[81]。《淮南子．地形篇》說：「若木在建木西，末有十日，其華照地。」華當然是紅色的華，而畫成十個太陽，當然是為了配襯扶桑十日。馬王堆的帛畫中，東邊是扶桑，西邊是若木，可見漢代流行著這樣對稱的兩棵聖木。

雖然《山海經》解說了若木的形狀，其實它與扶桑一樣都是桑樹。「若」字的字形，象徵披著長髮跪在地上的女子形象。〈海外北經〉說歐絲之野，有個女子正跪在桑樹下，而口裡不停地吐絲。她就是桑神，也是蠶桑神話的象徵，《山海圖》上歐絲女子的東邊，就畫著三株桑樹並排生著，高約數百丈，有幹無枝。這種桑樹與東方的扶桑，同屬古代的桑樹信仰，因為華北一帶的地質、氣候，適宜栽植桑樹，為桑樹的原產地。傳說中黃帝的妃子螺祖已發現桑能養蠶治絲的實用價值，因此，桑樹應該很早就被神聖化，成為神樹、聖木。東方的扶桑、西方的若木為神話中的植物，而桑樹叢生的地方，也成為聖地。古代常有空桑、窮桑的地名；又有桑林請禱的故事等，都是與桑樹有關的神話。東方殷商民族曾在桑林中祭祀祖先，桑林是祭禱的聖地，桑樹也可作成木主，就是桑封——所謂「虞主用桑」（《公羊傳》文公二年）。因為桑樹、太陽（火），都是崇拜太陽的殷商民族的祭祀中常見的神聖事物，更可以說早期帝俊神話中已注意到桑樹的神聖性。桑林也與男女相會、高禖祭祀有關，古代許多聖人，像炎帝、黃帝、顓頊等都曾居於空桑，而伊尹、孔子也有生於空桑的傳說。正因為桑林為高禖求嗣的神聖場所，因此就成為愛情的象徵，男女相會於祭郊高禖的地方；再加上採桑的桑中，也易成為幽會的處所，「桑中」就成為具有性愛的神秘暗示的意象了㊷。

另外神奇的樹還有三株樹、朱木。朱木生長在蓋山之國，紅色樹皮、青色葉子，橫出支幹，叫做「朱木」。而所謂三株樹，在厭火國的北方，生長在赤水岸上。這株樹的形狀有點像柏樹，樹葉和結的果實都是些明亮的珍珠，從樹幹的兩旁對稱地生出兩枝分支，和主幹並而為三，遠遠望去，有點像彗星的掃帚尾巴，因此叫做「三株樹」㊸。（〈海外南經〉）三株樹確是美麗的珍珠樹。古代崇奉神聖之木，只要是特別高大的，根據泛靈信仰，相信它有神性，就會特別重視的。〈海外北經〉說有種尋木，在黃河西北，約「長千里」；〈大荒北經〉也說先民之山有千里槃木。強調百仞、千里，正是神木富於神聖性的所在。

植物具有醫藥功能，在中國本草學中自有一頁光榮的歷史，因為藥樹的神秘性，常有些神話附麗，就像欒木，據說大荒之中，有座「歾塗之山」——就是醜塗之山，青水到這裡流盡。又有座「雲雨之山」，山上生長著一種欒木。據說夏禹治水時，曾砍伐雲雨山上的樹木，山上有一塊紅色的岩石，樹木被伐之後，又從石上長出這種欒木：黃色的樹根、紅色的樹枝、青色的葉子，神奇得很，後來諸帝就採摘花果，成為一種神藥[84]。

㈢䔄草神話

據說天帝（炎帝）有個女兒名叫「女尸」，居住在姑媱山上，還未出嫁就早死了，因此，化為䔄草。這種䔄草葉子鬱茂，花色鮮黃，所結的果實像菟絲果。民間相傳服食果子，就會變得嫵媚，為人喜愛。（〈中山經〉）姑媱山區的䔄草神話外，又有另一種瑤姬傳說，應該是同一神話的分化，瑤姬為炎帝的女兒，也是早死，被封於巫山之陽，稱為巫山之女，一縷冤魂化為草，就是靈芝，據說也是一種食後養生駐顏的仙草。這位懷春年齡的少女，還沒嫁就死了，後來傳說能幻化出沒人間，楚懷王就曾在高唐夢遊時驚豔，還替她置觀，號曰「朝雲」；其後襄王還想再去夢見這位絕色佳人。大概帝女之死，總會有祠廟，易於為民間增添美麗的傳說，女尸、瑤姬的年輕生命，藉化生而得到延續，讓人類目睹䔄草或觀望行雲時，增加一份遐思。

㈣楓木神話

植物神話中具有變化神話的色彩，有楓木、鄧林和尋竹等，都是精彩的解說性神話，發揮了原始民族通過神話思維的方式，突破了物類的拘限，將一股蓬勃而有生氣的想像力，創造成為富於原創性的作品。

有一座宋山，山上有一條紅蛇，名叫「育蛇」。又生成一種樹，名叫「楓木」——據說蚩尤被黃帝生擒活捉後，加上重重的一副枷梏，派應龍去殺掉他。因為蚩尤太勇猛可怕，殺他時還不敢解掉腳鐐手梏。等到在涿鹿處決了以後，激噴的鮮血染紅了枷梏，然後再把他除掉，拋擲在宋山附近。說也奇怪，那枷梏登時化做了一片楓林，每片樹葉的顏色都是鮮紅的。紅色的楓木，含著蚩尤無限的冤恨，所以同是傷心人的屈原，基於楚地民族的深厚情感，目睹著江邊爛浪的紅葉樹，追想這位不屈服、不畏威的南方之強者，又想起自己滿懷著抑鬱情懷，終於在〈招魂〉中寫下了：「湛湛江水兮上有楓，目極千里兮傷春心。」魂啊！歸來吧！哀淒的江南[85]。

㈤鄧林神話

在北方大荒之中，有一座山叫做「成都載天」，山上居住著夸父族的巨人，他們是幽都之王后土的子孫。后土是幽都的統治者，也就是掌管幽冥地獄的冥王。幽都之山位於北海內，山上的禽獸都是黑色的：有玄鳥、玄蛇、玄豹、玄虎，以及長著毛蓬蓬的尾巴的玄狐。又有一座大玄之山，山上的人也是黑色的，叫做「玄丘之民」。這位威嚴的冥王，有個兒子叫做信，夸父就是信的兒子。所以夸父具有神的血統，屬於人神之間的族類㊱。

成都載天山屬於北方蛇圖騰區域，所以《山海圖》上的夸父圖象，耳朵上掛兩條黃蛇作耳飾，手裡也握著兩條粗大的黃蛇，配上高大健壯的身材，確是一幅人間英雄的形象。其中一個傻大個兒，就做了一件奇特的事情。

夸父每天看著太陽從東邊升起，光彩亮麗地橫越天空，然後向西方的崦嵫山落下。他想：為什麼天地間就只這麼一個太陽，升起又落下，落下又升起，這樣規律而又穩健？為什麼冬夏之間，太陽的光熱，時而溫暖，時而亢熱？這樣慈祥而又暴虐？夸父終於動了一個好奇而有趣的念頭，他「自不量力」地想要追逐太陽。

夸父這一天看見太陽升起後，就邁開大步在太陽後面追趕。北方的原野上，閃爍著光熱的太陽在天空中運行，夸父就飛快地追逐，太陽曬得越熱，他就追得越有勁。奔馳了千里，眼看就要追到崦嵫山中的禺谷——也叫虞淵，那團紅色的火球就在禺谷的上空，夸父喘息地浴身於血紅的霞光中，高高舉起手中的蛇杖，正要趕上太陽。可是一瞬間，太陽已經沉落到禺谷中。這時夸父忽地覺得口渴難耐，一天的追逐，加上太陽的炙曬，而太陽又已消失不見了，他要喝水，痛痛快快地喝水。

他先到黃河、渭水，伏下身子，一口氣就咕嚕咕嚕地把黃河、渭水裡的流水喝光了。但還是口渴，喉嚨像燒焦似的，他左顧右盼，驀地想起了北方的大澤：那大澤，又叫「翰海」，在雁門山的北邊，縱橫千里，是鳥群更換羽毛、孳生雛鳥的大湖澤。夸父欣喜地準備向北方跑，可是他實在太累了，就在中途，他倒下了。冥冥中，夸父感覺到那水澤的芳美，那清涼的雪水汩汩流過喉嚨的快慰，他躺臥在路上，想起自己未酬的壯志，以及那些繼續追逐日影跋涉、勞動的人類……於是他愉悅地丟出了手中的蛇杖，闔上了雙眼[87]。

說也奇怪，那杖竟然變化成一片桃樹林，樹上垂掛著纍纍的鮮果。據說這林子就叫「鄧林」，範圍約有三百里之廣，附近的山就叫做「夸父之山」，有人說就在湖南省沅陵縣東北，東邊臨接桃源縣界；也有說在河南靈寶縣東南，和陝西太華山相連。總之，後世的人們在大太陽底下趕路奔波，他們也在追逐著「日子」，煩渴之時，有這麼一片遍生嘉桃的林子，那是夸父彌留時浮現的芳草鮮美的大澤，激勵著他們舉起疲憊的雙腳，繼續走下去，追逐下去……

第五節　神尸變化神話

古人對於凶死、或無辜而死的人或神，常有一種特殊的情緒：又敬又畏。尤其一些具有神格身分的神常想像他們能夠復活——大多是經過變化形體，而成為一種奇形怪狀的形象。像被貳負之臣「危」所謀殺的窫窳，就因為巫彭等神巫操不死之藥加以救治，才使得「窫窳之尸」這個蛇身人面的怪神復活。類似的神「尸」在《山海經》中搜集了好幾條，這些人獸合形的神尸，應該也與圖騰神物有或多或少的關係。

一、奢比之尸及其他

最著名的為「奢比之尸」，周策縱懷疑「奢比尸」是否就是希臘醫神「艾思克力比司」（Asclepius），尤其是他的埃及化身「沙雷比司」（Sarapis或Serapis）的譯名，他是醫藥之神，以蛇的形狀出現[88]。這是有趣的比較，《山海經》的「尸」為復活的神，不一定就是「沙雷比司」，但可信是個神異之物，奢比尸也與蛇有關：

「奢比之尸，又說是肝榆之尸，在大人國的北方。他們的形狀是野獸身子，人的臉形，而長一對犬般的長耳朵，耳上穿孔中掛著兩條青蛇。」（〈海外東經〉）

「東方荒野中，有位神：人的臉、狗的耳朵、野獸的身子，耳朵上懸掛著兩條青蛇，名叫『奢比之尸』。」（〈大荒東經〉）

兩條記載都是強調懸掛著兩條青蛇，而且為人面獸身，這種半人半獸造型，應該是圖騰神物。稱為「尸」，就是神尸，為祭拜時替代祖先神、或天上之神受饗的神主，所以是個怪神[89]。（見上圖）

神尸為圖騰神物，也基於變化形體的原則。東方還有人面獸身的犂䰠之尸；南方有方齒虎尾的相狀之尸；西方有女丑之尸、黃鉅之尸及夏耕之尸；北方犬戎國有赤獸，馬的形狀，卻無首級，稱為戎宣王尸[90]。無首為其特徵之一。〈海內北經〉有個據比之尸，則是形體殘缺——「折頸、披髮，無一手。」

二、王子夜之尸

尸體化生神話中最有名的，為王子夜之尸。根據小川琢治的說法，王子夜就是王亥[91]，《山海經》說王子夜之尸的形象：

「王子夜之尸，兩手、兩股、匈、首、齒，皆斷異處。」（〈海內北經〉）

郭璞解釋為「形解而神運」，但如果依據《楚辭》中〈天問〉的疑問，為什麼王該（亥）會斃於有扈？這副斷手斷腳、身首離異的慘狀，實在像是因為什麼重大事情被肢解了的一樣。《山海經》還另有一段記載，應該也與《山海圖》的圖形有關。

據圖上所畫，有個叫王亥的大漢，兩隻手各抓著碩大的野鳥，正張口吃著鳥頭。——據說王亥是殷民族的先王，那時殷民還在東方草原上過著遷徙無定的游牧生活，王亥善於飼養牛羊，使牛羊長得又肥又壯，而且繁殖得很快。因此他就想要到鄰近的有易去作一番交易，到了黃河時，虧得河伯的幫忙，將大批牛羊渡到對岸有易國去。有易的國王綿臣，看見東方的貴賓帶著牛羊前來，也就以貴賓之禮相待，每天準備曼妙的歌舞、豐盛的飲食。王亥也開懷痛飲大吃——那幅王亥進餐圖不但是他日常生活的寫照，也是他作貴賓時的豪吃相。但飽暖生淫慾，他終於與有易國王綿臣的妻子有私情。等到一旦消息走漏之後，綿臣就和他的部下「牧豎」共謀，把王亥殺死於床上，而將他的兄弟王恆驅逐出境。因此，殷族的新王上甲微就正式出兵，託請河伯渡過軍隊攻伐有易，將這個小國消滅了，綿臣也被殺死了。後來河伯顧念有易的無辜百姓，就偷偷將有易族的孑遺遷徙，變化為另一種民族，搬到「獸方」去居住，就是「搖民」——也有說帝舜生了戲，戲的後代就是搖民。海內又有兩人——一為搖民、一為女丑，大概也是有易族人所變化的[92]。

三、女丑之尸

這裡所說的女丑，也是《山海經》「女丑之尸」——曝死之例：女丑，在丈夫國的北方，出產一種龐大的巨蟹。住在這裡的女丑，是一些具有巫師身分的女巫，會顯神通，其中一種為求雨術。天下大旱時，女巫穿了一身青顏色的衣服，高高地站在山頂上，面對著頭上十個酷烈的太陽作起法事，她舉眼望天，口中念念有詞，在一陣陣的敲鑼打鼓聲中，寬大的袍子不停地飛舞著。但十個大太陽熾烈的光熱狠狠地曝曬著，一點雨意也沒有，最後，女丑的軀體終於活生生地被太陽曬死了。她的死狀悽慘，臨死前，還用她那青色袍袖遮住了自己的臉。這個曝巫求雨的事件，為帝堯知悉之後，感到非常同情，就命令神射手后羿射下了其中九個太陽，人民才得以安居樂業㊸。

四、形天之尸

《山海經》中最為奇詭的神尸，應該是形天——〈海外西經〉列於奇肱國與女祭、女戚之間；而〈大荒西經〉的女祭、女蔑稍後，與吳回奇左之間，列著夏耕之尸，應該指著同一神尸。形天據說是個與「帝」爭奪神位的叛逆性英雄，跟那個帝王，一般都因為他被砍斷的頭是埋在軒轅丘附近的「常羊之山」（〈大荒西經〉為日月所入的常陽之山），因此，猜想能夠斬他的首級的，一定就是軒轅之丘的統治者——黃帝。黃帝為鑄劍高手，又身經百戰，對前來爭奪寶座的形天，自然要給予教訓，因此，揮劍取其首級，而且埋諸山中，不讓怪神有復活的機會。但形天仍然用胸前的雙乳作眼睛、肚臍當嘴巴，仍然向著空中舞動著盾牌與巨斧，他的後裔成為「無首之民」㊹。但如果比照夏耕之尸——也是個沒有首級、操動巨戈與盾牌而屹立不倒。那麼，斬他的首級的該是成湯，原來他是夏桀之臣，成湯討伐夏桀時，夏耕為了護衛夏王朝，而被斬首了，但依然站著，雖沒首級，卻支撐著降於巫山，也獲得神巫的不死之藥救治，因此能夠保有神尸[95]，二者情境近似。其實，不管是形天，抑是夏耕之尸，都是不屈的靈魂，斷了頭顱，還不倒下，只憑著一股昂然的氣魄，為中國人強調的武者的高境。所以，陶淵明翻閱《山海圖》時，題了兩句詩：「形天舞干戚，猛志固常在。」（見左圖）

大概神尸化生，也是變化神話的表現，能以人獸合體出現，近於圖騰神；部分與巫山有關，為經救治而復活；至於無首、或身首異處，更是「尸」的形象，介於半神半人間的一種生命形態。

第六節　文化英雄神話

古代中國神話中的英雄，原先應該是各族所保存的「聖史」（sacred history），敘述該族的英雄俊傑如何歷險犯難，創造功業的偉大事蹟。原先流傳在族人的傳誦中，保存在古老的記憶裡，成為一個部族的啟蒙英雄；後來古史經過長久的融合、組織成系統化的中華民族的歷史後，又成為屬於整個民族的共同敬仰的英雄形象。古人通過這種半神半人的英雄神話的傳誦，不但紀錄了古初祖先創業的豐功偉績，近於偉大人物的開國史實；但同時他們的半神性格，使得神話人物變成一個不可聞見的巨人，在他們的照顧下，年輕的心靈走向成長；在他們的標幟下，族人能給自己的生命與掙扎一項意義。如果依照馬凌諾斯基（B-Malinowski）功能觀點的解釋，神話為原始社會施行一種功能。那麼，這些活躍在古代中國人心目中的英雄，都是「道德觀念的保護和加強者」（科學、宗教與巫術），成為後世族嗣生活行動的準則。

在〈古帝王世系之篇〉，敘述各族祖先誕生和開疆拓土的神話中，多具備了英雄形象的特質，甚至那些具有叛逆性的，也顯現出來一種渾沌初闢之後莽莽蒼蒼的氣魄，像黃帝與蚩尤的大戰，固然是中華民族的聖史；而帝鯀竊息壤的事蹟，何嘗不是一種愛護人民的英雄行徑。因此，神話中的英雄表現自己獨特的個性或已有之，但主要的還在他們是集體潛意識的一種願望或理想的化身，在人類和自然關係中顯示出一種不屈的意志、反抗的精神。而在人類逐漸成形的社會中，他們是技術發明的祖師，始創農業、制定工具、創作音樂等，兼顧了物質文明和精神生活；他們又是人間正義的維護者與執行者：凡族與族間的爭釁可得排難解紛，人與人間的是非可得公正的裁判。所以具有創作智慧與維護正義的英雄，是物質文明的推動者，同時也是帶領著走向精神領域的先驅者。

《山海經》中，英雄事蹟的傳誦，應該是各族保留下來的共同的記憶，分別從各地域單位搜集而來。其中有些只存留片鱗隻爪，喪失原先作為啟蒙神話的豐盈情節，這可能是《山海圖》中只有圖繪和少數的文字紀錄；有些還有事件，較可以勾勒出來，加上想像，活現出英雄的形象和種族的歷史，一直到現在還能傳誦未絕，繼續讓年輕的心靈走向成長。

一、除害英雄

㈠后羿除害

首先后羿神話為普遍流傳的英雄事蹟，但附麗在傳說中的，也最複雜而迷惑。關於后羿的名稱，原先應該是東方夷族中能以智慧與魄力，創製弓矢，善於射箭的部落酋長，〈海內經〉說：「帝俊賜羿彤弓素繒，以扶下國，羿是始去下國之百艱。」羿的名字，《說文》中出現在羽部的為「羿」——羽之羿風，亦有諸侯也，一曰䠶師，从羽幵聲；在弓部的為「𢏚」——帝嚳䠶官，夏少康滅之，从弓幵聲。首先从羽、从弓的造字初誼是相通的，弓與箭為不可分離之物，弓為射箭的工具、羽則是箭桿上有羽翎，因此用羽借代箭，「羿」字本義就是善射，因此，善射的人稱為羿，射官也稱為羿。這是由通名變成私名之例，古代東方夷族以創製弓矢著稱，「后羿」應該就是東夷的酋長，為帝俊（帝嚳、帝舜）的後裔，因此，才得到帝俊所賜傳國的武器，也就是神器。但是后羿除去百艱的時間，傳說中曾有帝堯時「上射十日」的后羿；到了夏朝，卻又有有窮國諸侯后羿篡夏自立而終被殺害，中間相隔二、三百年，這是古人以神名為名的習慣[96]。後來因時代久遠，傳說日久，后羿神話就更紛紜複雜。

帝堯時獲賜神弓的后羿，降臨人間，或說上秉天意，實踐天帝所交付的職責，將為害天下的十個太陽，射下九個。孫作雲說，后羿以東夷強族的身分除去以日為圖騰的九個部族，成為東夷的后長。

后羿除害，《淮南子》所舉的大害凡有猰貐、鑿齒、九嬰、大風、封豨和修蛇等，確是歷盡百艱，終能完成神聖任務的英雄。《山海經》中只提到殺猰貐、除鑿齒二件：猰貐就是蛇身人面的天神，被貳負之臣謀殺後經神巫力救，卻變成龍頭的怪物，居住在弱水中，喪失原本性情，而會吃人。據說猰貐的形狀，像貙而長著虎爪，后羿伸張神力就將牠射殺。可憐的窫窳，被謀殺又成為蠢獸，死了二次。另外一個叫鑿齒的，齒像利鑿般，約有五尺長，貫穿到頷下，手裡拿著戈和盾牌，到處吃人，為人民的大害。堯就命令后羿去射殺他，羿於是帶著弓箭，憑他優越的射箭神技，與鑿齒大戰於壽華之野，終於運用機智，在昆侖墟的東方把鑿齒射殺了[97]。

孫作雲解說射猰貐、射九嬰、射修蛇指著同一件事的分化：猰貐為蛇、龍之類，修蛇為隱沒於洞庭湖的長蛇，九嬰為九個腦袋的水火之怪，能夠噴水也能夠吐火，也是一種九頭虺。九嬰、修蛇屬夏人的圖騰，因此射殺九嬰與怪蛇等，乃指后羿與夏朝太康、少康等相互構兵之事。至於射封狐、封豨與鑿齒，封狐就是封豨，都指大野豬，長著長牙、利爪，會為害人類的禾稼，其實就是以豬為圖騰的河伯。傳說中有后羿射傷河伯，應該是與射大豬為同一事。至於《山海經》所說的鑿齒，雖是獸名，但又能持盾，所以也是圖騰部落的名字，也就是《淮南子》海外三十六國中的鑿齒民，是以豬齒獠牙的野豬為圖騰的部落。后羿在南方水澤「壽華之野」誅殺豬圖騰部落之長，而在聖地桑林擒殺封豨圖騰的酋長——桑林為聖林，后羿居然闖入，可能犯了禁忌，所以〈離騷〉說為帝所不喜歡。《淮南子》又說后羿「繳大風於青邱之澤」，大風就是大鳳，青邱山在東方，正是鳥圖騰區，他打敗了大鳳族。

當然，后羿為東夷族長，曾在勢力強大時，憑他的善射本領，率領善射的族人四處討伐，將鄰近的幾個部落打敗。先是平和同一部族，其次再與蛇、豬等部落爭雄，為古代夷、夏之間勢力消長的一段古史。神話化以後，就成為除了為害人民的七大害。不管這樣的解說是否為歷史真相，后羿是被塑造成神射手的形象，以超人的智慧、勇猛的武藝，成為傳誦中的英雄人物。

㈡禹除相柳

共工有一個臣子，名叫相柳氏，人臉蛇身，渾身青色，長著九個腦袋，各自吃掉九座山上的食物，性情殘酷貪婪。（見左圖）只要他經過的地方，都被挖掘成一個個水澤、谿谷，澤中的水，又辣又苦，飛禽走獸沒有不紛紛走避的。夏禹王平了洪水以後，就運用神力，殺死相柳，為民除害。從這九頭怪物噴流出來的腥臭的血液，氣味難聞極了。血液流經的地方，沒法種植五穀。禹就把這些地方掘土陻塞住，可是陻塞了三次，三次都給血膏浸潤壞了。禹沒法，就將它闢做一個深池，所挖的土積成一堆高臺，就在這裡築起一個眾帝臺觀。這個臺觀就在昆侖山的北邊，柔利國的東方，是一個四方形的臺，各角都有一條老虎花紋的巨蛇，蛇頭向著南方。凡射箭的人都不敢向北方射箭，因為敬畏這座「共工之臺」[98]。

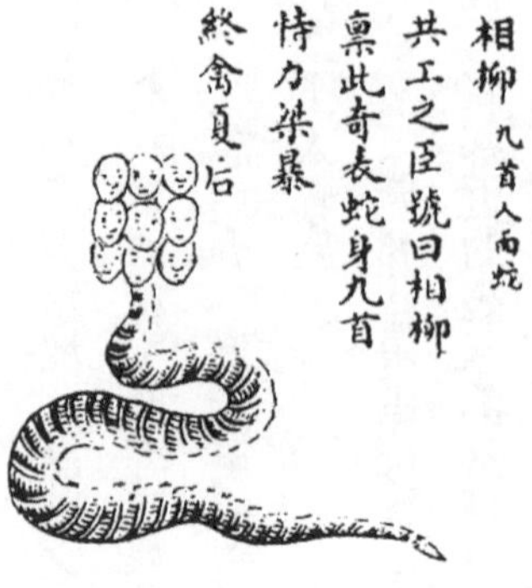
相柳 九首人面蛇
共工之臣號曰相柳
稟此奇表蛇身九首
恃力桀暴
終禽夏后

九頭蛇身的相柳，為共工之臣。共工為水神，應該是黃河海域的部族，「人面蛇身」的共工與顓頊爭帝（或祝融），不勝之後，怒觸不周之山，使山形缺陷了一個角落。相柳也是蛇族，也會造成源澤，都是惡水的來源，所以善於治水的夏禹就加以剷除，才能陻塞，平治水患。

二、正義之神

人類如果有了冤曲，希望有公正的裁判者主持公道，這就是民間流傳包公公案的心理。通過一位威武不能屈，但求公平裁判的判官、法曹的形象，表露了潛藏在內心深處的不平情緒，藉此遂願、彌平實際生活經驗中的激憤或冤仇。這種潛意識心理的反映，並不是道德淪喪的末世才有的，早在人類文明發展的黎明期就已存在，他們塑造了類似包公類型的人物，要求裁判者「青天在上，替小的伸冤」。當然，其中充滿了更神奇、不可思議的色彩。這些「神道設教」的判例，是一種神判，只有超自然的神才真正具有公正、公平的判案能力。

㈠黃帝判案

中央之帝黃帝是神界的裁判者、公理的維護者。因為據說「黃帝四面」，能兼顧東、西、南、北四方，任何歹事逃不過他銳利的法眼。凡是不合情理的謀殺、意氣的爭鬥，他都能以果斷的能力判別是非。

鍾山山神燭龍的兒子，叫做鼓，也是人臉龍身。（見左圖．上）有一次和另一個叫欽䲹的天神合謀，把一個叫葆江（又叫祖江）的天神謀殺於昆侖山的東南。黃帝知道之後，大為震怒，就下令將他們在鍾山東面的瑤崖處決，替可憐的葆江主持公道。後來這兩個凶徒，戾氣不散，欽䲹化作一隻大鶚，形狀像大鵰而滿身黑色斑紋、白腦袋、紅嘴殼，又長著老虎爪子。發出像晨鵠的鳴叫聲，一出現就帶來大兵災；而鼓也變化作鵕鳥，形狀像貓

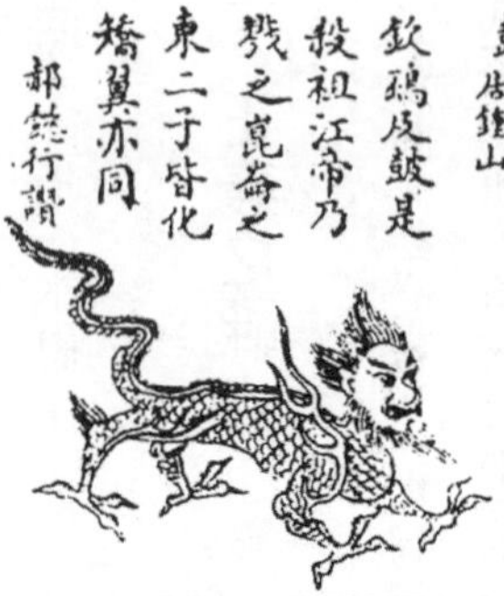
鼓
人面龍身
居鍾山

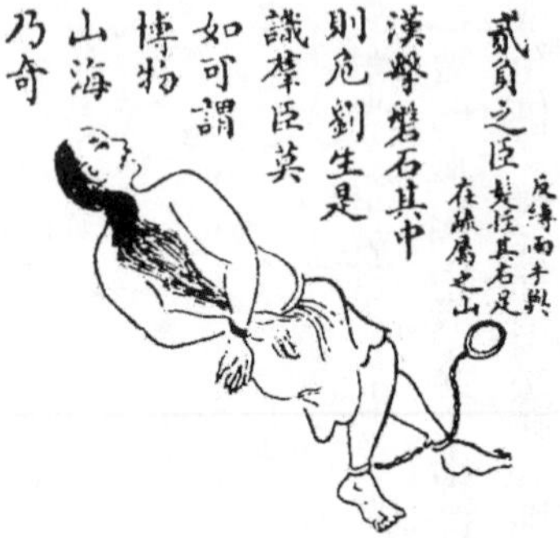

頭鷹，紅腳爪、白腦袋、黃背紋，和一副直嘴殼，鳴聲也像大鵠，它一出現就會發生大旱災。（〈西次三經〉）

開題國的西北方，有一座山。據說蛇身人臉的貳負，有個名叫危的臣子，壞心術的危說動主人合謀殺死另一個也是蛇身人臉的天神窫窳。黃帝知道後，將主謀者危捉拿，判他綑綁在西方的疏屬之山上，枷了他的右腳，反綁了他的兩隻手和頭髮，緊緊縛繫在山上的大樹下，用以懲罰謀殺的罪刑，維護天地間的祥和正氣。後來，漢宣帝時，派人在上郡發掘盤石，石室中看見這幅裸身被髮反縛，還械銬一隻腳的圖像。博學的劉向依據他讀《山海經．海內西經》的知識，說明這就是刑犯「貳負之臣」。（見前頁圖．下）另外〈海內經〉說北海之內，也有個反綁的「常倍之佐」，戴著刑械、身上帶戈，叫做「相顧之尸」，大概也是貳負之臣一類的⑲。

㈡神羊判案

古代的法官，稱為大理。帝堯的大理就是皋陶，為辨案方法極為特殊的法官。這個皋陶長相奇特：臉色青中帶綠，像削皮的瓜，與後世傳說中黑臉的包公可謂雙奇。他嘴巴是突出的，像烏鴉嘴、或馬嘴巴。為人講信，鐵面無私；辦案時，細察人情，決獄明白。據傳說他得到一隻解廌的幫助——解廌，又叫獬豸，為獨角神羊，長得青色長毛，四隻腳，像熊一般高大，性格忠信。《神異經》說這是東北荒中的靈獸，如果看見人有爭鬥，就用獨角去觸那不直的；聽到人有爭論，就用大嘴去咬那不正的。漢王充《論衡．是應篇》說皐陶就是得到一角神羊（也叫觟𧣾），牠能知道哪方是有罪的。皐陶審問案件，發現有疑惑不明的情況，就命令神羊出庭，牠一出現有罪就用角去觸，無罪則不去觸碰，因此絕不會有冤枉的冤獄。皐陶很敬神羊，常不忘去看望他的好助手。

皐陶為什麼能用神羊治獄，據森安太郎的研究，皐陶與獄貐有關，是姜姓的祖神羊能辨別是非曲直，皐陶為法官，和刑罰有關係，曾製作刑法。因此獬豸來幫他判案，獬豸也是判決、判正的意思。《墨子．明鬼篇》說齊莊公時，二個臣子久訟不決，就命令他們到神社前下盟約，然後各自申訴於神前，由神羊表達神意，其中一個理曲的被羊撞得折斷一腳。神羊具有辨案能力的傳說流傳久遠，所以《續漢書．輿服志》載：法官所戴的法冠，叫做獬豸冠，象徵能判明曲直，有如得神羊之助[100]。

㈢孟涂神判

《山海經．海內南經》記載另一位好判官，可與皐陶比美，同樣也得到老百姓的由衷的敬意，他的神判方法也是異曲同工。據說夏后啟有一位臣子叫「孟涂」的，是個半神半人的奇特人物。帝啟派他到巴（如今川東一帶）去做官，很公正嚴明。百姓到孟涂的衙門打官司，只要他顯露神通，往訟者身上一看，凡理不直的，衣服上必現出血跡，就下令捉住定罪。這種神判，乃依據神的指示判案，因老天自有好生之德，而惡人也不能心存僥倖。這位好父母官曾居住在丹陽郡南邊丹山的西方，一座叫做巫山的山上，死後也埋葬在那裡，當地百姓為了紀念他，就在巫山下建了一座廟，叫做孟涂祠[101]。

三、醫藥之神

古中國的醫術和巫師有密切關係，因為巫者的重要神能之一就是醫療，這種職業使他們成為最神聖、最有勢力的集團的原因之一。原始時代人類所最關心的莫過於生命的健康、種族的延續；而醫藥衛生當然是延續個體與種族生命的一種技術，專門主持醫藥技術的團體就是巫，所以古代「醫」寫作「毉」，从巫，表示巫的身分之一是醫病的人（medicine man）。《山海經》提到許多巫，其中的巫彭、巫咸，古書中稱為「初作醫」的人，也就是創製了醫術的祖師。

「巫醫」兩個字常常連用；孔老夫子就曾引用南人之言說：「人而無恆，不可以作巫醫。」（《論語．子路篇》）巫師集團秘傳著一種醫療技術，成為世襲的職業團體。最早的明文記載應該是《逸周書．大聚解》所說的。周武王克服殷商之後，要周公綜述殷政的得失，建議政治設施。周公提到文王說的殷商政治設施之一，就是「鄉立巫醫，具百藥，以備疾災，畜百草，以備百味。」巫醫就是由巫師組成的醫療團體，他們具有辨別藥草的能力，有調製百藥的技術，在鄉國之內進行醫療行為，這是藥草的醫療方法。他們又能敬事鬼神，以宗教的形式，透過集中精神的訓練，進入恍惚狀態，與所謂的神明交通，他們進行一種巫術性醫療法，將病患催眠，使用咒語治病，屬於精神治療法，古稱為「祝由」——即由於禱祝解除病狀，尤其精神性的病症最為有效。巫醫能採集藥草作成各種酒類——藥酒，加上音樂舞蹈的催眠性動作，自己能進入興奮的狀態治病，也能使患者飲用藥酒提醒精神、或增進藥力，所以「醫」字从酒也是合乎原始醫療的方法。現實社會中的巫醫集團集合科學、巫術於一身，成為原始社會中頗受尊敬、頗有勢力的團體，而神話世界中，巫醫的形象又如何？

《山海經》保留了神話世界中的巫醫形象，他們居住在神巫之山：

「大荒之中，有山，名曰豐沮玉門，日月所入。有靈山，巫咸、巫即、巫朌、巫彭、巫姑、巫真、巫禮、巫抵、巫謝、巫羅，十巫從此升降，百藥爰在。」（〈大荒西經〉）

「巫咸國在女丑北，右手操青蛇，左手操赤蛇，在登葆山。群巫所從上下出。」（〈海外西經〉）

「有巫山者，西有黃鳥，帝藥八齋。黃鳥於巫山司此玄蛇。」（〈大荒南經〉）

「有靈山，有赤蛇，在木上，名曰蝡蛇，木食。」（〈海內經〉）

靈山就是巫山——靈、巫二字相通，為靈巫所聚的聖山，登葆山的登就是升。葆就是草木盛茂（《說文》：艸盛貌。《史記集解》引如淳說：關中俗謂桑榆孽生為葆），有生長、保養的意義，登升葆山，也是有象徵採藥的原意。與「上下」、「升降」有關的，郭璞解釋為上下此山，乃是就採藥的醫療性解說——如果了解神巫能經由巫山上天下地的神話，那麼，巫山就是升天的聖山。「百藥爰在」指各種不同的藥草，帝藥百齋，齋就是齊、就是劑，天地之藥有八劑降在巫山，因此，巫山能上下天地的天柱，也是神藥的所在。黃鳥在古代常是死喪和婚媾的象徵，而蛇，象徵生育與不死，因為蛇能蛻皮，蛇蛻成為不死的象徵；蛇又是圖騰神物，具有靈威的神秘能力；而現實界中的蛇也是一種藥物，「操蛇」的巫咸恰是神醫的造型，所以〈海內北經〉描述一幅圖象：

「蛇巫之山，上有人，操柸而東向立。一曰龜山。」

柸，就是梲，就是棒、或大杖，手裡操持著木棒，是用樹木象徵成長和生命。另外柭也是棓，柭和祓除祓、祀社稷的帗（翇）舞也有關聯，這個操柸而立的動作站在蛇巫之山上，就是巫者的形象，實在有些像西洋醫學界用蛇纏著棒的職業標誌。

神巫是手裡操持著草藥的醫師，《山海經》有兩條他們以靈力抗拒死亡的神話：

「開明東有巫彭、巫抵、巫陽、巫履、巫凡、巫相，夾窫窳之尸，皆操不死之藥以距之。窫窳者，蛇身人面，貳負臣所殺也。」（〈海內西經〉）

「有人無首，操戈盾立，名曰夏耕之尸。故成湯伐夏桀，於章山克之，斬耕厥前，耕既立，無首，委厥咎，乃降於巫山。」（〈大荒西經〉）

夏耕之尸的無首形象，實在與〈海外西經〉的形天相像，形天是與「帝」爭神位而被斷首，夏耕之尸則是成湯所斬掉首級的，這兩個原為一個神話的分化？形殘之尸，能活下去，是因為避降於巫山，神巫利用不死之藥醫治，就像醫治窫窳一樣，「拒」，郭璞說是：「為距卻死氣求更生」。不過窫窳之死，卻是無辜的，被危和天神貳負謀殺死以後，黃帝命令送來醫治。窫窳的兩個字就有狂犬病、癲癇病之意，治好以後，變化成龍首的怪物，居住在弱水中。可見這些神醫確有起死回生的神通。

他們的名號，加一個「巫」字，表示他的職業、官名，周策縱先生分析神巫的職能，除了醫藥以外，還各有專長。其中特別與醫藥有關的：巫咸善用鍼藥、巫抵也用針刺、或咒語；與性和生殖有關的：巫郎使用即履之禮求生殖，巫姑掌洗浴、祓除，巫履也是行踐履求子，巫禮也是求生殖的神巫；與卜筮天象有關的：巫易以卜筮見長，巫其為具有變化能力的神通者，巫謝也是有卻拒化謝的意思，巫羅也屬於這種巫；至於與樂舞有關的：巫肦、巫彭、巫凡、巫相都是，是一種能利用服飾、服食裝飾自己，然後以舞蹈的方式媚神降神的神巫，在原始宗教中扮演著重要的角色[102]。

【註釋】

① 較近期的神話研究專著，像樂蘅軍〈先秦神話研究〉（民國六十三年，國科會論文）、段芝《中國神話》（民國六十六年三月，地球出版社）、王孝廉《花與花神》（民國六十九年十月，洪範書店）。

②採用日本、平凡社出版。

③「下有湯谷，湯谷在黑齒北，上有扶桑，十日所浴。居水中，有大木。九日居下枝，一日居上枝。」(〈海外東經〉)

「大荒之中，有山，名曰孽搖頵羝，上有扶木，柱三百里，其葉如芥，有谷曰溫源谷，湯谷上有扶木，一曰方至，一曰方出，皆載于烏。」(〈大荒東經〉)

「東南海之外，甘水之間，有羲和之國，有女子名曰羲和，方浴日于甘淵。羲和者，帝俊之妻，生十日。」(〈大荒南經〉)

④管東貴〈中國古代十日神話之研究〉(民國五十一年二月，《中研院史語所集刊》二三)。

⑤孫作雲〈后羿傳說叢考〉(民國六十八年十一月，《中國上古史論文選集》)。

⑥管東貴，前引文；袁柯，前引書；及林衡立〈臺灣土著民族射日神話之分析〉(民國五十一年三月，《中研院民族所集刊》一三)。

⑦王孝廉，前引書〈月亮神話〉三則。

⑧「有女子方浴月。帝俊妻常羲，生月十有二，此始浴之。」(〈大荒西經〉)

⑨〈大荒東經〉有七條：

「東海之外，大荒之中，有山，名曰大言，日月所出。」

「大荒之中，有山，名曰合虛，日月所出。」

「大荒中有山，名曰明星，日月所出。」(〈大荒東經〉)

「大荒之中，有山，名曰鞠陵于天，東極、離瞀，日月所出。」

「大荒之中，有山，名曰孽搖頵羝，上有扶木，……一日方至，一日方出。」

「東荒之中，有山，名曰壑明俊疾，日月所出。」

「大荒之中，有山，名曰猗天蘇門，日月所生。」

⑩〈大荒西經〉也有七條：

「西海之外，大荒之中，有方山者，上有青樹，名曰柜格之松，日月所出入也。」（出為衍文）

「大荒之中，有山，名曰豐沮玉門，日月所入。」

「大荒之中，有龍山，日月所入。」

「大荒之中，有山，名曰日月山，天樞也。吳姖天門，日月所入。」

「大荒之中，有山，名曰常陽之山，日月所入。」

「大荒之中，有山，名曰大荒之山，日月所入。」

⑪蒙文通，前引文。引用呂子方之說。

⑫森鹿三《東洋學研究・歷史地理篇》中〈日月出入諸山〉。

⑬森安太郎〈鳳與風〉（見前引書）。

「南海渚中，有神，人面，珥兩青蛇，踐兩赤蛇，曰不廷胡余。有神，名曰因因乎，南方曰因乎夸風，曰乎民，處南極，以出入風。」（〈大荒南經〉）

「有人名曰石夷，來風，曰韋，處西北隅，以司日月之長短。」

「有女和月母之國，有人名曰鳧，北方曰鳧，來之風曰𤟤，是處東極隅以止日月，使無相間出沒，司其短長。」（〈大荒東經〉）

「大荒之中，有山，名曰鞠陵于天、東極、離瞀，日月所出，名曰折丹，東方曰折，來風曰俊，處東極以出入風。」（〈大荒東經〉）

⑭森安太郎有考證，雨師為屏翳，和翳鳥有關。（《鳳與風》）。

⑮孫作雲，前引文。

⑯「雷澤中有雷神，龍身而人頭，鼓其腹，在吳西。」（〈海內東經〉）

⑰「𧈧𧈧在其北，各有兩首，一曰，在君子國北。」（〈海外東經〉）

⑱王孝廉〈靈蛇與長橋〉（同前引書）。

⑲「鍾山之神，名曰燭陰，視為晝，瞑為夜，吹為冬，呼為夏，不飲，不食，不息。息為風，身長千里，在無䏿之東，其為物，人面蛇身，赤色，居鍾山下。」（〈海外北經〉）

「西北海之外，赤水之北，有章尾山。有神，人面蛇身，而赤身長千里，直目正乘，其瞑乃晦，其視乃明，不食不寢，不息，風雨是謁，是燭九陰，是謂燭龍。」（〈大荒北經〉）

「有神人二八，連臂為帝司夜於此野。在羽民東，其為人小頰，赤肩，盡十六人。」（〈海外南經〉）

⑳河伯馮夷的傳說，森安太郎〈河伯馮夷〉認為是殷代先公時已有的河伯信仰，屏翳與馮夷、冰夷為同音，可能與一種長蛇形的魚叫「蒲夷之魚」有關，為祭祀黃河河神。由鱔魚、鰌魚的神

格化，成為水之主宰蒲夷，又變成黃河之神馮夷。（《中國古代神話研究》）雨師妾可能即東方濱海祭祀屏翳的部落。

「從極之淵，深三百仞，維冰夷恆都焉。冰夷，人面，乘兩龍。曰忠極之淵。陽紆之山，河出其中，淩門之山，河出其中。」（〈海外北經〉）

㉑「朝陽之谷，神曰天吳，是為水伯，在虹虹北，兩水間，其為獸也，八首，人面，八足，八尾，背青黃。」（〈海外東經〉）

「有夏州之國，有蓋余之國，有神人，八首，人面，虎身，十尾，名曰天吳。」（〈大荒東經〉）

㉒「北海之渚中，有神，人面鳥身，珥兩青蛇，踐兩赤蛇，名曰禺彊。」（〈大荒北經〉）

「東海之渚中，有神，人面鳥身，珥兩黃蛇，踐兩黃蛇，名曰禺虢。黃帝生禺虢，禺虢生禺京，禺京處北海，禺虢處東海，是惟海神。」（〈大荒東經〉）

㉓「舜妻登比氏，生宵明、燭光，處河大澤，女之靈能照此所方百里。一曰，登北氏。」（〈海內北經〉）

㉔「有神焉，人首，蛇身，長如轅，左右有首，衣紫衣，冠旃冠，名曰延維。人主得而饗食之，伯天下。」

㉕范仲淹〈岳陽樓記〉。

㉖《史記．秦始皇本紀》二十八年。

㉗王夢鷗先生《鄒衍遺說考》。

㉘段芝，前引書。

㉙「南方祝融，獸身人面，乘兩龍。」（〈海外南經〉）

㉚森安太郎〈祝融考〉（前引書）。

㉛「西方蓐收，左耳有蛇，乘兩龍。」（〈海外西經〉）

㉜「北方禺彊，人面鳥身，珥兩青蛇，踐兩青蛇。」（〈海外北經〉）

㉝王孝廉認為禺彊、玄冥與巨人、夸父為同一神的分化，凡有五證：神容相似、神名字義相同、所處之地相同、儋耳相同、同為地獄神話性格相似。因此論定玄冥以及一切與玄冥有關的記載，是由中國古代原有的幽晦地獄神話分化而來。參見〈夸父的神話〉（民國六十年）。

㉞「東方勾芒，鳥身人面，乘兩龍。」（〈海外東經〉）

㉟「大荒東北隅，中有山名曰凶犁土丘，應龍處南極，殺蚩尤與夸父，不得復上，故下數旱，旱而為應龍之狀，乃得大雨。」（〈大荒東經〉）

㊱「大荒之中，有山，名曰不茍，海水入焉。有係昆之山者，有共工之臺，射者不敢北嚮，有人，衣青衣，名曰黃帝女魃，蚩尤作兵伐黃帝，黃帝乃令應龍攻之冀州之野，應龍畜水，蚩尤請風伯、雨師，縱大風雨。黃帝乃下天女曰魃，雨止，遂殺蚩尤，魃不得復上，所居不雨，叔均言之帝，後置之赤水之北，叔均乃為田祖。魃時亡之，所欲逐之者，令曰，神北行。先除水道，決通溝瀆。」（〈大荒北經〉）

㊲張星烺〈道家仙境之演變及其所受地理之影響〉（民國三十五年五月，《中國學報》一卷三

期）。

㊳德古魯（De Groot）《中國的宗教系統》（The Religious System of China）。

㊴李宗侗〈炎帝與黃帝的新解釋〉。

㊵「海內崑崙之墟，在西北。帝之下都，崑崙之墟，方八百里，高萬仞，增城九重，上有木禾，長五尋，大五圍，面有九井，以玉為檻，面有九門，門有開明獸守之，百神之所在，在八隅之巖，赤水之際，非仁羿莫能上岡之巖。」

㊶「崑崙南淵，深三百仞，開明獸身大類虎，而九首，皆人面，東嚮，立崑崙上。」

㊷「開明西有鳳凰鸞鳥，皆戴蛇，踐蛇，膺有赤蛇。
開明北，有視肉珠樹、文玉樹，玗琪樹、不死樹、鳳凰鸞鳥，皆戴瞂，又有禾柏樹、甘水、聖木、曼兑。一曰，挺木牙交。
開明東，有巫彭、巫抵、巫陽、巫履、巫相。夾窫窳之尸，皆操不死之藥以距之。窫窳者，蛇身人面，貳負臣所殺也。
服常樹，其上有三頭人離朱，伺琅玕樹。
開明南有樹，鳥六首，蛟、蝮蛇、蜼、豹、鳥秩樹，於表池樹木，誦鳥，鶽、視肉。」

㊸「西王母，梯几而戴勝，其南有三青鳥，為西王母取食，在崑崙墟北。」（〈海內北經〉）

㊹李宗侗，前引文。

㊺周策縱〈中國古代的巫醫與祭祀、歷史、樂舞及詩的關係〉。

㊻「西南海之外，赤水之南，流沙之西，有人珥兩青蛇，乘兩龍，名曰夏后開，開上三嬪于天，得〈九辯〉與〈九歌〉以下。此天穆之野，高二千仞焉，開始歌〈九招〉。」（〈大荒西經〉）

㊼「大樂之野，夏后啟于此儛九代，乘兩龍，雲蓋三層，左手操翳，右手操環，佩玉璜。在大運山北。一曰，大遺之野。」（〈海外西經〉）

㊽張秉權〈殷代的祭祀與巫術〉。

㊾御手洗勝與杉木直治郎合寫〈神山傳說與歸墟傳說〉（一九五四，《東方學論集》第二期）。

㊿「東海之外有大壑，少昊之國，少昊孺帝顓頊于此，棄其琴瑟。有甘山者，甘水出焉，生甘淵。大荒東南隅有山，名皮母地丘。」（〈大荒東經〉）

(51)「狄山，帝堯喪于陽，帝嚳喪于陰。爰有熊、羆、文虎、蜼、豹、離朱、視肉、吁咽。文王皆葬其所。一曰，湯山。一曰，爰有熊、羆、文虎、蜼、豹、離朱、鴟久、視肉、虖交。其范林方三百里。南方祝融，獸身人面，乘兩龍。」（〈海外南經〉）
「帝堯、帝嚳、帝舜，葬于岳山。爰有文貝、離俞、鴟久、鷹賈、延維、視肉、熊、羆、虎、豹、朱木、赤枝，青華，玄實，有申山者。」（〈大荒南經〉）

(52)「有蓋猶之山者，其上有甘柤，枝幹皆赤，黃葉，白華，黑實，東又有甘華，枝幹皆赤，黃葉，有青馬，有赤馬，名曰三騅。有視肉，有小人，名曰菌人。有南類之山，爰有遺玉、青馬、三騅、視肉、甘華、百穀所在。」（〈大荒南經〉）

(53)「有阿山者，南海之中，有氾天之山，赤水窮焉，赤水之東，有蒼梧之野，舜與叔均之所葬

也。爰有文貝、離俞、鴟久、鷹賈、委維、熊、羆、象、虎、豹、狼、視肉。」（〈大荒南經〉）
「南方蒼梧之丘，蒼梧之淵，其中有九疑山，舜之所葬，在長沙零陵界中。」（〈海內經〉）
「蒼梧之山，帝舜葬于陽，帝丹朱葬于陰。氾林方三百里，在狌狌東。」（〈海內南經〉）

㊹「務隅之山，帝顓頊葬于陽，九嬪葬于陰。一曰，爰有熊、羆、文虎、離朱、鴟久、視肉。平丘，在三桑東，爰有遺玉、青馬、視肉、楊、柳、甘櫨、甘華。百果所生，有兩山夾上谷，二大丘居中，名曰平丘。」（〈海外北經〉）
「東北海之外，大荒之中，河水之間，附禺之山，帝顓頊與九嬪葬焉。爰有鴟久、文貝、離俞、鸞鳥、鳳鳥、大物、小物，有青鳥、琅鳥、玄鳥、黃鳥、虎、豹、熊、羆、黃蛇、視肉、璿瑰、瑤碧、皆出衛丘山南。丘方員三百里，丘南帝俊竹林在焉，大可為舟，竹南有赤澤水，名曰封淵、有三桑，無枝。丘西有沉淵，顓頊所浴。」（〈大荒北經〉）

㊺「嗟丘，爰有遺玉、青馬、視肉、楊、柳。甘櫨、甘華、甘果所生，在東海，兩山夾丘，上有樹木，一曰嗟丘，一曰百果所在，在堯葬東。」（〈海外東經〉）
「東北海外，又有三青馬、三騅、甘華，爰有遺玉、三青馬、三騅、視肉、甘華、甘櫨、百穀所在。」（〈大荒東經〉）

㊻「范林方三百里，在三桑東，洲環其下。」（〈海外北經〉）
「崑崙墟南所有，氾林方三百里。」（〈海內北經〉）

㊼鄧林神話，為真實性聖林崇拜，乃見於山經中。變化情形參閱下節。

58 樂蘅軍有〈中國原始變形神話試探〉（民國六十五年十月，純文學，《古典小說散論》）。

59 周自強〈古鳳凰與今南洋風鳥的研究〉（民國五十六秋，《中研院民族所集刊》二四）、丁繡〈鳳凰與風鳥〉（民國五十六年春，《民族所集刊》二五）。

60 「有鸞鳥自歌，鳳鳥自舞，鳳鳥首文曰德，翼文曰順，膺文曰仁，背文曰義，見則天下和。」（〈海內經〉）

「有五彩之鳥，飛蔽一鄉，名曰翳鳥。」（〈海內經〉）

61 「有五彩之鳥，相鄉棄沙，惟帝俊下友，帝下兩壇，彩鳥是司。」（〈大荒東經〉）

〈大荒東經〉的德山也有「五彩之鳥」也是鳳凰一類。

62 其他又有鳳凰之跡的：

「有弇州之山，五彩之鳥仰天，名曰鳴鳥，爰有百樂，歌儛之風。有軒轅之國。江山之南棲為吉，不壽者，乃八百歲。」

「有五彩之鳥，有冠，名曰狂鳥。」（〈大荒西經〉）

63 「有滎山，滎水出焉，黑水之南有玄蛇，食麈。有巫山者，西有黃鳥，帝藥八齋，黃鳥于巫山，司此玄蛇。」（〈大荒南經〉）

64 「南山在其東南，自此山來。蟲為蛇，蛇號為魚。一曰，南山在結匈東南，比翼鳥在其東，其為鳥青赤，兩鳥比翼。一曰在南山東。」（〈海外南經〉）

65 「畢方鳥，在其東，青水西。其為鳥，人面，一腳。一曰，在二八神東。」（〈海外南經〉）

⑯「有玄丹之山，有五色之鳥，人面有髮，爰有青鴍、黃鷔、青鳥、黃鳥，其所集者，其國亡。」

⑰何聯奎〈龜的文化地位〉（民國五十二年秋，《中研院民族所集刊》十六）。

⑱聞一多〈伏羲考〉（收於《神話與詩》藍燈版）。

⑲李玄伯，前引文。康培初〈說龍〉（上）（下）（民國五十一年十月、十一月，《大陸雜誌》二五卷八、九期）。

⑳衛惠林〈中國古代圖騰制度範疇〉。

㉑「東海中，有流波山，入海七千里，其上有獸，狀如牛，蒼身而無角，一足，出入水，則必風雨，其光如日月，其聲如雷，其名曰夔，黃帝得之，以其皮為鼓，橛以雷獸之骨，聲聞五百里，以威天下。」（〈大荒東經〉）

㉒「窫窳，龍首。居弱水中。在狌狌之西。其狀如貙，龍首，食人。」（〈海內南經〉）
「黃帝所為，有窫窳，龍首，是食人。」（〈海內經〉）

㉓「并封，在巫咸東，其狀如彘，前後皆有首，黑。」（〈海外西經〉）
「南海之外，赤水之西，流沙之東，有獸，左右有首，名曰跊踢。有三青獸相并，名曰雙雙。」（〈大荒南經〉）

㉔「有青獸，人面，名曰猩猩。」（〈海內經〉）
「狌狌知人名，其為獸如豕，而人面，在舜葬西。」（〈海內南經〉）
「狌狌西北有犀牛，其狀如牛而黑。」（〈海內南經〉）

「兕，在舜葬東，湘水南，其狀如牛，蒼黑，一角。」（〈海內南經〉）

「巴蛇食象，三歲而出其骨。君子服之，無心腹之疾。其為蛇，青黃赤黑。一曰，黑蛇青首，在犀牛西。」

「旄馬，其狀如馬，四節有毛，在巴蛇西北，高山南。」（〈海內南經〉）

(75)「林氏國，有珍獸，大若虎，五采。畢具，尾長于身，名曰騶吾。乘之日行千里。」（〈海內北經〉）

「蜪犬，如犬，青。食人，從首始。」（〈海內北經〉）

「窮奇，狀如虎，有翼，食人，從首始。所食被髮，在蜪犬北。一曰，從足。」（〈海內北經〉）

「大蠭其狀如螽，朱蛾其狀如蛾。」（〈海內北經〉）

「北海內有獸，其狀如馬，名曰騊駼。有獸焉，其名曰駮，狀如白馬，鋸牙，食虎、豹。有素獸焉，狀如馬，名曰蛩蛩。有青獸焉，狀如虎，名曰羅羅。」（〈海外北經〉）

(76)「龍魚，陵居，在其北，狀如貍。一曰，鰕。即有神聖乘此以行九野，一曰，鼈魚。在夭野北，其為魚也如鯉。」（〈海外西經〉）

「陵魚，人面，人手，魚身，見則風濤起，在海中。

大鯾居海中。

明組邑居海中。」

(77)「有魚偏枯，名曰魚婦，顓頊死即復蘇，風道北來，天乃大水泉，蛇乃化為魚。是謂魚婦，顓

項死即復蘇。」（〈大荒西經〉）

⑱ 森安太郎〈鯀禹原始〉（《中國古代神話研究》）。

⑲「建木在都廣，眾帝所從上下，日中無影，呼而無響，蓋天地之中也。」

⑳「有木，其狀如牛，引之有皮，若纓黑蛇。其葉如羅，其實如欒，其木若蓲，其名曰建木。在窫窳西，弱水上。」（〈海內南經〉）

「有木，青葉，紫莖，玄華，黃實，名曰建木，百仞無枝，上有九枸，下有九枸，其實如麻，其葉如芒，大皞爰過。」（〈海內經〉）

㉑「大荒之中，有衡石山、九陰山、洞野之山，上有赤樹，青葉赤華，名曰若木，日所入處。」（〈大荒北經〉）

「南海之內，黑水、青水之間，有木，名曰若木，若水出焉。」（〈海內經〉）

㉒「歐絲之野，在大踵東，一女子方跪，樹而歐絲。」（〈海外北經〉）

「三桑無枝，在歐絲東，其木長百仞，無枝。」（〈海外北經〉）

又鄭清茂〈中國桑樹神話傳說研究〉（民國四十八年，臺大論文）、王孝廉〈桑樹下〉（《花與花神》）、陳炳良〈中國古代神話新釋兩則〉（民國五十八年八月，《清華學報》七卷二期）。

㉓「有蓋山之國，有樹，赤皮、支幹，青葉，名曰朱木。」（〈大荒西經〉）

「三株樹，在厭火北，生赤水上，其為樹如柏，葉實皆為珠，一曰，其為樹若彗。」（〈海內南經〉）

84「大荒之中，有山，名死塗之山。青水窮焉，有雲雨之山，有木名曰欒，禹攻雲雨，有赤石焉生欒，黃本，赤枝、青葉，群帝焉取藥。」（〈大荒南經〉）

85「有宋山者，有赤蛇，名曰育蛇，有木生山上，名曰楓木，蚩尤所棄其桎梏，是謂楓木。」（〈大荒南經〉）

86「北海之內，有山，名曰幽都之山，黑水出焉，其上有玄鳥、玄蛇、玄豹、玄虎、玄狐蓬尾。有大玄之山，有玄丘之民，有大幽之國，有赤脛之民。」（〈海內經〉）

87「夸父與日逐走，入日，渴，欲得飲，飲于河渭，河渭不足，北飲大澤，未至，道渴而死，弃其杖，化為鄧林。」（〈海外北經〉）

「大荒之中有山，名曰成都載天，有人珥兩黃蛇，把兩黃蛇，名曰夸父。后土生信，信生夸父，夸父不量力，欲追日景，逮之于禺谷，將飲河而不足也，將走大澤，未至死于此。」

88周策縱，前引文。

89「奢比之尸，在其北，獸身人面，大耳，珥兩青蛇。一曰，肝榆之尸，在大人北。」（〈海外東經〉）

「有神，人面，犬耳，獸身，珥兩青蛇，名曰奢比尸。」（〈大荒東經〉）

90「有神，人面獸身，名曰犂䰠之尸。」（〈大荒東經〉）

「有人方齒虎尾，名曰祖狀之尸。」（〈大荒南經〉）

「有巫山者，有壑山，有金門之山，有人名曰黃姖之尸。」（〈大荒西經〉）

「有赤獸，馬狀，無首，名曰戎宣王尸。」（〈大荒北經〉）

⑼ 小川琢治〈穆天子傳地名考〉。

⑽ 「有人曰王亥，兩手操鳥，方食其頭，王亥託于有易河伯僕牛，有易殺王亥，取僕牛。河伯念有易，有易潛出為國于獸方，食之，名曰搖民。帝舜生戲，戲生搖民。海內有兩人，名曰女丑，女丑有大蟹。」（〈大荒東經〉）

⒆ 「女丑之尸，生而十日炙殺之，在丈夫北，以右手鄣其面，十日居上，女丑居山之上。」（〈海外西經〉）

「有人，衣青，以袂蔽面，名曰女丑之尸，有女子之國。」（〈大荒西經〉）

⒇ 袁柯，前引書。王孝廉《花與花神》。

㉑ 「形天與帝爭神，帝斷其首，葬之常羊之山，乃以乳為目，以臍為口，操干戚以舞。是為無首之民。」（〈海外西經〉）

「有人無首，操戈盾立，名曰夏耕之尸。故成湯伐夏桀，于章山克之，斬耕厥前，耕既立，無首，走厥咎，乃降于巫山。」（〈大荒西經〉）

㉒ 孫作雲〈后羿傳說叢考〉（前引上古史論文集）、蘇雪林〈古人以神為之名的習慣〉（民國六〇年《成大學報》六期）。

㉓ 「崑崙墟，在其東，墟四方。一曰，在岐舌東，為墟四方，羿與鑿齒戰於壽華之野，羿射殺之，羿持弓矢，鑿齒持戟盾。一曰，在崑崙墟東。」（〈海外南經〉）

「大荒之中，有山，名曰融天，海水南入焉，有人曰鑿齒，羿殺之。」（〈大荒南經〉）

(98)「共工之臣，曰相柳氏，九首，以食于九山。相柳之所抵，厥為澤谿。禹殺相柳，其血腥，不可以樹五穀種，禹厥之，三仞三沮，乃以為眾帝之臺。在崑崙之北，柔利之東。相柳者九首人面，蛇身而青。不敢北射，畏共工之臺，臺在其東，臺四方，隅有一蛇，虎色，首衝南方。」（〈海外北經〉）

「共工臣名曰相繇，九首，蛇身，自環，食于九土，其所歍所尼，即為源澤，不辛乃苦，百獸莫能處，禹湮洪水，殺相繇，其血腥臭，不可生五穀，其地多水，不可居也，禹湮之三仞三沮，乃以為池，群帝是因以為臺，在崑崙之北，有岳之山，尋竹生焉。」（〈大荒北經〉）

〈大荒北經〉「有岳之山」以下，段芝等與相柳神話連續，而有尋竹神話；但也可獨立為一段記載。這裡以禹殺相柳的英雄事蹟為主，故從後者。

(99)「貳負之臣曰危危，與貳負殺窫窳，帝乃梏之疏屬之山，桎其右足，反縛兩手與髮，繫之山上，磐石之下。在開題西北。」（〈海內西經〉）

「北海之內，有反縛盜械帶戈，常倍之佐，名曰相顧之尸。」（〈海內經〉）

(100)森安太郎〈嶽神考〉（前引書）。

(101)「夏后啟之臣，曰孟涂。是司神于巴人，請訟于孟涂之所，其衣有血者，乃執之，是請生，居山上。在丹山西，丹山在丹陽南，丹陽居屬也。」（〈海內南經〉）

(102)周策縱，前引文。

中國歷代經典寶庫⑥

山海經——神話的故鄉

編撰者—李豐楙
編輯—康逸藍
執行企劃—洪小偉、張燕宜
校對—趙蓓芬
總編輯—余宜芳
董事長—趙政岷
出版者—時報文化出版企業股份有限公司
108019台北市和平西路三段二四〇號三樓
發行專線—(〇二)二三〇六—六八四二
讀者服務專線—〇八〇〇—二三一—七〇五
(〇二)二三〇四—七一〇三
讀者服務傳真—(〇二)二三〇四—六八五八
郵撥—一九三四四七二四時報文化出版公司
信箱—10899臺北華江橋郵局第99信箱
時報悅讀網—http://www.readingtimes.com.tw
法律顧問—理律法律事務所 陳長文律師、李念祖律師
印刷—勁達印刷有限公司
五版一刷—二〇一二年三月九日
五版七刷—二〇二三年二月六日
定價—新台幣二百五十元
(缺頁或破損的書,請寄回更換)

時報文化出版公司成立於一九七五年,
並於一九九九年股票上櫃公開發行,於二〇〇八年脫離中時集團非屬旺中,
以「尊重智慧與創意的文化事業」為信念。

山海經:神話的故鄉 / 李豐楙編撰. -- 五版. -- 臺北市:時報文化, 2012.03
面; 公分. --(中國歷代經典寶庫;6)

ISBN 978-957-13-5514-6(平裝)

857.21 101001695

ISBN 978-957-13-5514-6
Printed in Taiwan